Wie ausgetauscht

Wie ausgetauscht

Sofie Cramer
Sven Ulrich

CARLSEN

Außerdem von Sophie Cramer im Carlsen Verlag lieferbar:
Sternschnuppengeflüster

FSC www.fsc.org
MIX
Papier aus verantwortungsvollen Quellen
FSC® C083411

Originalausgabe
Veröffentlicht im Carlsen Verlag
März 2021

Umschlagbild: shutterstock.com © Kaponia Aliaksei/carballo/
Syquallo/Olga Gold/nrey
Umschlaggestaltung: formlabor
Herstellung: Karen Kollmetz
Satz: Dörlemann Satz, Lemförde
ISBN: 978-3-551-31961-6

MARIE

Elf Monate, eine Woche und drei Tage – so lange werde ich nicht mehr hier am Fenster stehen und auf unseren tollen Garten blicken können, denkt Marie mit einer Mischung aus Panik und Vorfreude. Überhaupt fallen ihr in letzter Zeit tausend Dinge ein, die anders sein werden, wenn sie im nächsten Juni aus den USA zurückkommt: das Freibad, dessen Umbau im Winter ansteht, das Cheerleading-Team, das neue Choreos draufhaben wird, ihre kleine Baby-Cousine Ida, die dann bestimmt laufen kann. Und ob ihre Oma Irmi in einem Jahr noch fit genug ist, um mit Marie zusammen zu backen oder lange Spaziergänge zu machen, weiß auch keiner.

Außerdem ist Marie nicht die Einzige, die weggeht. Ihre beste Freundin Laura zieht am Ende des Sommers mit ihrer Familie nach Leipzig, weil ihr Vater dort einen tollen Job ergattert hat. Sie wird also nicht mehr da sein, wenn Marie wiederkommt. Zwar reden sie ständig darüber, dass sie das neue Leben der anderen einfach per Handy mitverfolgen werden, aber der Kloß im Hals wächst mit jedem Tag, wenn Marie daran denkt, sich in drei Wochen von Laura verabschieden zu müssen.

Denn eigentlich sind sie wie siamesische Zwillinge. Seit der fünften Klasse haben sie so gut wie in jedem Unterrichtsfach nebeneinandergesessen, haben sich unterm Tisch alberne Zettel hin- und hergereicht und die Lehrer in den Wahnsinn getrieben mit ihrem Getuschel.

Ohne Laura hätte ich es in der Schule nicht ausgehalten, schießt es Marie durch den Kopf, als sie in die Küche geht, um sich einen Eistee und einen Cookie zu holen.

Sie braucht dringend eine Pause vom Packen für Berlin. Dabei hat sie nicht mal die Hälfte der Sachen zusammen und sich außerdem auch kein Stück auf die sogenannte »Vorbereitungstagung« vorbereitet. Die kommt Marie sowieso irgendwie absurd vor, denn das Stipendium für den Austausch hat sie eh längst sicher. Trotzdem soll sie übermorgen früh in Berlin Mitte sein, um sich den Betreuern der Austauschorganisation und den anderen Teilnehmenden vorzustellen. Drei ganze Tage mit Spracheinführungen, Landeskunde und nervigen Rollenspielen. Marie würde sich am liebsten krankmelden. Aber das kann sie kaum bringen.

Bevor Marie ihren Snack auf einem Tablett nach draußen auf die Terrasse balanciert, klemmt sie sich noch ihr Handy unter den Arm. Schließlich hat sie es vor lauter Nicht-Packen noch gar nicht geschafft, Mr und Mrs Parsons auf deren WhatsApp-Nachricht zu antworten. Ihre Gasteltern haben auch ein paar Selfies und Schnappschüsse mitgeschickt, die Marie bislang nur schnell durchgescrollt hat.

Mit einem tiefen Seufzer lässt Marie sich in der Hängematte zwischen den zwei Mirabellenbäumen nieder. Schon als Kind war das ihr Lieblingsplatz. Sie macht es sich in dem gestreiften Stofftuch gemütlich und greift blind zum Teller, den sie auf dem Boden abgestellt hat. Während sie in den köstlichen Schokokeks beißt, schaut sie sich die Fotos ihrer Gastfamilie an. Die fröhlichen Gesichter passen total zu den netten E-Mails, die die Parsons Marie geschrieben haben. Sie wirken unglaublich sympathisch, was vielleicht daran liegt, dass alle ziemlich rundlich sind und beim Kennenlernbogen unter bevorzugter Ernährung »Barbecue«, »Italian« und »Fast Food« angekreuzt haben.

Marie freut sich. Und gleichzeitig muss sie wieder schlucken, und das liegt nicht am Cookie.

HENRY

Es ist dunkel. Warum ist es dunkel?

Henry steht an der Wohnungstür und wundert sich. Warum ist es so still? Hat es überhaupt geklingelt? Aber warum sollte er sonst zur Tür gelaufen sein? Andererseits erwartet Henry keinen Besuch. Seine Kumpels lädt er nie zu sich nach Hause ein, die enge Wohnung ist ihm peinlich. Hier leben zwar nur er selbst, seine Schwester Kalea und sein Vater Klaus. Aber manchmal ist auch seine Oma Jada zu Besuch, die Mutter seiner Mutter.

Wie es war, als seine Mutter noch lebte, daran kann Henry sich kaum noch erinnern. Bestimmt hat es zumindest nicht immer so gemüffelt, wenn sein Vater nach Hause kam. Der arbeitet nämlich bei der Berliner Müllabfuhr, und manchmal riecht man ihm das auch an.

Henry steht also an der Eingangstür und fragt sich, warum. Merkwürdig. Irgendwas Wichtiges ist an diesem Tag, aber was? Vielleicht wartet »es« ja draußen im Flur, denkt er und fasst sich ein Herz: Mit einem Ruck öffnet er die Tür.

Sein erster Blick fällt auf die Schuhe seiner Familie, die wie immer wild durcheinanderliegen, obwohl Henry sie ständig ordnet. Natürlich als Einziger.

Dann sieht er ein Paar nackte Füße neben dem Schuhchaos. Die Füße gehören zu einem Mädchen in seinem Alter.

Sie hat lange Haare und trägt seltsamerweise einen Pyjama. Aber das ist egal, denn bei ihrem Anblick durchläuft es Henry ganz warm und er weiß, dass alles gut werden wird, wenn sie in seiner Nähe ist. Chaos vor der Tür und Stress im Kopf hin oder her. Es fühlt sich ein bisschen an, als wäre er verliebt. Obwohl Henry nur ahnen kann, wie das ist. Er war mit seinen siebzehn Jahren noch nie richtig verliebt. Vielleicht fühlt es sich ja ganz anders an.

Das Mädchen bleibt stumm und Henry kann auch nichts sagen. Sie ist ein Engel!, denkt er, obwohl er ahnt, dass das Unsinn ist. Aber andererseits ist es doch kein Unsinn. Im nächsten Moment lächelt der Engel Henry an. Aber nicht auf diese Schickimicki-Insta-Art, die Henry hasst. Es ist ein schönes Lächeln, ehrlich und echt.

Echt! Ein besseres Wort fällt Henry nicht ein. Ihm fällt überhaupt wenig ein. Er möchte die Hand des Mädchens nehmen und sie in die Wohnung führen und sich mit ihr an den kleinen Tisch in der kleinen Küche setzen. Die kleine Küche, die ihm eigentlich peinlich ist.

Aber dazu muss er etwas sagen, muss das Mädchen reinbitten. Sonst wird sie sich gleich umdrehen und gehen und er wird sie nie wiedersehen. Er darf es nicht verkacken.

Doch bevor er etwas tun kann, klingelt es plötzlich woanders. Verdammt. Wo kommt das jetzt her?

Das Mädchen sagt etwas, aber Henry versteht es nicht.

»Was?«, fragt er und gerät in Panik. »Ich kann dich nicht hören!«

Das Klingeln wird lauter.

»Henry?«

»Ja!«, sagt er. Gleichzeitig wird ihm klar, dass nicht das Mädchen gesprochen hat. Und dass etwas nicht stimmt. Gar nicht stimmt.

Einen Moment lang ist alles still. Henry will an der Tür bei dem fremden Mädchen bleiben. Aber ...

Dann rüttelt ihn jemand an der Schulter. Sein Vater.

»Hast du nicht heute das Treffen wegen diesem Ding, diesem Stipendium?«

»Mist!« Jetzt ist Henry knallwach. Sein Blick fällt auf den Wecker, 6.50 Uhr. Es ist der wichtigste Tag in seinem Leben. Der Tag, an dem nichts schieflaufen darf. Gar nichts.

Er hat gleich dieses Austauschtreffen und muss voll bereit sein. Sonst schmeißen sie ihn noch raus. Er hätte vor einer Stunde aufstehen sollen, in zehn Minuten muss er geduscht und angezogen sein, muss seine Schwester geweckt und ihr Frühstück gemacht haben. Muss, muss, muss.

Aber Henry hat verschlafen.

»Warum hast du mich nicht geweckt?«, meckert er seinen Vater an, der so müde aussieht, wie Henry sich fühlt.

»Hey, hab ick doch jerade, du kleiner Scheißer.«

»Aber viel zu spät«, schimpft Henry und rennt Richtung Bad.

»Was'n jetze?«, fragt Klaus.

»Es heißt ›jetzt‹! Das Wort ›jetze‹ gibt es nicht!«, ruft Henry automatisch, denn er findet es megapeinlich, wenn sein Vater berlinert.

»Hab leider keen Abi!«, sagt Klaus gut gelaunt. »Und wenn ick dich wecken soll, kann ich dit leider nicht vorher nachholen, wa?«

Aber Henry reagiert nicht. Er reißt sich die Shorts und das Schlafshirt runter und steigt in die Duschtrasse. Läuft voll auf Automatik und versucht keine Panik zu bekommen. Versucht sich einzureden, dass er es noch schaffen kann. Ärgert sich gleichzeitig, dass er seine Schwester nicht geweckt hat, bevor er in die Dusche gestiegen ist.

Für einen Moment überlegt er, das Treffen einfach sausen zu lassen. Aber er weiß, dass er das nicht tun wird. Er kann es nicht.

Denn wenn er anfängt, alles schleifen zu lassen, wird nichts mehr funktionieren. Nicht seine Familie, nicht sein Leben, schon gar nicht sein Traum, aus der kleinen Wohnung wegzukommen. Nach Amerika!

Als er sich abtrocknet, ist es 6.53 Uhr. In sieben Minuten muss er aus der Tür raus sein. Er wischt den Spiegel ab und blickt durch den Dampf in sein Gesicht. Wünscht sich wie so oft, er hätte diese Narbe unter der Augenbraue nicht, die ihn irgendwie schielen lässt. Er sieht aus wie ein Viertklässler, mit seiner viel zu großen Nase und den Haaren, mit denen man keine gute Frisur hinbekommt. Wie ein uncooler Harry Potter ohne Brille, dem eine Oma durch die Haare streicht und sagt: »Armer Junge!« Da kann er noch so gut im Fußball sein, noch so durchtrainiert.

Sein Vater donnert von draußen gegen die Tür, sodass Henry vor Schreck zusammenzuckt. »Ick muss los. Verkack it nicht, Atze!«

»Ja. Und danke fürs Wecken!«

Plötzlich fällt ihm wieder das Mädchen vor der Tür ein. Nur ein schöner Traum!

Er greift nach der Zahnbürste und klopft gleichzeitig laut an die Wand neben dem Spiegel: »Aufstehen, Kalea! Ich hab verschlafen.«

Die Uhr tickt. Noch sechs Minuten und Kalea regt sich nicht.

Er donnert wieder an die Wand und endlich donnert es zurück.

»Ruhe!«, ruft seine elfjährige Schwester. »Du musst aufstehen, ich hab verpennt. Du musst mitmachen, bitte.«

Er bereut es sofort, »bitte« gesagt zu haben. Er sagt nie »bitte« zu seiner Schwester.

»Kalea«

»Leck mich!«

Henry schaut wieder zur Uhr. Noch fünf Minuten und noch so viel zu tun.

MARIE

Die Minuten verstreichen heute irgendwie in Zeitlupe, denkt Marie und dreht sich zum gefühlt hundertsten Mal vor dem Spiegel im Klo des ICE von Hamburg nach Berlin hin und her, um ihren Look zu prüfen.

Laura hatte ihr dazu geraten, ruhig mal etwas mutiger zu sein. Darum trägt sie enge Jeans, obwohl sie das wegen ihrer knubbeligen Beine sonst lieber vermeidet. Und dazu einen knapp geschnittenen Blazer über dem weißen Shirt, was irgendwie ihren viel zu breiten Hintern betont. Aber Laura fand die Kombi super.

Wenigstens mit ihrem Make-up ist Marie zufrieden. Dafür ist sie sogar noch eine halbe Stunde früher aufgestanden als mit ihrer Mutter abgesprochen. Fünf Uhr hatte ihr Wecker angezeigt, und das nach einer Horror-Nacht, in der sie eh kaum schlafen konnte.

Bestimmt sind alle anderen bei der Vorbereitungstagung total locker, mit Einser-Notenschnitt und seit dem Kindergarten viersprachig. Alles, was Marie vorweisen kann, sind eine Drei in Englisch, ein paar spanische Vokabeln und eine gewisse Bodenständigkeit, die wohl dazu geführt hat, dass sie beim Auswahlgespräch den altklugen Angeber im Karohemd und die überdrehte Oberstufenschülerin mit den pinken Haaren ausgestochen hat. Sehr zu ihrer Verwunderung – und auch der ihrer Eltern, obwohl sie es nicht zugeben.

»Kind, das ist doch was!«, hatte ihr Vater gemurmelt und sich direkt wieder hinter seiner Zeitung verschanzt, während ihre Mutter nur stumm auf das Schreiben der Abgeordneten aus ihrem Wahlkreis gestarrt hatte, in dem schwarz auf weiß geschrieben stand, dass Marie nach Amerika geht. Auch Marie selbst hat den Brief immer wieder zur Hand genommen, um sicherzugehen, dass das Ganze keine Einbildung war.

Und nun ist sie tatsächlich auf dem Weg in die Hauptstadt, mit einer Scheiß-Angst und Magenkneifen vor lauter Aufregung. Noch nie war sie ohne ihre Eltern auf Reisen. Also, abgesehen von Klassenfahrten, Besuchen bei ihrer Cousine in Köln und Tagesausflügen an die Ostsee. Und nun Berlin, und dann sogar die USA!

Ein letztes Mal checkt Marie, ob ihr Make-up und ihr straffer blonder Zopf noch halten. Ihre dunkel geschminkten Augen lassen sie zum Glück etwas älter aussehen. Dann schaut sie wieder aufs Handy. Noch immer 35 Minuten bis zur Ankunft.

Marie atmet tief durch. »Du schaffst das! Alles wird gut!«, sagt sie so laut, dass sie sich vor ihrer eigenen Stimme erschreckt, die trotzdem nicht wirklich überzeugend klingt. Am liebsten würde Marie mit dem nächsten Zug direkt zurück nach Hamburg, nach Hause und in ihr gemütliches Himmelbett, von dem aus die Welt viel weniger bedrohlich erscheint. Abgesehen von der Schule natürlich, die ist immer irgendwie Horror, weil es da einfach zu viele blöde Leute gibt, die ihr das Leben schwer machen.

Aber selbst das kommt Marie plötzlich reichlich lächerlich vor im Vergleich zu dem, was sie an der Highschool erwartet. Das Einzige, worauf sie sich richtig freut, ist die Aussicht, vielleicht auch dort bei einem Cheerleading-Team mitmachen zu dürfen. Sie liebt es zu tanzen!

Marie seufzt und beißt sich nervös auf die Lippe, was sie in derselben Sekunde bereut, weil sie schon wieder den Konturenstift aus ihrem Rucksack hervorkramen muss. Während sie hektisch drauflospinselt, wird der nächste Halt durchgesagt: Spandau. Es ist der letzte vor dem Berliner Hauptbahnhof, das hat Marie sich gut eingeprägt, damit sie rechtzeitig aussteigt. Also ein allerallerletzter Blick in den Spiegel, um ein cooles Gesicht zu proben. Geht doch!

HENRY

MARIE

Henry hat gleich gewusst, dass er zu seiner Schwester nicht hätte »bitte« sagen dürfen. Denn natürlich dauert danach alles doppelt so lange. Und natürlich wird es noch schwieriger als sowieso schon. War ja klar.

Es fängt damit an, dass Kalea sich über das Outfit lustig macht, das er sich für seinen wichtigen Tag ausgesucht hat.

»So läuft der Gräfe auch immer rum«, erklärt sie mit boshaftem Blick und funkelnden Augen.

Herr Gräfe ist Kaleas Sachkundelehrer, den Henry früher auch gehabt hat – der langweiligste Typ der ganzen Schule und angezogen wie ein ... tja: Sachkundelehrer. Und natürlich trifft Kalea damit voll ins Schwarze. Peng! Henry kommt sich selbst verkleidet, öde und spießig vor. Megapeinlich.

Er hätte einen Spruch machen müssen, aber er hat keinen gemacht. Ganz einfach, weil er nicht cool ist. Sonst hätte er ja auch keine helle Chino angezogen und ganz bestimmt nicht das gebügelte Langweiler-Hemd, das er mal gebraucht gekauft hat. Und die braunen Lederschuhe, die viel zu sauber und ungetragen sind, hätte er gegen etwas Lässigeres eingetauscht. Aber Henry hat eben keine lässigen Sachen. Noch dazu hat er viel zu viel Gel benutzt, um seine welligen Drahtlocken in den gewünschten Scheitel zu zwingen. Er sieht einfach nur megakacke aus.

»Willst du meinen Lipgloss haben?«

»Blöde Kuh!«

Und das ist der nächste Fehler. Kalea reagiert auf Beleidigungen mit Protest und Streit, was das Leben mit ihr zur Hölle macht. Besonders, wenn man der siebzehnjährige Bruder dieser verzogenen Göre ist, die sich nichts sagen lässt. Niemals, nada. Und die andererseits nichts ohne ihn hinbekommt.

Am Ende lässt Henry sie einfach stehen und stürmt wütend aus dem Haus. Soll sie ein Mal in ihrem Leben selbst sehen, wie sie klarkommt. Mit elf Jahren ist sie sowieso alt genug. Obwohl sie erst in die vierte Klasse geht, weil sie spät eingeschult wurde und einmal sitzen geblieben ist. Wegen des Todes ihrer Mutter, wie alle sagen. Die Arme.

Natürlich schreit Kalea ihm vom Fenster aus lauthals Beleidigungen nach, sodass die ganze Straße mal wieder mitkriegt, wie schräg seine Familie ist, und natürlich gibt sie ihm dabei vorsorglich die Schuld, falls ihr auf dem Weg zur Schule etwas passiert oder sie erneut sitzen bleibt. Außerdem will Henry das nicht an sich ranlassen und flucht laut zurück, sodass nun wirklich alle wissen, was für Vollassis sie sind.

Aber am ärgerlichsten ist, dass Henry am liebsten zurückfahren würde, um sich mit Kalea zu vertragen. Und natürlich hat er ein megaschlechtes Gewissen. Damn! Wie er dieses Gefühl hasst. Aber er ist spät dran. Spät dran am wichtigsten Tag seines Lebens, an dem er aussieht wie Herr Gräfe.

MARIE

Als Marie endlich aus dem gigantischen Bahnhof rausgefunden hat, der mehr als doppelt so groß zu sein scheint wie der Hamburger, kommt sie sich vor wie in einer Soap. Sie bemüht sich, so lässig wie möglich Ausschau nach einem Taxi zu halten. Doch innerlich schlägt ihr Herz bis zum Hals.

Deswegen holt sie auch nur den Zettel mit der Adresse hervor und hält ihn dem ersten Fahrer in der Taxischlange unter die Nase. Kurz muss Marie an die Warnung ihres Vaters denken, nie bei fremden Männern ins Auto zu steigen. Aber das gilt vermutlich nicht für eine Taxifahrt.

Marie schluckt und bemüht sich, ja keine Unsicherheit zu zeigen. Während der Typ ungefragt ihren pinkfarbenen Trolley im Kofferraum verstaut, setzt sie sich schnell auf die Rückbank und krallt sich an ihr Handy. Ob ich Mama anrufen soll?, fragt sie sich. Doch dann würde der Taxifahrer sicher erst recht merken, wie viel Schiss sie hat. Also starrt Marie lieber aus dem Fenster und kann nicht fassen, dass sie wirklich in Berlin ist. Irgendwie ist hier alles so viel größer und bunter und die Straßen viel voller und breiter, als sie es vom Hamburger Umland gewohnt ist.

Obwohl es ein warmer Tag werden soll und die Sonne zum Fenster reinscheint, sodass Marie sich zum Glück hinter ihrer Sonnenbrille verstecken kann, zittert sie am ganzen Körper.

Dabei kann sie nicht einmal sagen, ob es die Panik wegen ihres Chauffeurs ist oder aber das wachsende Unbehagen wegen des Austauschjahres, das ihren Hals so eng und ihren Mund so trocken macht. Natürlich freut sie sich auch, aber je näher der große Tag rückt, desto mulmiger wird ihr zumute.

Bei einer normalen Bewerbung über eine Austauschorganisation hätte sie vielleicht noch einen Rückzieher gemacht, und sei es nur, weil ihre Eltern dafür eine Menge Kohle hätten zahlen müssen. Aber ein Stipendium darf man nicht ausschlagen, das hat auch Frau Engels, Maries Deutschlehrerin, gesagt, als sie ihr davon erzählte. Marie hat nur genickt und sich sofort gefragt, ob die Engels sie wohl loswerden wollte, obwohl sie sich eigentlich ziemlich gut verstehen.

Egal, all das ist jetzt nicht mehr wichtig, ermahnt sich Marie stumm.

Aufmerksam beobachtet sie die Menschen an den Fußgängerampeln und in den Autos, die sie mal rechts, mal links überholen. Der Taxifahrer scheint es verdammt eilig zu haben. Dabei ist Marie früh dran, sie hat noch eine Dreiviertelstunde Zeit, bis sie bei dem Treffen sein muss. Bei dem Gedanken, dass sie so viel Zeit überbrücken muss, bekommt sie einen neuen Anflug von Panik. Schließlich raucht sie nicht. Auch Kaffee ist nicht so ihr Ding, und überhaupt, wenn sie noch etwas trinken geht, wird sie direkt wieder aufs Klo rennen müssen, wie jedes Mal, wenn sie meganervös ist.

Plötzlich kommt das Taxi ruckartig zum Stehen. Sie halten vor einem riesigen Bürogebäude, das noch viel hässlicher aussieht, als Marie es sich ausgemalt hatte. Hier findet also die Vorbereitungstagung statt. Zum Glück ist ihr Hotel direkt daneben, aber Einchecken geht nicht vor der Mittagspause. Erst mal sollen sich alle Teilnehmenden beim Empfangsteam melden.

Aber Marie hat beschlossen, dass sie das erst kurz vor halb macht, weil sie absolut keine Lust auf Small Talk mit den anderen Austauschleuten hat. Hoffentlich gibt es irgendwo ein sicheres und sauberes Fleckchen, wo sie warten kann, ohne angequatscht zu werden!

Der Fahrer nuschelt, als er ihr den Preis nennt, sodass Marie blöd nachfragen muss, was sie im selben Moment bereut, weil sie die Zahl doch eigentlich von dem Display am Armaturenbrett ablesen kann. 16,50. Umständlich kramt sie nach einem 20-Euro-Schein und versucht dabei den leuchtend grünen Hunderter zu verbergen, den ihr Oma Irmi am Wochenende mit den Worten »Für Berlin« zugesteckt hat.

Wortlos reicht Marie das Geld nach vorne. Der Fahrer wechselt und Marie merkt, wie sie knallrot wird, weil sie nicht weiß, ob man in einem Taxi ein Trinkgeld gibt. So grantig, wie der Typ ihr danach den Koffer auf den breiten Bürgersteig schiebt, hätte sie wohl besser eins gezahlt. Immerhin bedankt Marie sich artig und atmet erst einmal durch, als er mit einem kurzen Winken abrauscht.

Dann bemerkt sie etwas weiter entfernt zwei Mädchen, ebenfalls mit Gepäck. Noch kann sie versuchen, so zu tun, als hätte sie sie nicht gesehen. Zu ihrer großen Erleichterung entdeckt Marie einen Backshop auf der anderen Straßenseite und steuert zielstrebig auf die Ampel etwa zwanzig Meter weiter zu. Sie springt direkt auf Grün, und schon ist Marie in der Menschentraube verschwunden, die mit ihr die Straße überquert.

Weil es außerhalb von Hamburg ihre geliebten Franzbrötchen nicht zu geben scheint, kauft sie sich eine Laugenstange. Dann sucht sie sich einen Stehtisch, von dem aus sie freien Blick auf das Eingangsportal des grauen Bürohauses hat, das sie auf das spannendste Jahr ihres Lebens vorbereiten soll.

HENRY

Draußen ist es schwül und Henry viel zu warm angezogen. Er ahnt, dass es ein Fehler war, keine Ersatzklamotten mitzunehmen. Kein Idiot fährt mit dem Rad zu einem megawichtigen Treffen, ohne Ersatzklamotten dabeizuhaben. Er wird also verschwitzt und zu spät zum Vorbereitungstreffen kommen.

Henrys Herz schlägt laut und er weiß nicht, ob es an dem Ärger über seine Schwester, der Aufregung wegen des Termins oder dem hektischen Fahrradfahren liegt. Außerdem hat er die Infos über seine amerikanische Gastfamilie, die ihm die Organisation gemailt hat, bisher nur überflogen. Dabei kam die Mail vor drei Wochen – mit der Aufforderung, sich MÖGLICHST SCHNELL bei der Familie VanCleef in New York City zu melden.

New York City. Ein Traum. Selbst sein Vater hat gestaunt und Henry war völlig von den Socken. Drei oder vier seiner Lieblingsserien spielen da, und jeder, der was in seiner Klasse zählt, hat schon mal dort Urlaub gemacht. Was Besseres hätte Henry also nicht passieren können.

Und was macht er? Traut sich nicht, die Gasteltern anzuschreiben. Ihre Adresse ist in der Nähe des Central Park. Genial! Aber allein der Gedanke, sich bei den VanCleefs zu melden, lähmt ihn. Seit drei Wochen warten die Leute auf ein Lebenszeichen. Peinlich ist gar kein Ausdruck für das, was

Henry fühlt. Und jeder Tag macht es nur noch schlimmer. Oder wie sein Freund Kai sagen würde: »way worse«.

Henry hat Kai in der siebten Klasse auf dem Gymnasium kennengelernt und ihn anfangs nicht gemocht. Für ihn war der Sohn eines Ärztepaars einfach nur ein oberflächlicher Checker. Kai hatte immer das neueste iPhone und die teuersten Klamotten und überhaupt lauter coolen Schrott, für den Henry gestorben wäre. Und bei Kai lagen die Sachen einfach nur im Zimmer rum – ein Zimmer, das übrigens größer ist als die Wohnung von Henrys Familie.

Aber als Kai dann in Henrys Fußballverein eingetreten ist, haben sie sich doch angefreundet. Denn Henry hat schnell gemerkt, dass hinter Kais cooler Fassade ein lässiger Typ steckt, der freigiebig ist und immer gut drauf.

Kai spielt im Tor, was so gar nicht zu ihm passt, weil da meistens nur schräge Nerds stehen, die nerven. Kai nervt höchstens dann, wenn er Henry mal wieder mit einer heißen »Chica« verkuppeln will. Kai nennt alle Mädchen »Chicas«, weil sein erstes Au-Pair aus Mexiko stammte. Und er kennt eine Menge Mädchen, bzw. Chicas.

Sein neuester Vorschlag für Henry ist Ada Brecht aus ihrer Schule. Kai glaubt, Ada findet Henry süß. Henry fürchtet allerdings, dass das kein gutes Zeichen ist. Denn Ada lässt sich bestimmt nicht mit süßen Jungs ein. Das wäre doch total uncool, oder?

Ada jedenfalls ist definitiv nicht süß. Sie ist der Schwarm aller Jungs und geht in Henrys Jahrgang. Außerdem sind sie zusammen im Englisch-Leistungskurs. Im Unterricht muss Henry sich zwingen, sie nicht anzustarren. Weil er weiß, dass auch das uncool ist. Und dass Mädchen es nicht mögen, wenn man sie angafft. Man muss sich rarmachen und locker bleiben. Sagt jedenfalls Kai, der offensichtlich Bescheid weiß, schließlich ist er mit Smilla Gaultier zusammen. Henry hat keine Ahnung von Mädchen und liegt oft nächtelang wach und stellt sich vor, wie es wäre, eine Freundin zu haben.

»Scheiße, pass doch uff, du Penner!«, plärrt es aus einem alten Mercedes, aus dem Heavy Metal röhrt. Ein wütender Schnauzbart mit hochrotem Kopf zeigt Henry den Vogel, als dieser Anstalten macht, bei Rot über die Danziger zu fahren. Weil er es eilig hat und spät dran ist.

»Selber!«, ruft Henry und steigt in die Bremsen, doch der Mercedes ist schon weg. Nur den Stinkefinger, der aus dem offenen Fenster ragt, sieht Henry noch, gleich neben der Silhouette des Funkturms. Das wäre ein schönes Foto gewesen, aber Henry hat sein Handy natürlich nicht griffbereit.

Moment mal?! Hastig tastet er seine Taschen ab. Panik steigt in ihm auf, er findet das alte Teil nicht. »Damn!« In seinem Kopf rast es, denn er hat keine Ahnung, ob es noch irgendwo in der Wohnung liegt oder ob er es unterwegs verloren hat. Letzte Woche ist es ihm im Fahrradkeller aus der Tasche gefallen. Wenn das heute wieder passiert ist, dann sind 200 Euro im Arm, für die Henry lange gespart hat. Und trotzdem ist es das schrottigste Smartphone der ganzen Klasse. Daher benutzt Henry es auch nur selten, im Gegensatz zu allen anderen, was ihn irgendwie zu einem Außenseiter macht. Findet jedenfalls Henry selbst. Kai findet es cool!

Aber immerhin. Kommunikation ist möglich. Mit den Freunden, die Henry – bis auf Kai – nicht hat.

Die Ampel springt auf Grün. Die Uhr zeigt 9.20! Noch zehn Minuten bis zum Ziel in Mitte. Um 9.30 Uhr ist das Treffen und Henry hasst es, zu spät zu kommen. Er tritt in die Pedale.

Um Punkt 9.29 Uhr schließt Henry in Windeseile sein Rad

an einen Laternenpfahl direkt vor dem Bürogebäude, in dem er gleich die anderen treffen wird. Die, die auch ein Stipendium ergattert haben.

Als er mit klopfendem Herzen auf den Eingang zugeht, hat er für einen Moment das Gefühl, dass er diese ganze Austausch-Sache niemals hinkriegt. Dass er es nicht schaffen wird, sich bei den VanCleefs zu melden, dass er seine Schwester nicht alleine lassen darf. Und dieses Gefühl ist so erschreckend real, dass es wie eine Tonne Gewicht auf seinen Schultern liegt. Die Eingangstür scheint in immer weitere Ferne zu rücken. Wie schön wäre es, jetzt einfach umzudrehen und aufzugeben. Niemand zwingt ihn, da hineinzugehen.

»Hey!«

Überrascht dreht Henry sich um. Ein paar Meter hinter ihm läuft ein Mädchen in seinem Alter. Sie schiebt ihre megagroße Sonnenbrille hoch und Henry erstarrt: Einen Moment lang glaubt er, dass das Mädchen aus seinem Traum vor ihm steht.

»Gehst du auch zu dem USA-Treffen?«, fragt sie und klingt merkwürdig ernst.

Henry starrt sie fasziniert an und kann nichts sagen. Darum nickt er nur. Wie in seinem Traum.

Ihre Haut ist extrem hell und sie trägt ein schmales Jackett über einer engen Jeans. Ihre Augenbrauen sind breit und dunkel, als hätte sie jemand mit einem Edding-Stift gezeichnet. Ihre Haare hingegen sind blond und zu einem Pferdeschwanz gebunden, obwohl ihre Ohren etwas abstehen. Sie sieht ein bisschen aus wie Minnie Maus. Dazu passt der pinke Trolley, den sie hinter sich herzieht.

Das Mädchen kommt näher und Henry kann ihr Parfum riechen, das ihn an irgendwas Gutes erinnert. Krass.

»Wir sind viel zu spät. Aber so würde ich an deiner Stelle

nicht da reingehen«, sagt sie leise und blickt ihn megaintensiv an, als ginge es um Leben und Tod.

»Wieso nicht?«, fragt Henry und zwingt sich, ihrem Blick nicht auszuweichen. Niemals einem Blick ausweichen! Das hat er von seinem Vater gelernt. Ihre Augen sind viel zu dunkel für die blonden Haare. Der Mund ist zu groß, die Nase ein bisschen spitz.

Sie kramt in ihrem Rucksack und holt einen kleinen Schminkspiegel hervor. Will sie jetzt etwa ihr Make-up überprüfen?

»Wir müssen rein«, sagt Henry.

Die ganze Situation ist total merkwürdig, aber immerhin ist die Tonne Gewicht auf seinen Schultern weg. Er will sich umdrehen, doch sie hält ihn zurück.

»Warte! Guck dir mal deinen Hintern an«, sagt sie und verzieht ihre viel zu rot angemalten Lippen leicht genervt, wie Henry scheint.

»Bitte?« Er fasst sich automatisch an seine Rückseite.

»Nicht«, ruft das Mädchen, aber zu spät.

Henrys Finger berühren etwas Feuchtes, Schmieriges. »Fuck!«

Sie starren beide auf seine schmutzige Hand.

»Was ist das?«, fragt er.

»Vermutlich Vogel-Aa!« Sie hält ihm den kleinen Spiegel hin.

Vogel-Aa? Henry nimmt den Spiegel und begutachtet verzweifelt den hässlichen Fleck auf seiner Hose. Es sieht aus, als hätte er es nicht aufs Klo geschafft. Dann blickt er wieder zu dem Mädchen.

Instinktiv will er an seinen Fingern riechen, stoppt sich aber noch rechtzeitig. »So kann ich da nicht rein.«

»So kannst du da nicht rein.«

Sie sagen es fast gleichzeitig.

Das Mädchen lächelt kurz und Henry kann es nicht fassen. Es ist das Lächeln des Mädchens aus seinem Traum. So real!

»Hast du auch ein Stipendium?«, fragt Henry und kommt sich sofort dämlich vor. Small Talk, obwohl sie zu spät sind und er Kacke am Hintern hat. Was soll das?!

»Ja.« Das Mädchen schiebt den Ärmel ihres Jacketts hoch und blickt auf eine rosafarbene Uhr. »Wir sind übrigens wirklich schon zu spät.«

»Wie viel zu spät?«

»Sechs Minuten.«

»Kacke!«

»›Kacke‹ sagt man nicht«, sagt sie und zwinkert, als hätte sie einen Witz gemacht. »Du musst die Hose auf der Toilette auswaschen und trocken föhnen!«

Dann dreht sie sich um und geht zur Eingangstür. Als wäre die Sache damit erledigt. Henry kann es nicht fassen, dass sie ihn einfach so stehen lässt.

»Das weiß ich selbst«, sagt er, obwohl er es nicht wusste.

Im gleichen Moment stoppt sie und wirft ihm stirnrunzelnd einen Blick zu.

»Los!«, sagt sie und drückt die Glastür auf.

Henry folgt ihr.

MARIE

Das ist wieder so typisch, ärgert sich Marie, während sie drinnen die Treppe hochgeht. Erst ist sie viel zu früh dran und am Ende kommt sie doch zu spät. Und das nur, weil sie sich davor drücken wollte, mit den anderen Small Talk zu machen. Und nun? Hat sie diesen schrägen Typen an der Backe, der ihre Nervosität nur noch verstärkt.

Ungeduldig blickt sie sich um. Wo bleibt er denn? Obwohl sie heute keine Sneaker trägt, sondern die Wedges von Laura, ist sie bestimmt doppelt so schnell wie er. Am Ende der Treppe bleibt sie stehen.

»Machst du Sport?«, fragt er, als er völlig außer Atem bei ihr ankommt.

»Tanzen«, antwortet Marie und deutet dann auf eine Tür, hinter der sich die Herrentoilette befindet. »Ich sag Bescheid, dass du später kommst. Wie heißt du?«

Statt seinen Namen zu nennen, winkt die Schnarchnase ab. »Brauchst du nicht, geht schon.«

»Okay«, entgegnet Marie verwundert.

Und dann verschwindet der Typ einfach im Klo. Marie hat keine Ahnung, ob sie nun warten oder lieber schon losgehen soll.

Vielleicht ist das hier ein Zeichen, denkt sie, als sie sich fürs Bleiben entscheidet und nervös vor der Tür hin- und herläuft.

Ein Zeichen, dass diese ganze Sache mit dem Stipendium absoluter Irrsinn ist. Irgendwie wird Marie das Gefühl nicht los, dass sie die Falsche ausgesucht haben. Jedenfalls fällt es ihr total schwer, sich einfach zu freuen, und sie hat gleichzeitig ein schlechtes Gewissen deswegen.

Plötzlich ist das Austauschjahr ganz real, wo es sich doch all die Monate zuvor bloß wie eine fixe Idee angefühlt hat! Und ausgerechnet jetzt würde sie am liebsten alles abblasen. Aber das geht einfach nicht. Außerdem müsste sie dann ja auch wieder in ihre Klasse zurück. Total blamiert und ohne Laura. Diese Vorstellung ist fast noch schlimmer als die Aussicht, ganz allein in ein riesiges Land zu reisen, das sie nur aus Serien kennt, und ihre Familie ein ganzes Jahr nicht zu sehen!

Unruhig wirft Marie einen Blick auf die Uhr. Nun sind sie schon fast eine Viertelstunde zu spät.

Vorsichtig öffnet sie die Tür zum Herrenklo.

»Kommst du klar?«, fragt sie und mustert den Typen, der – o mein Gott – in Superman-Shorts am Waschbecken steht!

»Verdammt, ja!«, antwortet er, rubbelt aber wie wild an seiner Hose rum.

»Na, dann viel Spaß noch«, meint Marie mit Unterton.

Draußen beschließt sie, nun doch loszugehen, um beim Empfangsteam Bescheid zu sagen. Am Ende des langen Ganges bemerkt sie jetzt einen Tisch, an dem zwei junge Leute sitzen und ihr erwartungsvoll entgegenblicken.

Maries Herz klopft spürbar stärker, als sie näher kommt. Obwohl die beiden, ein Mädel und ein Typ Mitte zwanzig, sie freundlich anlächeln, würde Marie am liebsten sofort wieder umdrehen.

»Hi, du bist Marie aus Hamburg, richtig?«, fragt das Mädel und strahlt.

Marie nickt und lässt sich von dem Typen ein Namensschild aushändigen.

»Sorry, ich habe mich leider verspätet. Dabei war ich …«, beginnt Marie leise, wird aber unterbrochen.

»Kein Thema! Noch sind alle beim entspannten Get-together«, sagt der Typ.

Das Mädchen deutet an Marie vorbei in Richtung der Toiletten und ergänzt: »Und der junge Mann? Das müsste Henry Möller hier aus Berlin sein, oder?!«

Ohne nachzudenken, nickt Marie zustimmend und lässt sich zwei Klemmbretter und Kugelschreiber und Henrys Namensschild aushändigen. Dann bekommt sie noch erklärt, in welchem der vielen Räume sie ihren Koffer parken kann und wo sich der Saal »Wannsee« befindet, in dem bereits über hundert andere Teilnehmer darauf warten, dass das Abenteuer beginnt.

Marie bedankt sich und dreht sich um. Ihr Blick wandert zu der Treppe, die zum Eingang führt. Am liebsten würde sie einfach abhauen. Zum Glück öffnet sich in diesem Moment die Tür des Herrenklos und Henry streckt den Kopf heraus.

HENRY

MARIE

»Hey«, ruft Henry, und als sie nicht reagiert: »Vogel-Aa-Mädchen!«

Sie steht weiter vorne im Gang bei einem Tisch mit einem breit grinsenden Paar.

Ernst schaut sie ihn an. »Was?«

»Der Trockner funktioniert nicht!«, ruft er, was ihm megapeinlich ist. Warum kommt sie ihm nicht ein Stück entgegen, damit er nicht so schreien muss?

Sie schüttelt leicht genervt den Kopf, als hätte sie es geahnt. Aber sie setzt sich in Bewegung, und als sie vor ihm steht, streckt sie ungeduldig ihre Hand aus. Für einen Augenblick weiß Henry nicht, was sie von ihm will.

»Wenn ich das regeln soll, musst du mir die Hose geben!«

»Äh, klar ...«

Er gibt ihr seine Hose und sie verschwindet damit im Damenklo, wo zwei Sekunden später ein Gebläse losdröhnt. Der Typ und die Typin vom Ende des Flurs sehen neugierig zu ihm her, weshalb Henry schnell wieder hinter der Tür verschwindet. Während er wartet, starrt er sich im Spiegel an.

Er sieht bescheuert aus, wie immer. Seine Frisur hat sich aufgelöst und seine Narbe glänzt rot, was sie ständig tut, wenn man es am wenigsten gebrauchen kann. Also immer!

Kurz: Der Anblick eines Losers aus einer Loser-Familie, der seine einzige Chance versaut.

Als die Tür aufgeht, dreht er sich erwartungsvoll um. Aber statt des Mädchens kommt ein Anzugträger herein und begutachtet Henry erstaunt.

»Meine Hose ist dreckig«, sagt Henry nur.

Der Anzugträger runzelt die Stirn und verschwindet in der Kabine. Henry ärgert sich. Warum erzählt er dem Heini überhaupt, was Sache ist? Und warum fällt ihm nie ein cooler Spruch ein?

Das Gebläse im Nebenraum stoppt, dann öffnet sich die Tür wieder. Dieses Mal ist es das Mädchen mit der Hose.

»Sie ist noch ein bisschen feucht, aber ich denke, es geht. Wird ja megaheiß heute«, sagt sie. Ihre Stimme klingt beruhigend. Warum, weiß Henry nicht.

»Danke«, sagt er und nimmt ihr das Teil ab. Der Fleck ist fast weg.

Kaum hat sie die Tür hinter sich geschlossen, schlüpft Henry, so schnell es geht, in seine Hose. Er macht gerade den Knopf zu, als der Anzugträger aus der Kabine tritt. Henry wendet den Kopf ab und hastet nach draußen. Dabei stößt er fast mit dem Mädchen zusammen.

»Du hättest nicht warten brauchen«, sagt er überrumpelt.

»Jetzt ist es auch schon egal.«

Der Blick auf die Uhr zeigt Henry, dass sie inzwischen fast zwanzig Minuten zu spät sind.

Nebeneinander gehen sie auf den Tisch zu, wo jetzt nur noch der Typ sitzt. Er wirkt so cool und ist so lässig angezogen, wie Henry es gerne wäre.

»Ah, hier kommen die …«, beginnt der Typ.

Aber Henry unterbricht ihn einfach. »Es ist meine Schuld.

Meine Hose war dreckig und sie hat mir geholfen.« Er schaut zu dem Mädchen.

»Sie hat schon dein Schild.« Der Typ grinst über beide Ohren.

»Witzig«, murmelt das Mädchen und Henry weiß nicht, warum sie das sagt. Irgendwie wächst ihm die Situation über den Kopf.

Jetzt kommt die junge Frau wieder zum Tisch und deutet auf eine riesige Tür am Ende des Gangs. »Wannsee« steht darüber.

»Einfach reingehen. Ihr seid die Letzten.«

Henry und das Mädchen setzen sich in Bewegung. Dabei wirft sie Henry einen komischen Blick zu.

»Jetzt weißt du, wie ich heiße, und brauchst mich nicht mehr Vogel-Aa-Mädchen zu nennen!«

Henry wird rot und fragt sich, wie sie darauf kommt, dass er ihren Namen weiß. Aber er sagt: »Schade, ich fand ›Vogel-Aa-Mädchen‹ ganz schön.«

Und dann fangen beide an zu lachen.

Das Mädchen hält sich eine Hand vor den Mund, die andere legt sie auf Henrys Arm, so als würden sie sich ewig kennen. Von der Stelle, die sie berührt, geht eine angenehme Wärme aus. Irgendwie fühlt sich das Ganze magisch an. Die Sonne erhellt den Flur und der Geruch ihres Parfums hüllt ihn ein.

Das ist der schönste Moment meines Lebens, schießt es plötzlich durch Henrys Kopf und er wünscht sich, dass er nie enden müsste.

Und er fühlt, dass das Mädchen genau das Gleiche denkt. Was total albern ist und gleichzeitig eine absolute Wahrheit.

»Ich wusste gar nicht, dass du lachen kannst«, sagt sie schließlich. »Du hast die ganze Zeit so ernst gewirkt!«

»Das Gleiche wollte ich gerade zu dir sagen«, antwortet Henry.

Und bevor sie erneut loslachen, strafft sich das Mädchen, fährt mit ihrer Hand durch die Haare und öffnet die Tür. Zusammen betreten sie Saal Wannsee. Das Mädchen huscht zu einem der leeren Plätze in der letzten Reihe. Henry setzt sich in ihre Nähe – nicht weit entfernt und doch zu weit.

Mindestens hundert Leute lauschen gebannt, was eine Frau vorne ins Mikro faselt. Doch Henry hört nicht richtig hin. Krampfhaft überlegt er, warum er den Namen des Mädchens kennen soll. Unauffällig blickt er zu ihr hinüber. Er kann sie schlecht weiterhin »Vogel-Aa-Mädchen« nennen. Dann muss er an ihren Lachflash vor der Tür denken und er würde am liebsten losprusten. Aber natürlich geht das nicht, was sollen die anderen Stipendis denken.

Also stoppt er seinen Lacher – oder versucht es zumindest. Er verreckt auf halbem Weg und hört sich wie ein lautes Stöhnen an. Die Frau am Mikro unterbricht prompt ihre Begrüßungsrede und sieht fragend zu Henry. Die meisten Stipendiaten drehen sich zu ihm um. Das war genau das, was Henry vermeiden wollte, nachdem er schon zu spät war: auffallen!

»Alles klar, junger Mann?«, fragt die Frau. Halb guckt sie belustigt, halb besorgt.

»Alles gut«, sagt Henry, wobei ihm die zwei Worte auch noch quer in der Kehle liegen. Er quäkt sie mehr, als dass er sie sagt. Einige lachen, einige gucken komisch.

Die Frau redet weiter und Henry versucht zu gucken, als ob ihm das alles nichts ausmacht. Instinktiv geht sein Blick zu dem Mädchen, das ihn mit ihren dunklen Augen ansieht. Eine ihrer Edding-Stift-Augenbrauen rutscht skeptisch in die Höhe. Sie wirkt ein bisschen wie eine Streberin, aber in dem Augenblick findet Henry das süß.

Er denkt wieder an den Moment auf dem Flur und fragt sich, ob es ihn wirklich gegeben hat und was das Mädchen davon hält. War das wirklich der schönste Moment seines Lebens? Mit einer Fremden, die er gar nicht kennt? Zumal das Mädchen gar nicht sein Typ ist.

Aber wer ist eigentlich sein Typ? Ist es Ada Brecht, das beliebteste Mädchen der Schule, die zu allem eine blitzschnelle Meinung hat, immer am lautesten redet und die neusten, trendigsten Sachen trägt und sich gerne im Spiegel anguckt? Eine Art perfektes Insta-Girl?

Henry guckt sich im Konferenzraum um. Alle sehen irgendwie gleich aus.

Dann fallen ihm endlich die Namensschilder an den Hemden und Blusen auf. Er schaut zu dem Mädchen, aber er kann ihr Schild aus der Entfernung nicht lesen. Ist es ein Name mit R? Er starrt sie weiter an, als würde ihm ihr Name einfallen, wenn er sie nur möglichst genau fixiert. Warum hat er vorhin nicht besser aufgepasst? Was ist los mit ihm? Normalerweise bekommt er alles mit; das muss die Aufregung sein.

Plötzlich guckt das Mädchen zu ihm herüber. Peinlich. Zumal ihre Augen sagen: Was schaust du so? Schnell wendet er seinen Blick ab, was natürlich noch viel uncooler ist als das Anstarren.

Gratuliere, denkt Henry.

Kai hätte ihn gevierteilt. Mädchen hassen es, angestarrt zu werden, aber noch mehr hassen sie Weicheier. Henry hätte eine lässige Geste machen sollen, aber jetzt ist es natürlich zu spät. Er hat ja gleich gewusst, dass der Tag für den Arsch ist. Außerdem glaubt das Mädchen jetzt bestimmt, er will was von ihr. Fast guckt Henry wieder hin, um rauszufinden, was sie denkt, reißt sich dann aber zusammen. Er muss einen klaren Kopf behalten. Er ist schließlich da, um sich auf sein USA-

Jahr vorzubereiten, seinen großen Traum. Er kommt endlich von zu Hause weg, er lernt die Welt kennen, wird in Amerika Fußball spielen und vielleicht sogar für eine College-Mannschaft entdeckt.

Die Dame vorne, deren Namen er auch nicht mitgekriegt hat, erzählt irgendwas von der Chance, die die Stipendiaten haben, und dem tollen Jahr, das ihnen bevorsteht. Dann erklärt sie, dass man sich später in drei Gruppen aufteilen wird, um sich besser kennenzulernen.

Bla, bla, bla, denkt Henry. Je länger sie redet, desto unwohler fühlt er sich. Es ist wieder, als gehöre er nicht dazu, als hätte er sich unerlaubt reingeschlichen. Dasselbe Gefühl wie vorhin. Es ist so stark, dass er zu schwitzen anfängt.

Henry sieht zum Fenster. Er braucht einen Horizont, oder wenigstens einen Himmel. Dabei streift sein Blick erneut das Mädchen, und Henry fragt sich, wieso man sich für eine so enge Jeans entscheidet. Andererseits hat sie hübsche Beine. Kai nervt Henry oft genug mit seinen Vorträgen über die Beine von Chicas oder ihre Brüste. Ultrapeinlich, aber irgendwie auch lustig.

Dann merkt Henry, dass das Mädchen in seine Richtung guckt. Hat er etwa ihre Brüste angestarrt? O Mann, jetzt hält sie ihn bestimmt auch noch für einen Spanner.

Henry grinst zu ihr rüber, was das Letzte ist, was er tun sollte. Oder ist es *gerade,* was er tun sollte? Er hat keine Ahnung. Das Mädchen macht ihm ein Zeichen, das er nicht versteht. Was soll das heißen?

Sie fuchtelt mit den Händen.

Plötzlich klatschen alle. Henry fährt vor Schreck zusammen und klatscht schnell mit. Erleichtert, dass alles vorbei ist, und nervös, weil er keinen blassen Schimmer hat, wie es weitergehen wird. Jedenfalls schwitzt er noch immer und hat garantiert Flecken unter den Achseln. Damit kommt er bestimmt gut an.

Alle stehen auf, verteilen sich im Raum und unterhalten sich. Henry verlässt ebenfalls seinen Platz. Gruppendruck. Er hasst das.

Kennt sich hier jeder außer ihm? Auch das Vogel-Mädchen spricht mit zwei anderen. Alle drei lachen. Henry hat den vagen Verdacht, dass sie den beiden erzählt, dass er Vogelscheiße am Hintern hatte. Wie lustig.

»Geht es dir gut?«

Henry schreckt aus seinen Gedanken hoch. Vor ihm steht die Frau, die den Vortrag gehalten hat.

»Wieso?«, fragt Henry ertappt zurück.

»Du siehst blass aus und hast vorhin ein so komisches Geräusch gemacht«, sagt sie und Henry merkt, wie ihm die Hitze ins Gesicht steigt. Super.

»Nein, ist alles gut«, schwindelt er. »Ich bin nur ein bisschen nervös.«

»Da bist du sicherlich nicht der Einzige.« Die Frau tätschelt ihm mütterlich die Schulter und geht davon.

Ein paar Stipendiaten drehen sich zu ihm um und grinsen. Sie halten ihn wohl für einen Loser. Als er böse zurückguckt, wenden sie sich schnell wieder ab. Keiner hier sieht aufgeregt aus. Alle sind wie aus dem Ei gepellt. Als gehörten sie hierher.

»In welcher Gruppe bist du?«

Henry dreht sich überrascht um. Hinter ihm steht das Mädchen. Schnell stellt er sich aufrechter hin, weil es ein Zeichen von Schwäche ist, wenn man den Kopf hängen lässt. Sagt sein Vater.

Das Mädchen presst abwartend die Lippen zusammen. Er ist einen Kopf größer als sie und drückt nun noch seine Schultern durch.

»Keine Ahnung«, sagt er bewusst energisch und starrt sie möglichst selbstsicher an. »In welcher bist du denn?«

»Number two«, antwortet sie.

Sollte das ein Witz sein? »Und woher weißt du das?«, fragt Henry.

»Weil mein Name da vorne auf dem Zettel mit der Überschrift ›Gruppe 2‹ steht. Hast du vorhin nicht zugehört?«

»Doch«, lügt Henry und blickt zu einer Stellwand, vor der sich die Stipendiaten drängeln.

»Hat dir schon einer gesagt, dass du ein mäßiger Lügner bist?«, sagt sie und sieht ihn todernst an.

Nicht dass ich wüsste, will Henry mit cooler Stimme sagen, aber bevor er den Mund aufmachen kann, dreht sich das Vogel-Mädchen einfach um und lässt ihn stehen. Nur der Geruch ihres Parfums bleibt zurück.

Verdattert sieht er ihr hinterher. Die Jeans ist definitiv zu sexy für so ein Event. Aber das Parfum erinnert ihn an den Moment vor der Tür. Ihr Lachen, ihre Hand vor dem Mund, die weiße Haut und die dunklen Augen. Er seufzt. Dann fällt ihm ein, dass er wieder nicht auf ihr Namensschild geguckt hat. Wie kann man so dämlich sein!

Während alle nach und nach rausgehen, tritt er möglichst lässig zu den Stellwänden und sucht seinen Namen. Er fängt mit der Liste von Gruppe 2 an, aber dort steht er nicht, sondern auf der ersten von insgesamt drei Gruppenlisten. Henry ist überrascht, wie enttäuscht er darüber ist.

Auf dem Weg zum Ausgang fällt ihm ein, dass er die Liste von Gruppe 2 noch mal durchgehen könnte, um vielleicht ihren Namen herauszufinden. Aber als er sich umdreht, steht dort die Rednerin. Auf die hat er keinen Bock. Und außerdem: Wozu soll er sich anstrengen? Bei seinem Glück wird er das Mädchen sowieso nie wiedersehen. Never ever.

MARIE

HENRY

Zu blöd, dass Henry nicht in meiner Gruppe ist, denkt Marie, als sie mit dem Blazer überm Arm und ihrem Trolley einen Raum weiter zieht. Mit einem Blick auf das Schild am Eingang vergewissert sie sich, dass hier die Gruppe 2 nun bis zum Mittagessen zusammenhocken wird.

Ausgerechnet die beiden Barbies, die sie eben in ein Gespräch verwickelt haben, sitzen schon im großen Stuhlkreis und winken sie breit lächelnd heran. Also überwindet sich Marie und nickt ihnen zu. Aber bevor sie sich in Bewegung setzen kann, stürmt eine ältere Frau um die vierzig auf sie zu und reicht ihr die Hand.

»Hi, ich bin Amy, deine Gruppenleiterin für die nächsten zwei Tage«, flötet sie. »Schön, dass du da bist!«

Ich bin mir da nicht so sicher, schießt es Marie durch den Kopf, aber sie lächelt tapfer zurück, schiebt ihren Koffer in die Ecke und gesellt sich dann zu Barbie 1 und 2, die Zwillinge sein könnten, sich aber auch erst heute kennengelernt haben. Bis sich die etwa zwanzig Plätze im Saal füllen, muss Marie wohl oder übel mitreden.

»San Diego!«, jubelt Barbie 1 – laut ihrem Namensschild heißt sie Lisa – mit leuchtenden Augen, als Marie fragt, wo die Reise hingeht. »Ich war noch nie in Kalifornien, aber ich habe es mir so sehr gewünscht!«

Sofort spürt Marie wieder diesen Kloß im Hals. Er wird auch nicht kleiner, als Barbie 2, auf deren Schild »Annabell« steht, von ihrer Gastfamilie in Florida berichtet.

»Wie heißt du eigentlich?«, will Annabell dann wissen.

Erst da bemerkt Marie, dass sie vergessen hat, ihr eigenes Namensschild anzustecken. Peinlich. Und dann muss sie auf Nachfrage auch noch zugeben, dass sie irgendwo mitten in Indiana auf dem Land unterkommen wird.

Die beiden schauen sie mitleidig an. Schließlich wird Marie nicht an einem schönen Strand residieren, sondern in einem kleinen Holzhaus am Rande einer Kleinstadt, etwa hundert Meilen von der nächsten Metropole, in ihrem Fall Indianapolis, entfernt. Und niemand anders aus dieser Gruppe wird ebenfalls im Mittleren Osten landen, wie sich in der anschließenden allgemeinen Vorstellungsrunde zeigt.

Jeder soll seinen Namen nennen und etwas über die Gastfamilie und den zukünftigen Wohnort sagen. Als Marie an der Reihe ist, fühlt sie, wie ihr Mund trocken wird und ihr Herz zu rasen beginnt. Wie sie es hasst, vor mehreren Leuten zu sprechen. Und natürlich, kaum wenden sich ihr alle Blicke zu, steigt ihr die Hitze ins Gesicht.

Amy, die eigentlich Amalie heißt, sich aber seit ihrem eigenen USA-Austausch vor ewig langer Zeit englisch abkürzt, kommentiert Maries Gestammel mit einem freundlichen, nichtssagenden Nicken, wie Marie es aus amerikanischen Filmen und Serien kennt.

Das ist eins der Dinge, vor denen sie Panik hat. Vielleicht werden in Indiana alle furchtbar nett zu ihr sein und sie in der Highschool mit offenen Armen empfangen. Aber nach dem, was sie gehört hat, sind viele Amerikaner ziemlich oberflächlich und tiefe Freundschaften ergeben sich häufig nur mit anderen Austauschschülern.

Darum ist Marie sehr gespannt auf Amys Antwort, als ein Junge mit Brille genau das anspricht. Amy sammelt nun nämlich alle Fragen auf einem Whiteboard und sortiert sie nach Themenfeldern. Die Sache mit der »aufgesetzten Höflichkeit« notiert sie unter der Überschrift »Vorurteile«. Marie ist eher skeptisch, denn sie erinnert sich noch genau an den Artikel in der Schülerzeitung, den ein Junge aus der Oberstufe über sein Austauschjahr in Texas geschrieben hat. Bei ihm hat es wohl über ein halbes Jahr gedauert, bis er in der Schule Anschluss fand, und das auch nur, weil er im Basketballteam war. Dafür musste er viermal in der Woche trainieren und an den Wochenenden quer durchs Land reisen, um an Spielen und Turnieren teilzunehmen.

Ob ich es wirklich ins Cheerleading-Team an meiner Highschool schaffen kann?, fragt sich Marie voller Selbstzweifel, während die anderen über amerikanische Feiertage und Bräuche sprechen. Schließlich ist das der Grund, warum sie überhaupt auf den absurden Gedanken gekommen ist, für ein Jahr in die USA zu gehen – mal abgesehen von Lauras Umzug. Ohne ihre beste Freundin hätte sie es keine Sekunde alleine in der elften Klasse ausgehalten. Jedenfalls wünscht Marie sich nichts mehr, als besser zu werden in ihrem Lieblingssport – und auch besser als Xenia Claasen, die nicht nur die längsten Beine und Haare im Schulteam hat, sondern die die *New Wulmstorf Girls* im Frühjahr sogar übernehmen durfte, als ihre bisherige Trainerin von der Schule abging. Seitdem bringt Marie das Training keinen Spaß mehr, obwohl sie für ihr Leben gerne tanzt und turnt. Etliche Cheerleading-Moves hat sie sich schon ausgedacht, sogar ganze Choreografien. Das allerdings immer nur allein, in ihrem Zimmer, vor ihrem Spiegel.

»Marie?!«, hört sie plötzlich ihren Namen. »Was meinst du dazu?«

Marie hebt erschrocken den Kopf und sieht in Amys freundliches Gesicht. Aber auch alle anderen aus dem Stuhlkreis starren sie an. Marie wird schlagartig wieder knallrot, denn sie hat absolut keinen Schimmer, worum es geht.

HENRY

MARIE

Henry hat sein Rad vor Kais Haus im vornehmen Teil von Berlin-Pankow geparkt, wo lauter Villen stehen und ein Wald in der Nähe liegt. Zum Glück ist außer ihm niemand auf der Straße, denn Henry hängt schon länger vor der Tür herum und überlegt, ob er klingeln soll oder nicht. Was will er hier überhaupt? In seinem Kopf rattert es.

Noch mal holt Henry den Zettel heraus, der am Ende des langen Tages mit einem rosafarbenen Klebeband an seinem Fahrrad befestigt war. Mit genügend Abstand von der Vogelscheiße auf seinem Sattel. Eine Telefonnummer steht drauf und ein Name: *Marie!* In Klammerhin dahinter: *Vogel-Aa-Mädchen!* Dazu ein Smiley.

Ein rosa Tapeband! Die gleiche Farbe wie ihr Rollkoffer.

Er hatte den ganzen Tag immer wieder an den Moment im Flur gedacht. Das Lachen, den Geruch von Parfum, das gute Gefühl im ganzen Körper. War es die Aufregung vor dem Get-together gewesen? Das Adrenalin? Henry atmet tief durch. Eigentlich müsste er Marie einfach bloß eine Nachricht schicken. Andererseits: Was schreibt man einem Mädchen, das man nicht kennt und mit dem man nur ein paar Worte geredet hat?

Mitten im Grübeln trifft ihn etwas Hartes ins Gesicht, etwas Hartes und Nasses.

»Hey, Messi, stalkst du mich, oder was?«, grölt Kai von einem Fenster im ersten Stock herunter. In der Hand hält er eine riesige Wasserpistole. »Messi« ist Kais Spitzname für Henry. Eine ironische Anspielung auf seine Ordentlichkeit – und gleichzeitig eine auf seine Spielstärke beim Fußball, die hoffentlich nicht ironisch gemeint ist.

»Du hast eine Nummer abgegriffen?«, fragt Kai wenig später in seinem Zimmer, ein riesiger Raum unter dem Dach des riesigen Hauses. Mittendrin steht eine Tischtennisplatte, außerdem gibt es einen gigantischen Fernseher mit einer Playstation und eine Sitzecke, wie Henry sie sonst nur aus dem Fernsehen kennt. Und dort nur von reichen erwachsenen Paaren.

»Warum denn nicht?«, gibt Henry sich cool und hält Maries Zettel hoch, zieht ihn dann aber weg, als Kai danach greifen will.

»Schon kontaktet?«, erkundigt sich Kai, worauf Henry den Kopf schüttelt.

Kai zündet sich eine Zigarette an und bietet Henry ein Bier an. Mit grinsendem Gesicht, denn die Diskussion hatten die beiden schon etliche Male. Henry versteht nicht, warum Kai Fußball spielt und gleichzeitig raucht und trinkt, und Kai versteht nicht, was daran ein Problem sein soll.

»Warum nicht?«, will Kai wissen und sieht Henry abschätzig an. »Ist sie nicht heiß?«

Henry denkt an die enge Jeans und die dicken Edding-Augenbrauen und Maries Lachen und den Moment im Flur.

»Was heißt ›heiß‹ eigentlich genau?«, fragt er und Kai schmeißt sich weg vor Lachen.

»*Heiß*, Mann!«, sagt er. »Sah sie gut aus?«

»Ja, sicher. Aber ... Ich weiß nicht«, antwortet Henry unsicher, worauf Kai mit einem Ruck aufspringt und ihm den Zettel aus der Hand reißt.

»Dann kann ich den ja entsorgen«, ruft er und rennt aus dem Zimmer. Dabei stößt er die Bierdose um, die er auf dem Boden abgestellt hat.

Einen Moment ist Henry versucht, die Sauerei aufzuwischen, dann rast er Kai hinterher.

»Gib den Zettel her, du Arsch!«, ruft er. Sie jagen durch das Wohnzimmer mit den großen Gemälden und durch die Küche, die glänzt und in der kein einziger Teller, Krümel oder irgendein Küchengerät zu sehen ist. Ein Geisterhaus, wie Kai es selbst nennt.

Kai hält den Zettel beim Rennen immer wieder provokativ hoch. »Meiner!«, ruft er dabei laut.

Schließlich landen sie im Keller, wo es nach Chlor riecht vom Pool. Kai springt voll angezogen hinein. Mit dem Zettel in der Hand! Entsetzt sieht Henry, wie das Papier zusammen mit Kai versinkt. Ohne nachzudenken, springt er hinterher.

Er bekommt Kai zu fassen und drückt ihn einen Moment unter Wasser. Einen Moment zu lang. Henry sieht Kais überraschten Blick, als er wieder an der Oberfläche ist, dann bekommt er einen harten Schlag ins Gesicht. Einen Tick zu hart.

»Spinnst du, du Arsch?!«, ruft Kai wütend, denn er verliert nicht gerne, und ganz bestimmt lässt er sich nicht gerne unter Wasser drücken.

Aber Henry antwortet nicht, sondern reißt ihm den aufgeweichten Fetzen aus der Hand und schwimmt damit zum Rand. Dabei versucht er sich an Maries Nummer zu erinnern, aber keine Chance. Hoffentlich lassen sich die Zahlen auf dem Papier noch erkennen! Als er das zerknüllte Etwas auseinanderfaltet, merkt er, dass es ein alter Kassenbon ist. Verblüfft sieht er Kai an, der sich neben ihm aus dem Wasser hievt.

»Wo ist der richtige Zettel?«, fragt Henry.

»Doch heiß, die Chica, was?«, antwortet Kai mit schiefem Grinsen.

Zehn Minuten später sitzen sie in der Sauna, die gleich neben dem Schwimmbad ist. Henrys nasse Sachen, inklusive der Vogel-Aa-Chino, sind in der Waschmaschine. Henry hat sich für die Szene im Pool entschuldigt und Kai hat ihm den richtigen Zettel zurückgegeben, den er während der Verfolgungsjagd mit dem Kassenbon vertauscht hat.

Jetzt ist es Henry peinlich, dass er so wütend war und in welche Panik er geraten ist, weil die Telefonnummer von Marie vielleicht hätte weg sein können. Megapeinlich.

Kai schüttelt zum wiederholten Mal den Kopf. »Ich verstehe nicht, wo dein Problem liegt, Messi?!«

Henry guckt ratlos.

»Du schickst dieser Marie erst mal einen lockeren Spruch. Basta-Pasta.«

Was für einen lockeren Spruch?, denkt Henry und sagt: »Danke für den blendenden Tipp, so weit war ich auch schon.«

»Eben hast du noch behauptet, du weißt nicht, ob du ihr überhaupt schreiben sollst.«

»Jaja.«

»Manchmal habe ich das Gefühl, du bist noch Jungfrau«, sagt Kai mit einem prüfenden Blick auf Henry.

»Du und deine Gefühle«, sagt Henry mau und wünschte, er könnte Kai gestehen, dass er wirklich noch Jungfrau ist und auch noch nie ein Mädchen gedatet hat. Einmal hätte es beinahe geklappt mit einem Treffen. Letzten Herbst war das. Da hatte Nina aus dem Leistungskurs Bio ihn gefragt, ob er mal mit ihr lernen wollte. Dabei war sie rot geworden. Und Henry auch. Sie hat ihm ihre Nummer gegeben und er hat sich nicht gemeldet.

Danach war es ihm peinlich und er hätte sich ohrfeigen können. Verdammt, er wird nie eine Freundin haben.

»Wo ist dann das Problem?«

»Gibt kein Problem«, sagt Henry und steht auf, um sich draußen abzuduschen.

Danach zieht er trockene Sachen an, die ihm Kai gegeben hat. Lauter Markenklamotten.

Henry nimmt wieder Maries Zettel in die Hand. Obwohl er ihre Nummer inzwischen auswendig kann, will er sie lieber abspeichern. In dem Moment fällt ihm ein, dass er sein Handy ja nicht dabeihat. Dass es ihm vielleicht im Fahrradkeller rausgefallen ist.

»Mist«, sagt er und dann noch mal »Mist!«, als ihm klar wird, dass er den ganzen Tag nicht erreichbar war und nicht weiß, ob Kalea sich vielleicht bei ihm gemeldet hat. Was, wenn ihr was passiert ist? O Mann.

Er rast also in Kais Klamotten nach Hause. Panisch, dass die Welt zusammengebrochen ist, Kalea blutend in einer Ecke weint und sein Vater ihm deshalb eine Standpauke halten wird.

Das Handy liegt nicht unten im Fahrradkeller. Hoffentlich ist es oben in seinem Zimmer.

Als Henry endlich völlig verschwitzt in die Küche stürmt, sitzen sein Vater und Kalea am Tisch und essen. Es gibt Pizza von der Pizzeria, die sie sich sonst nie leisten.

Die Wohnung kommt Henry klein und schäbig vor, wie immer, wenn er bei Kai war. Aber wenigstens scheint es Kalea gut zu gehen.

»Und?«, fragt sein Vater.

»Was?«

»Wie war dit Treffen?«

»Gut«, sagt Henry, weil ihm nichts Besseres einfällt.

»Ick hab extra Pizza besorgt«, sagt Klaus und schiebt ihm einen Karton hin.

Kalea weicht Henrys Blick aus, guckt stattdessen böse auf ihre Pizza Hawaii.

Henry setzt sich und öffnet den Deckel der Schachtel. Sie ist leer. Bis auf sein Handy, das mitten im Karton liegt, daneben ein Zettel.

»Ich hasse dich!«, steht in Kaleas krakeliger Schrift drauf.

»In den Klamotten siehst du noch bescheuerter aus als heute Morgen«, sagt sie.

Aber Henry ist einfach bloß erleichtert, dass sein Telefon wieder aufgetaucht und seiner Schwester nichts passiert ist. Und dass sie ihn jetzt sogar breit angrinst.

»Danke«, antwortet er, und dann holt sein Vater die fehlende Pizza aus dem Ofen und Henry merkt, was er für einen riesigen Hunger hat.

MARIE

Wenn ich dieser Schnarchnase da vorne auch nur eine Minute länger zuhören muss, falle ich vom Stuhl, denkt Marie in der letzten Reihe im voll besetzten Saal.

Nicht einmal eine Stunde ist seit dem viel zu frühen Start von Tag zwei vergangen. Dabei kommt es ihr vor, als würde der Vortrag über amerikanische Geschichte schon eine Ewigkeit laufen. Sie sind noch nicht einmal beim Bürgerkrieg, und bis zur Mittagspause dauert es noch über zwei Stunden!

Ob Henry wohl wieder auftaucht? Weder gestern nach der Begrüßung noch heute Morgen hat Marie ihn irgendwo gesehen. Womöglich versteckt er sich, weil er denkt, sie wolle was von ihm?!

Er ist irgendwie süß, ja. Aber eigentlich hat sie ihm vor allem deshalb ihre Telefonnummer an den Gepäckträger geklemmt, weil es sonst niemanden gibt, mit dem sie sich hätte unterhalten wollen. Die meisten Mädels wirken irgendwie so eingebildet, und die Jungs sehen entweder aus wie Nerds oder halten sich schon jetzt für die coolsten Boys an der Highschool, weil sie die richtigen Klamotten und Frisuren tragen. Jedenfalls hatte Marie keine Lust, am Abend noch mit in die Hotelbar zu gehen. Stattdessen hat sie es sich auf dem Zimmer gemütlich gemacht, mit Laura gechattet und Chips aus der Minibar gefuttert.

Am liebsten würde Marie auch jetzt nach ihrem Handy greifen, um ihr eine Not-WhatsApp zu schreiben. Wenn sie es geschickt macht, wird niemand was merken.

Also tut Marie so, als würde sie in ihrem Rucksack nach einem Taschentuch suchen. Sicherheitshalber zieht sie eines hervor, um sich damit kurz die Nase zu putzen, und schiebt es dann wieder zurück, nicht aber ohne ihr Telefon so zu platzieren, dass sie unentdeckt tippen und ab und zu aufs Display schielen kann.

Tatsächlich ist Laura ihr zuvorgekommen und fragt, was inzwischen so abgeht. Aber da ist noch eine Nachricht – von einer unbekannten Nummer:

Hi Marie. Danke für deine Hilfe gestern, ich habe meine Hose zwischenzeitlich im Privatpool gewaschen. Gruß. Henry.

Was ist das denn für ein Text, wundert sich Marie und muss sich zusammenreißen, damit sie nicht laut aufstöhnt oder den Kopf schüttelt. Soll das ein Witz sein oder hat Henry wirklich einen eigenen Pool? Eigentlich sah er nicht unbedingt danach aus, als hätte seine Family so viel Geld. Falls doch, dann wäre das ja durchaus nice. Aber damit anzugeben, geht irgendwie nicht, findet Marie und schreibt mit einem leichten Grinsen zurück:

Hi! Und ich bin froh, dass es morgen endlich nach Hause geht, in unsere Villa in den Elbvororten. Zum Glück holt mein Vater mich mit dem Ferrari vom Privatjet-Terminal ab. Gruß. Marie.

Marie ist gespannt, wie Henry darauf reagieren wird.

Um sich abzulenken, nickt sie dem Dozenten vorne freundlich zu, der irgendwas über Präsident Lincoln und das US-amerikanische Wahlrecht erzählt. Dann guckt sie vorsichtig nach links und rechts, wo fleißig mitgeschrieben wird. Etwas beschämt holt sie nun auch selbst ihren Block und einen Stift aus ihrem Rucksack. Dabei sieht sie, dass Henry tatsächlich direkt eine Antwort geschickt hat:

Verstehe! Dann wünsche ich dir viel Spaß beim Rückflug.
Gruß. Henry aka Vogel-Aa-Junge?

Marie muss wider Willen lächeln und überlegt, ob sie gleich antworten soll. Sie lässt es und bemüht sich, ein paar Stichpunkte zu notieren, die sie irgendwann vielleicht mal nachlesen muss.

HENRY

Henry überlegt den Rest des Tages, wie Maries Bemerkung mit dem Jet und dem Ferrari wohl gemeint war. Im ersten Moment hat er gelacht, weil er es für eine coole Antwort auf seinen Spruch mit dem Pool hielt. Aber dann ist er unsicher geworden. War es nicht eher sarkastisch? Weil sie das mit dem Pool für Angeberei hielt? Verdammt, ist das kompliziert.

In der Mittagspause nach dem langweiligen Seminar über die amerikanische Geschichte entdeckt er Marie im Hof des Seminarzentrums. Sie steht neben den zwei Mädchen, mit denen sie sich schon am Vortag unterhalten hat und die so wirken, als würden sie Privatjets toll finden. Dann verschwinden die beiden Mädchen in Richtung Toilette und Marie bleibt alleine zurück. Sie schaut sich ein wenig verloren um und bemerkt, wie er sie anglotzt. One more time! Aber diesmal gibt sich Henry einen Ruck und geht auf sie zu.

»Ich frage nur mal so: Das mit dem Jet und dem Ferrari war nicht ernst gemeint, oder?«

»Ich frage nur mal zurück: War das mit dem Pool ernst gemeint?«

»Ja! ... Also: Jein!«, korrigiert er sich und muss dabei grinsen. Sie grinst nicht.

Also schiebt er schnell eine Erklärung hinterher. »Mein

Freund Kai hat den Zettel mit deiner Nummer entführt und ist damit in den Pool gesprungen, ich musste ihn retten.«

»Deinen Freund?«

Ehe Henry etwas erwidern kann, ruft eine Stimme, dass der nächste Vortrag gleich anfängt. Marie dreht sich zum Eingang, dann wirft sie Henry einen Blick zu, der ihm durch und durch geht. So hat ihn noch kein Mädchen angesehen. Und gleichzeitig kommt es ihm vor, als würde er sie schon sehr lange kennen.

»Was machst du nach dem Seminar?«, hört Henry sich plötzlich fragen.

»Ich flüchte vor Barbie eins und Barbie zwei ins Hotel« Marie deutet in Richtung der beiden blonden Mädchen, die von der Toilette zurückgekommen sind und Henry abschätzig ansehen.

»Hast du Lust, äh ... was mit mir zu unternehmen?«

Sie hält ihren Kopf schräg. »Ich frage nur mal so: Meinst du das ernst?«

»Ja!«

»Wo würden wir uns treffen, wenn ich Ja sage?«

Sie ist offenbar keine Freundin langer Diskussionen, also antwortet Henry auch, ohne zu zögern. »Draußen bei meinem Fahrrad! Ich hab es an derselben Stelle wie gestern angeschlossen.«

»Hast du den Sattel geputzt?«

»Sure!«

»Okay.«

Er stutzt. »Ist das ein Ja?«

»Ja!«, sagt sie.

Damit dreht sie sich um und geht davon. Kein freundliches Lächeln, kein Wort, ob sie sich freut. Henry versteht das nicht, aber er folgt ihr und holt sie ein und öffnet für sie die Tür.

»Danke!«

»Bitte!«

Dann trennen sie sich und gehen in ihre jeweiligen Seminarräume.

Als Henry sich auf seinen Platz setzt, um dem nächsten langweiligen Vortrag zu lauschen, wird ihm klar, dass er ein Date hat.

Fuck, denkt er vor Freude und auch vor Aufregung, denn er hat keinen Schimmer, was er mit Marie machen soll.

Dann piept sein Handy:

Hoffe, du hast einen coolen Plan!

MARIE
HENRY

Hast *du* denn einen coolen Plan?

Marie muss grinsen, als sie Henrys Nachricht entdeckt, obwohl sie die Frage nicht richtig versteht. Also antwortet sie nur mit einem Fragezeichen, während sie weiterhin versucht, so zu tun, als würde sie Amy zuhören. Die erklärt gerade die Unterschiede zwischen dem deutschen und dem amerikanischen Schulsystem.

Nur einen winzigen Augenblick später kommt auch schon Henrys Rückmeldung:

Na, für die Zeit nach den USA, also für den Rest deines Lebens?

Marie schüttelt amüsiert den Kopf bei dieser viel zu großen Frage, deren Antwort wohl kaum in einen Chat passt und die sie ohnehin nicht wirklich kennt. Prompt wird sie von Amy mit gerunzelter Stirn fixiert, was Marie total unangenehm ist. Darum bemüht sie sich, aufmerksam nach vorne statt aufs Display zu blicken, wobei ihre Gedanken doch immer wieder zu Henry wandern.

Eine Stunde später steht Marie seufzend vor dem Spiegel im Waschraum, in der Hoffnung, einen kleinen Moment für sich allein zu haben. Deswegen hat sie sich extra zehn Minuten vor Seminarende rausgeschlichen. So entkommt sie hoffentlich auch den heutigen gemeinsamen Unternehmungen. Allmählich gehen ihr nämlich die Ausreden aus, warum sie nicht mitkommt auf Sightseeing-Tour oder einfach was trinken. Aber allein die Vorstellung, wie dann alle gut gelaunt von ihren künftigen Gasteltern und all den tollen Erfahrungen schwärmen, lähmt Marie. Sie fühlt sich nach wie vor fehl am Platz und wünschte, sie hätte diese seltsame Sache mit dem Stipendium nur geträumt.

Doch sie hat nicht geträumt, sondern im Gegenteil die halbe Nacht an die hohe Decke ihres Hotelzimmers gestarrt und sich vorgestellt, wie einsam sie in ein paar Wochen sein wird. Da drüben in einem so großen Land, das sie noch nie gesehen hat!

Seufzend bürstet Marie sich die Haare und bindet sie zu einem Zopf, nur um ihn gleich wieder zu lösen. Es ist ja nicht so, dass sie auf Henry stehen würde. Trotzdem will sie sich nicht unwohl fühlen, wenn sie mit ihm loszieht. Sie will nicht ständig darüber nachdenken, ob ihm auffällt, dass ihre Ohren etwas abstehen. Dafür verzichtet sie auf Lipgloss, damit er ja nicht glaubt, sie wolle ihm gefallen.

Eigentlich wäre Marie am liebsten heute schon nach Hause gefahren. Aber dann hätte sie bis auf die Taxifahrt vom Bahnhof nichts von der Stadt gesehen und ihre Eltern hätten ihr ganz umsonst eine weitere Nacht im Hotel spendiert.

Wenn sie allerdings wüssten, dass sie mit einem fremden Typen unterwegs ist, wären sie sicher stinksauer.

Verlegen beißt Marie sich auf die Unterlippe. Denn daran hat sie noch gar nicht gedacht. Sie greift nach ihrem Handy und erklärt Laura schnell per Sprachnachricht, was sie vorhat, und dass sie sich stündlich melden wird, um ihren Standort durchzugeben. Und wenn Laura nichts von ihr hört, hat Henry sie wahrscheinlich mit einem Messer niedergestreckt und in den Wannsee geschmissen. Aber dann weiß die Polizei wenigstens, wo sie suchen muss.

Bei der obligatorischen Abschiedsfloskel »Lieb dich und so« muss Marie allerdings ein bisschen lachen. Darum wird Laura sicher heraushören, dass die Sache wirklich nur eine sehr vorsichtige Vorsichtsmaßnahme ist. So schräg Henry auch wirkt, er scheint ziemlich harmlos zu sein, fast schüchtern.

Und ein klitzekleines bisschen freut sie sich sogar, mit einem echten Berliner noch etwas zu erleben.

HENRY

»Hi!« Henry hebt bewusst lässig die Hand.

»Hi!«

»Hast du Hunger?« Seine Stimme kippt ein wenig.

Einen Moment starrt Marie ihn mit ihren tiefgründigen dunklen Augen an, wieder mit diesem Blick, der ihm durch und durch geht. Als würde sie ihn scannen. Dann nickt sie. »Ja.«

»Fahrrad fahren kannst du?«

Statt einer Antwort zieht sie einfach nur die Edding-Augenbrauen hoch und er muss lachen.

»Cool, dann mieten wir dir jetzt ein Rad für dich und essen Pizza bei *Zia Maria*. Die beste Pizza der Stadt.«

Henry checkt auf seinem Smartphone schnell das nächste Uber-Leihrad aus, das zum Glück auf der anderen Straßenseite steht, dann hilft er ihr beim Einstellen des Sattels.

»Wir holen uns ein paar Pizzastücke und legen uns dann in den Volkspark, wäre das in deinem Sinn?«, hakt er sicherheitshalber nach.

»Wäre es.«

Erfreut sieht Henry sie an. »Dann geht es jetzt los!«

Henry nimmt Schleichwege und fühlt sich in seinem Element. Planen und ausführen, das ist voll sein Ding. Immer wieder dreht er sich nach Marie um, versucht dabei, nicht auf ihre nackten Beine zu starren. Mit seinem Tempo hat sie kein Problem. Aber er hat ja schon am ersten Tag gesehen, wie sportlich sie ist.

Nach zehn Minuten sind sie bei *Zia Maria*. Draußen steht eine kleine Schlange. Hipster, Familien und andere Berliner. Halb hofft er, dass jemand dabei ist, den er kennt. Aber erst mal schließt er ihre Räder zusammen, dann gehen sie rein und er fragt Marie, welche Pizzastücke sie haben will. Das dauert länger und bringt seinen Zeitplan durcheinander, denn sie kann sich nicht entscheiden und sie lassen gleich mehrere Kunden vor. Henry beobachtet, wie sich ihre breiten Augenbrauen beim Überlegen kräuseln. Schließlich ist sie so weit.

»Zwei Salami, eine Salico ... Nee, Moment, nur *eine* Salami. ... Ach, und ... gibt es die Salami auch ohne Käse?«

Wieder überholen andere, weil Marie noch mal alles überdenkt. Henry lächelt das Mädchen hinter der Theke nervös an. Der scheint das nichts auszumachen. Als sie endlich fertig sind, holte er seine Geldbörse raus.

»Das geht auf mich«, sagt er und guckt Marie dabei ein wenig unsicher an. Nicht, dass er altmodisch, sprich uncool wirkt.

»Okay, danke!«, antwortet sie.

Während sie draußen auf die Pizza warten, trinken sie Orangenlimo und lassen sich die Sonne ins Gesicht scheinen. Nach einer quälend langen Pause murmelt Henry nervös, dass es bestimmt nicht mehr lange dauern wird, wofür er sich direkt ohrfeigen könnte. Weniger originell geht es wohl nicht!

»Wo schicken sie dich hin?«, fragt Marie. Sie lehnt an der Hauswand und hat die Augen geschlossen.

»New York.«

»Krass!« Jetzt öffnet sie die Augen.

»Ja, krass«, sagt er.

»Und wo wohnt deine Gastfamilie da?«

»Auf der Höhe des Central Park.«

»Himmel, dann müssen die stinkreich sein, oder?« Marie klingt ehrlich überrascht.

Henry schluckt. Darüber hat er noch nicht nachgedacht.

»Keine Ahnung«, entgegnet er.

»Und wie sind die Leute so?«, fragt sie und sieht ihn nun interessiert an.

»Weiß nicht.«

»Haben sie nichts von sich geschrieben? Keine Fotos geschickt? Habt ihr telefoniert, geskypt?«

Zum Glück ruft das Mädchen von der Theke in diesem Moment Maries Namen und hält einen großen Pizzakarton hoch. Ihre Bestellung ist fertig.

»Hier«, antwortet Henry, der an der Kasse Maries Namen angegeben hat und sich dabei ein bisschen so fühlte, als seien sie ein Paar.

»Und jetzt in den Park«, schlägt er vor, als er mit dem Karton wieder draußen steht.

»Da musst du mir dann aber alles über deine Gasteltern erzählen«, entgegnet Marie.

»Ich ... ich habe mich noch nicht bei denen gemeldet!«

»O-kay. Und warum nicht?« Marie starrt ihn verwundert an.

Zu viel zu tun, könnte Henry sagen, aber das wäre eine glatte Lüge. Was anderes fällt ihm allerdings nicht ein. Die Pizza ist heiß in seiner Hand.

»Ich hatte irgendwie ...« Er schluckt.

»... Schiss?«, beendet Marie den Satz.

Henry zuckt mit den Schultern. Jetzt ist es sowieso egal. Soll sie ihn doch für ein Weichei halten oder was auch immer.

»Ja!«, sagt er und blickt ihr fest in die Augen.

»Kann ich gut verstehen«, antwortet sie zu seiner Überraschung und dann: »Wollen wir? Ich sterbe vor Hunger!«

Während Henry die Räder losmacht, hält Marie die Pizza. Der Duft vermischt sich mit ihrem Parfum und Henry grinst unsicher, als er ihr den Karton abnimmt.

Marie zieht ihren rechten Mundwinkel hoch, sodass sie fast ein bisschen lächelt. »Ich hoffe, die schmeckt wirklich gut.«

»Das hoffe ich auch!«

MARIE

Wenn Henry wüsste, wie riesig mein Hunger ist, würde er nicht vorschlagen, noch weiter in irgend so einen Park zu fahren, denkt Marie, aber nickt ihm nett zu, als er sich aufs Rad schwingt. Den ganzen Tag über hat sie kaum etwas gegessen, weil sie sich nicht wohlgefühlt hat zwischen all den anderen, die es kaum erwarten können, demnächst über den Atlantik zu fliegen.

Hoffentlich fragt Henry mich nicht, wo *ich* landen werde, ist Maries nächster Gedanke, als sie an einer roten Ampel stoppen.

»Und du?«, fragt er natürlich doch. »Wo gehst du hin?«

Marie hält die Luft an und ist froh, dass die Ampel direkt auf Grün springt.

»Eher so in die Mitte«, nuschelt sie und fährt so schnell an, dass Henry Mühe hat, sie einzuholen. Er ruft ihr zu, dass sie an der nächsten Kreuzung rechts ab müssen.

Irgendwie bringt es Spaß, Berlin mit dem Rad zu erkunden, findet Marie und lässt Henry wieder vorausfahren. Alles ist größer hier, die Straßen sind breiter, die Häuser höher und die Menschen bunter. Sie fahren eine Allee entlang und Grillgeruch hängt in der Luft. Ihr Magen knurrt. Zum Glück dauert es nicht lange, bis sie vor dem riesigen Park stehen.

Henry kümmert sich netterweise wieder ums Anschließen

und deutet mit rotem Kopf in Richtung einer Wiese, auf der viele Grüppchen und Pärchen die schwülwarme Abendluft genießen.

Schade, dass sie keine Decke dabeihaben, denkt Marie.

Im selben Moment dreht Henry sich zu ihr um und sagt: »Ich hab aus der Catering-Küche im Seminarzentrum einen Müllsack mitgenommen. Da können wir uns draufsetzen, falls du dich nicht dreckig machen willst.«

Marie kann sich ein glückliches Grinsen nicht verkneifen.

HENRY

Marie hält sich beim Essen die Hand vor den Mund.

»Warum versteckst du dich?«, fragt er.

»Tue ich gar nicht!«

»Doch!«

Dann ahmt Henry sie beim Essen nach: mit der Hand vor dem Mund.

Einen Moment nestelt Marie verlegen ein Stück Pizza von der Pappe ab. »Ich mag meine Zähne nicht so«, gibt sie schließlich zu und blickt verlegen in den Himmel.

»Wieso? Die sind doch schön weiß.«

»Und schief.«

»Zeig mal.«

Sie schüttelt den Kopf und grinst verlegen – mit geschlossenen Lippen.

»Du hast mich gestern auch in Superman-Shorts gesehen!«

Zu Henrys Überraschung muss Marie lachen. Blitzschnell schießt ihre Hand erneut vor den Mund. Für einen Moment ist wieder diese Schwerelosigkeit da, dieses komische Gefühl im Magen. Die Zeit steht still, als würde er dieses Mädchen schon länger kennen.

Henry weiß nicht, was das ist, aber es macht ihn mutig. So mutig wie noch nie zuvor. »Hast du Bock auf ein Experiment?«

Marie zuckt mit den schmalen Schultern.

»Wir beide kennen uns kaum. In ein paar Tagen fahren wir für ein Jahr nach Amerika. Wer weiß, was danach passiert.«

Es fühlt sich an, als ob Henry nicht selber spricht, sondern jemand, der seinen Körper geentert hat. Ist vielleicht die Abendsonne in seinem Rücken, denkt er und macht einfach weiter.

»Man soll doch angeblich immer leben, als wäre es der letzte Tag. Warum machen wir das nicht? Warum machen wir diesen Tag heute nicht unvergesslich?«

Er hört sich an wie ein schmalziger Versicherungsverkäufer. Aber Marie guckt ihn irgendwie neugierig an.

»Ja?«, sagt sie und klingt dabei erwartungsvoll.

»Wir erzählen uns einfach alles, was wir sonst niemandem sagen würden. Keine Geheimnisse, kein blödes Theater, keine Angeberei. Nicht der ganze Scheiß, den man sonst jeden Tag von sich gibt, der ganze anstrengende Kram.«

Kaum hat er es ausgesprochen, kommt es ihm unendlich banal vor. Wie kann man nur so dämlich sein, denkt er. Aber jetzt ist es raus und zu spät. Und wie sagt sein Vater immer: Wenn du Scheiße gebaut hast, dann stehe wenigstens dazu.

»Also?«, fragt er.

MARIE

Ich hab noch nie so einen schrägen Typen wie dich getroffen, denkt Marie und sagt genau das nach kurzem Zögern. Dann beißt sie sich auf die Lippe.

»Gut schräg oder schlecht schräg?«, entgegnet Henry.

»Gut!«, sagt Marie verlegen.

Henrys Augen beginnen zu leuchten.

Das ermutigt Marie und sie ergänzt nach einer kleinen Pause: »Ist echt 'ne coole Idee! Wir können uns gegenseitig Fragen stellen.«

Henry sieht Marie aufmerksam an. Darum traut sie sich nicht, einen weiteren Bissen von ihrer sauleckeren Pizza zu nehmen.

»Okay, aber es gibt eine Bedingung!« Henry klingt ernst.

Marie hebt fragend die Augenbrauen und überwindet sich dann doch, sich ein Stück Pizza in den Mund zu schieben.

»Es muss die Wahrheit sein!«

Marie schluckt. Warum nicht, denkt sie und bekommt gleichzeitig ein mulmiges Gefühl. Es ist ja nicht so, als stünde sie auf Lügen. Aber so richtig offen und ehrlich ist sie eigentlich nur zu Laura. Und zu ihrer Oma. Oma Irmi würde sie nie anlügen!

»Ich fang an«, sagt Henry, beißt aber erst mal in seine Pizza, während er nachzudenken scheint.

Marie wartet ab und nimmt einen Schluck aus der Limoflasche, die Henry ihr zuvor total lässig mit einem zusammengepressten Stück Pizzakarton geöffnet hat.

»Wie wohnst du so? Also, mit wem zum Beispiel?«

Marie atmet innerlich auf. Das beantwortet sie gerne.

Sie erzählt von ihren Eltern, die eigentlich ziemlich entspannt sind, und von ihrer Oma, die im Haus nebenan lebt. Und davon, dass sie früher gerne eine Schwester oder einen Bruder gehabt hätte.

»Alles in allem gehts mir gut und ich habe liebe Menschen um mich. Richtig übel ist nur, dass meine beste Freundin Laura wegzieht. Aber ich bin ja dann auch bald weg.«

Henry nickt nur stumm, was Marie erneut verunsichert. Also stellt sie ihre erste Frage: »Warum willst du überhaupt nach Amerika?«

HENRY

Maries Frage klingt simpel, aber gerade deswegen zögert Henry. Er wollte immer nur weg von zu Hause. Aber warum eigentlich?

»Kneifen gilt nicht«, ruft Marie, wobei ihr fast ein Stück Pizza aus dem Mund fällt. Und darüber muss sie dann spontan lachen, natürlich mit der Hand vor dem Mund.

»Ich will eben weg«, sagt er schließlich doch, ganz ohne Erklärung.

Marie lässt nicht locker. »Ja, aber warum?«

Henry reibt sich die Stirn. »Wäre ich nicht mit der nächsten Frage dran?«

»Erst wenn du richtig geantwortet hast!«

In Henrys Kopf rast es. Wo soll er anfangen? Er spürt, wie seine Narbe wieder mal heiß wird. Das macht ihn nicht gerade lockerer.

»Was ist?«

»Ist mir ein bisschen peinlich, so viel von mir zu erzählen«, gibt er zu.

»Aber darum ging es doch in dem Spiel?« Marie guckt erstaunt und ihre Augenbrauen kräuseln sich.

Und plötzlich muss Henry lachen.

»Was?«, fragt Marie.

»Nichts, es ist nur ...«

»… du hast noch mit niemandem darüber geredet«, beendet sie seinen Satz und ihre Stimme klingt dabei sanft und mitfühlend.

Henry schluckt. Woher weiß sie das? »Genau!«

»Vielleicht ist es leichter, wenn du die Augen zumachst«, sagt Marie, und dann rückt sie plötzlich ein Stück näher an ihn heran und legt ihre Hand über seine Augen.

Henry ist so überrascht, dass er gar nicht reagieren kann. Ihre Hand ist weich und warm und sein Herz beginnt wie wild zu schlagen.

»Oder lieber nicht?«, fragt Marie und löst die Hand.

»Doch. Bitte!«, sagt Henry schnell.

Er setzt sich bequem auf seine Knie und wartet. Marie rückt noch näher an ihn heran. Er kann ihren Atem auf seinem Gesicht fühlen und ihren Duft riechen. Dann streckt sie die Hand wieder aus und verdeckt seine Augen. Er kann nicht glauben, dass sie das einfach so macht. Ihm wird warm, aber nicht wie von der Sonne. Irgendwie von innen.

»Und?«, fragt Marie.

»Ist gut«, sagt Henry.

Marie lacht. »Ich meine: Ich warte auf deine Antwort.«

Da muss Henry auch lachen. Das Lachen dringt wie ein sehr leichter kleiner Vogel aus seiner Kehle und fühlt sich so sanft an wie eine Wolke.

»Ich … ich glaube, ich will mal was für *mich* tun. Mich nicht ständig verantwortlich fühlen für meine kleine Schwester und den ganzen Haushalt. Ich möchte einfach mal machen, was ich will. Einfach nur an mich denken und den Tag genießen und Fußball spielen«, sagt er und ist selbst überrascht von seinen Worten. Und davon, dass die Antwort plötzlich ganz leicht ist.

»Hört sich ziemlich egoistisch an, oder?«, fragt er.

»Nö«, sagt Marie.

»Geht es noch mit der Hand?«

»Ja. Warum kümmern sich deine Eltern nicht um deine Schwester?«

»Meine Mutter ist tot und mein Vater ... weiß nicht. Es hat sich einfach so ergeben. Ich kümmere mich um alles und er arbeitet«, sagt Henry. Er spürt ihre Betroffenheit.

»Vermisst du deine Mutter?«, fragt sie etwas leiser.

Seine Mutter! Jeden Tag denkt er an sie.

»Sie ist der Grund, warum ich ausgerechnet nach Amerika will. Meine Mutter war nie da, wollte aber immer mal über die Brooklyn Bridge laufen und von dort auf Manhattan gucken. Keine Ahnung, warum. Aber das war ihr großer Traum. Sie ...« *hat ihn leider nicht wahr machen können,* will Henry sagen.

Doch statt der Worte dringt etwas anderes aus seinem Inneren an die Oberfläche. Plötzlich sieht er seine Mutter vor sich. Ohne es zu wollen, entfährt Henry ein Schluchzer und er fühlt, wie ihm Tränen in die Augen steigen.

Das Ganze ist ihm peinlich und er könnte sich eine ballern, dass er sich nicht besser im Griff hat. Instinktiv will er die Tränen verdecken, so wie Marie ihre Zähne verdeckt.

Und dann landet seine Hand auf ihrer Hand.

MARIE

HENRY

»Jetzt bin ich wieder dran«, sagt Henry und lässt ihre Finger los.

Sie nimmt die Hand von seinen Augen und beobachtet, wie er tief einatmet und sich schnell eine Träne wegwischt.

Marie kapiert, dass er nicht über seine Mama reden will, und nickt. Allein schon der Gedanke, sie könnte ihre Mutter verlieren, lässt sie schwindelig werden. Henry tut ihr wirklich leid. Um ihn aufzuheitern, setzt sie ein Lächeln auf, obwohl ihr eigentlich gar nicht danach zumute ist. Auch der Appetit ist ihr vergangen.

Sie sieht Henry abwartend an.

Er verzieht seine Lippen und schaut in die Ferne, wo ein paar Jugendliche einen Ball hin und her kicken. Dann sieht er wieder zu ihr und fragt: »Was kannst du besonders gut?«

Marie lacht auf. *Gar nichts*, will sie schon antworten. Aber sie hat das Gefühl, dass es ihn wirklich interessiert. Also traut Marie sich, einfach zu erzählen, obwohl sie spürt, dass sie rot wird.

»Tanzen, das klappt ganz gut, und zeichnen kann ich ein bisschen und Cupcakes machen. Ich liebe es, mit meiner Oma zu backen, und Cupcakes sind das Einzige, was ich besser kann als sie.«

»Das ist schon alles?«, fragt Henry.

Marie fühlt einen Stich. »Das mit dem Tanzen ist mir wirklich wichtig«, protestiert sie.

»Aber wie du das sagst! *Klappt eigentlich ganz gut* …« Er sieht sie skeptisch an.

Marie runzelt die Stirn. Irgendwie ist sie beleidigt. Aber irgendwie auch nicht.

Verunsichert redet sie weiter: »Na ja, ist ja auch peinlich, sich zu loben. Ich kann gut tanzen. Ich kann gut Choreos. Ich denke mir immer was Neues aus und suche die passende Musik. Und am liebsten würde ich eine Cheerleading-Tanzgruppe leiten.«

»Und warum machst du das nicht?!«

So, wie Henry das sagt, klingt es, als wäre das kein Problem. Wenn der wüsste, wie arrogant Xenia Claasen ist und wie wenig sie Marie zutraut! Außerdem wäre sie nie bereit, als Trainerin abzutreten.

»Na, deswegen gehe ich ja nach Amerika!«

»Echt?«, fragt Henry und lacht. Und dann sagt er zu Maries Verwunderung, dass bei ihm auch der Sport entscheidend für die Bewerbung ums Stipendium gewesen ist. »Fußball war mindestens so wichtig wie die Sache mit meiner Familie.«

»Aber ist Fußball denn überhaupt angesagt dort drüben?«, versucht Marie noch etwas mehr aus Henry herauszukitzeln.

Der zuckt mit den Achseln und sagt nach kurzem Zögern: »Mein Trainer hat mich dazu ermuntert. Und um ehrlich zu sein, macht er das, was mein Vater nicht so richtig kann.«

Marie versteht kein Wort. Und doch fühlt sie sich Henry plötzlich sehr nahe und will es genauer wissen. »Du hast also Talent und dein Trainer weiß das, dein Vater aber nicht?«

Henry verzieht nervös seine Mundwinkel und nickt kaum wahrnehmbar. Aber Marie hat es gesehen. Genau wie seine Grübchen, von denen das linke viel größer ist als das rechte.

Sie werden noch sichtbarer, als er sie unvermittelt angrinst und wissen will, ob er nun wieder dran sei.

Marie schüttelt den Kopf. »Auf keinen Fall! Das waren nur Detailzwischenfragen!«

Henry grinst noch breiter und Marie fragt: »Was wird dir am meisten fehlen in dem Austauschjahr?«

HENRY

Du, denkt Henry, sagt aber nichts. Es wäre ja auch Unsinn, denn er kennt Marie kaum. Außerdem fehlt ihm der Mut.

Marie sieht ihn erwartungsvoll an.

Das Spiel hat sich irgendwie anders entwickelt, als Henry das gehofft hat. Er hat viel zu viel von sich erzählt und dann auch noch rumgeheult. Was muss Marie nur von ihm denken?!

»Henry?«

»Ja?«

Sie wiederholt ihre Frage. Was wird ihm im Austauschjahr fehlen?

Er bleibt stumm, überlegt aber schon wieder, was es bedeuten würde, wenn dieser Tag sein letzter wäre. Wenn danach alles vorbei wäre. Würde er sich dann nicht darüber ärgern, dass er nicht mutig gewesen war?

»Dich!«, hört er sich einen Moment später sagen.

»Mich?« Sie ist sichtlich erstaunt. »Du kennst mich doch gar nicht.«

»Ein bisschen schon«, sagt er und jetzt schlägt sein Herz so laut, dass er glaubt, sie müsse es mitkriegen. Auf jeden Fall merkt sie bestimmt, wie aufgeregt er ist. Schon wieder voll peinlich.

Er zuckt mit den Schultern. »Tut mir leid. Fiel mir so ein.«

Die restliche Pizza ist inzwischen sicher kalt. Hinter Marie spielen zwei Leute Frisbee und ein Hund bellt irgendwo. Was heißt *einer*, es sind Hunderte.

»Meinst du das ernst?«, fragt sie in einem seltsamen Ton. Sie klingt fast so wie seine Schwester, wenn sie genervt ist, weil er etwas Idiotisches gesagt hat.

»Ja«, sagt er und bereut, dass er so vorgeprescht ist.

Doch dann beugt Marie sich plötzlich vor und im nächsten Augenblick spürt er ihre Lippen auf seiner Wange. Er kann nicht fassen, was hier gerade abgeht.

Scheiße, denkt er und dann: Ihre Lippen sind so weich.

Und jetzt lehnt sie ihren Kopf an seine Schulter. Sie ist so nah, dass sie seinen Herzschlag ganz bestimmt spürt, denn er spürt ihren auch. Er rast wie ein ... wie ein ... wie ein ...

MARIE

Henrys Herz klopft so stark und schnell wie ein Song-Beat. Marie spürt es genau.

Er hat es echt nicht leicht, denkt sie und richtet sich wieder auf, um zu sehen, ob Henry sich etwas beruhigt hat. Aber sie kann seinen Blick nicht deuten. Er guckt, als sei sie ein Schreckgespenst.

»Sorry, ich wollte dich bloß ein bisschen trösten«, sagt sie leise. Ist ja auch krass. Da erzählt er von seiner toten Mutter und seinem planlosen Vater und meint dann, er würde Marie vermissen, bloß weil sie ihm zugehört hat. »Hast du denn sonst niemanden, mit dem du über deine Familie sprechen kannst?«

Henry weicht ein Stück zurück und sieht sie nun irritiert an.

»Okay, ich will gar nicht nachbohren. Das war jedenfalls nicht die nächste Frage. *Du* bist ja wieder dran«, versucht Marie diese komische Situation zu retten. Denn eigentlich findet sie es ziemlich nett mit Henry.

Zum Glück scheint das zu klappen, denn er blinzelt kurz und fragt dann: »Was wirst *du* vermissen?«

»Alles!«, erwidert Marie, ohne groß nachzudenken.

Henry hebt seine Augenbrauen, will es offensichtlich genauer wissen. Erst jetzt fällt Marie auf, dass seine Augen ein schönes Grün haben. Irgendwie vertraut schön.

Marie überlegt. Der Gedanke, dass sie sich bald von ihrer Oma, ihrer Mama, ihrem Papa und Laura für ein ganzes Jahr verabschieden muss, schnürt ihr nach wie vor den Hals zu. Eigentlich ist er kaum zu ertragen. Tränen steigen in ihr auf. Sie versucht sie zu unterdrücken und setzt bewusst ein entspanntes Gesicht auf.

»Keine Ahnung. Da gibt es so viel. Am meisten werde ich wohl mein eigenes Bett vermissen und ein paar Freunde«, schwindelt Marie.

Henry blickt sie weiterhin stumm an, so lange, bis es ihr unangenehm wird.

»Was ist?«, fragt sie.

HENRY

Henry fühlt sich völlig verloren. Sein Herz rast noch wegen des Kusses. Aber für Marie scheint das nichts Besonderes gewesen zu sein. Küsst sie jeden Jungen, um ihn zu trösten? Warum hat ihr Herz dann so doll geschlagen?

Am liebsten würde er sich vorbeugen und ihre Lippen mit seinen berühren. Sie waren so unglaublich weich. Irgendwie sieht sie auch traurig aus, aber warum? Nur weil sie eine Weile nicht in ihrem Bett schlafen kann? Warum will sie dann überhaupt nach Amerika? Henry versteht das nicht.

»Fährt man nicht deswegen weg, damit man mal in einem anderen Bett schläft?!«, fragt er.

Marie wirkt unsicher und viel zu weit weg.

Scheiß drauf, denkt er und streckt seine Hand nach ihrem Gesicht aus, dann verliert er den Mut und streichelt stattdessen über ihren Arm. Er kommt sich albern vor, aber zu seiner Überraschung nimmt sie seine Hand in ihre. Das ist merkwürdig, aber auch wahnsinnig aufregend.

Eine Weile sitzen sie so da, dann meldet sich sein Handy. Am Klingelton hört er, dass es Kalea ist.

»Geh ruhig ran!«, sagt Marie und löst ihre Finger von seinen, offenbar fast ein bisschen erleichtert.

Warum hat er sein Telefon nicht ausgeschaltet? Seine Hand fühlt sich plötzlich komisch an, ohne ihre.

»Ist nur meine nervige Schwester«, murmelt er und versucht so zu gucken, dass sie wieder nach seiner Hand greift. Aber wie soll so ein Blick aussehen? Er weiß es nicht.

Und Marie reagiert auch nicht. Stattdessen sagt sie: »Puh, langsam wird mir kalt.« Sie steht auf und kramt eine Jacke aus ihrem Rucksack.

Erst jetzt merkt Henry, dass die Sonne schon verdammt tief steht. War es nicht eben erst früher Abend?

Er schaut nun doch auf sein Handy. »Schon neun!«

Im selben Augenblick bekommt er eine Nachricht von seiner Schwester: ein einzelnes großes Fragezeichen.

»Mist!«, ruft er. Das ist so typisch Kalea. Was genau soll das heißen?!

Marie sieht ihn fragend an. »Musst du los?«

Statt zu antworten, fragt er: »Wann fährst du wieder nach Hamburg?«

»Morgen. Mein Zug geht um 10.05 Uhr.«

Er nickt und weiß nicht, was er machen soll. *Fahr nicht*, würde er am liebsten sagen. Er möchte nicht, dass der Abend zu Ende geht oder die Zeit mit ihr.

»Musst du nach Hause?«, fragt sie erneut.

»Ich weiß nicht.«

Marie sieht ihn komisch an. »Ich bin sowieso müde«, sagt sie.

Was ist das für ein Blick? Und was soll das heißen, sie ist müde? Will sie den Abend beenden?

MARIE

HENRY

Ist das alles komisch. Muss Henry nun los oder nicht? Und war der Anruf wirklich von seiner Schwester oder schiebt er die nur vor, damit er gleich abhauen kann? Jetzt piept das Handy schon wieder.

Marie bemüht sich, entspannt zu tun, und gähnt. Sie ist wirklich ziemlich müde, weil die beiden Nächte im Hotel so doof waren. Aber trotzdem würde sie gerne noch eine Weile mit Henry hier sitzen und das Fragespiel spielen.

Sie muss wissen, was Sache ist. Also nimmt sie all ihren Mut zusammen und fragt einfach: »War das echt deine Schwester?«

Anschließend beißt sie sich auf die Lippe, bis es schmerzt.

Henry wirkt irritiert. Er starrt auf sein Handy und dann wieder in ihre Augen. Überhaupt guckt er so, so … so direkt. Irgendwie eindringlich, aber nicht unangenehm.

Plötzlich hellt sich sein Gesicht auf und kleine Lachfalten bringen das Grün seiner Augen zum Strahlen. »Jetzt kapier ich!«

Er hält Marie das Handy unter die Nase und öffnet den Kontakt mit dem Namen »Kalea«. Das dazugehörige Profilbild ist ein Wal. Und die Nachricht lautet: *Heute keinen Gutenachtkuss, oder was?*

»Das ist ihre Art zu fragen, wann ich endlich nach Hause

komme. Sie ist eine kleine Terroristin, musst du wissen«, erklärt Henry.

Marie spürt einen Stich, so als sei sie eifersüchtig. Was total lächerlich ist. Sie kennt Henry ja so gut wie gar nicht. Trotzdem fragt sie sich, ob dieser Wal nicht vielleicht seine Freundin ist. Eine Schwester würde doch kaum auf einem Gutenachtkuss bestehen!

In dem Moment hält sich Henry das Handy vor den Mund und sagt: »Nee, sorry, heute nicht.« Er zögert und sieht Marie mit einem verschmitzten Lächeln an, als er weiterspricht: »Ich hab echt nette Leute kennengelernt und bin noch unterwegs. Sag Papa Bescheid, ja? Und schlaf gut, kleine Nervensäge!«

Dann schickt er die Nachricht los.

OMG. Marie wird ganz warm ums Herz. Und noch wärmer, als Henry eine Antwort bekommt und auf laut stellt: »Selber Nervensäge! Viel Spaß mit den netten Leuten! Grüß sie schön!«

Henrys Schwester klingt ein bisschen frech und richtig niedlich. Marie atmet auf.

HENRY

»Ich dachte einen Moment lang, dass das vielleicht deine Freundin ist«, sagt Marie, während Henry das Handy wegpackt.

Ihm stockt der Atem. Ist das jetzt eine Art Anmache? Irgendwie? »Nein. Ich hab keine Freundin.«

»Schade«, sagt sie unsicher und versteckt ihr Lächeln automatisch hinter der Hand. Als es ihr auffällt, sagt sie: »Ups«, nimmt die Hand runter und grinst mit geschlossenen Lippen.

Henry ist irritiert. Aber dieses Mal nicht wegen ihrer Lippen. »Schade? Hä? Wie meinst du das?«

»Na ja, also, ich ... es ist nur, weil ...«, stottert sie. »Also, nicht, was du denkst.«

»Was denke ich denn?«, fragt Henry. Er hat ja selbst keine Ahnung, was er gerade denkt.

»Das weiß ich natürlich nicht. Aber ich meinte nicht, dass es schade für mich ist, sondern für dich. Also ... checkst du, was ich meine?« Marie dreht sich beim Sprechen ein wenig, sodass ihr nackter Bauch unter dem T-Shirt hervorblitzt.

»Keine Silbe«, sagt er und findet es total süß, wie sie sich so windet.

»Ist doch blöd, wenn man keine Freundin hat, oder? Denke ich jedenfalls. Deswegen habe ich ›Schade‹ gesagt. Mitfühlend sozusagen.«

»So wie: Och, der arme Henry, tut mir aber leid«, sagt er.

Sie nickt verlegen. »Ja, so ungefähr! Genau. Der arme Henry! So allein!«

Er weiß nicht, was er davon halten soll. »Kann es sein, dass du ein bisschen kompliziert denkst?«, fragt er.

Sie zuckt mit den Schultern und sieht ihn unsicher an. So unsicher, dass er sie in den Arm nehmen möchte. Er müsste nur einen Schritt nach vorn machen, denn sie stehen sich gegenüber.

Warum sitzen sie nicht mehr? Warum steht überhaupt der Abbruch des Abends zur Debatte? Ihretwegen? Wegen seiner Schwester? Er hat es vergessen.

Statt sie zu umarmen, erklärt er: »Also: Ich habe keine Freundin!«

»Hast du eben schon gesagt!«

»Hast *du* denn einen Freund?« Er versucht möglichst cool zu fragen, aber es gelingt ihm irgendwie nicht. Er will sie auch nicht gespannt anstarren, das gelingt ihm genauso wenig.

»Nein!«, antwortet sie glücklicherweise schnell.

»Wie gut«, sagt er. »Wäre wohl uncool, wenn wir hier zusammen durch die Nacht ziehen und du einen Freund hättest!«

»Für dich? Oder für mich? Oder für meinen Freund? Den ich ja nicht habe!« Ihre Augen blitzen spöttisch auf.

»Für mich und für deinen Freund, den du ja nicht hast.« Er hebt herausfordernd das Kinn.

»Du meinst, ich würde euch beide ganz schön verarschen?«

»Genau!«

Sie verstummen, sehen sich an. Lächeln.

Ihre breiten Augenbrauen gefallen Henry irgendwie. Sie sind ihm inzwischen vertraut.

»Wie sähe dein Freund denn aus? Wenn du einen hättest?«

»Ganz klein und unsportlich, und er darf auf keinen Fall

so ein nettes Lächeln haben wie du«, sagt sie und beginnt dann laut zu lachen, während sie ihn weiter anstarrt. Sie kann gar nicht mehr aufhören und zeigt mit dem Finger auf sein Gesicht.

Henry kann zum ersten Mal ihre Zähne sehen und sie sind überhaupt nicht schräg oder hässlich oder so. Sie sind ganz weiß, ein bisschen groß vielleicht.

Marie stützt sich jetzt mit beiden Händen auf ihren Knien ab und Henry kann gar nicht anders, er muss einfach mitlachen. Es ist ein richtiger Lachflash, so wie gestern im Flur.

Als sie wieder zu Atem kommen, schnappt sich Marie ihren Rucksack, rennt zu den Fahrrädern und dreht sich mit einem fröhlichen Grinsen zu ihm um. »Na los, du Schnarchnase. Befrei unsere Räder und dann zeigst du mir deine Lieblingsplätze!«

Henry ruft begeistert: »Alles klar!« Er fühlt sich einfach bombastisch.

Ein paar Minuten später strampeln Marie und er strahlend durch die Nacht.

MARIE

Marie genießt den milden Fahrtwind, der an ihr vorbeirauscht. Und sie genießt es, dass sie schneller ist als Henry. Sie kommt sich fast vor wie in einem Disney-Film, in dem die Prinzessin sich dem Prinzen lachend entzieht, bis er sie am Ende doch noch einholt und sie ihn mit einem Kuss belohnt. Ab und zu wirft sie ihm über die Schulter einen herausfordernden Blick zu.

Sie hat schon eine Ewigkeit nicht mehr geflirtet. Ja, da war dieses Geplänkel auf Lauras Geburtstagsparty, mit Jonas aus der Parallelklasse. Aber das war nur, weil Marie Bowle getrunken hatte. Denn Jonas entspricht so gar nicht ihrem Beuteschema. Und Henry, der passt da eigentlich auch nicht rein. Und trotzdem muss sie sich eingestehen, dass sie ihn irgendwie toll findet.

Marie dreht sich wieder nach ihm um, doch im selben Moment zieht er an ihr vorbei. Marie gibt noch mehr Gas. Da zahlt sich das regelmäßige Tanztraining zu Hause endlich mal aus. Sie überholt Henry locker, bemerkt dabei aber viel zu spät, dass er abgebogen ist. Ohne ihr Bescheid zu geben!

Marie stöhnt, stoppt und fährt zurück zur Kreuzung, wo Henry auf sie wartet. Als sie ihn erreicht hat, ist sie doch etwas aus der Puste.

»Und jetzt?«, hechelt sie und spürt, dass ihr Gesicht rot angelaufen ist.

Henry streckt den Arm aus. »Du wolltest doch meinen Lieblingsplatz sehen: Da drüben ist er!«

HENRY
MARIE

»Das Bad ist dein Lieblingsplatz?«, fragt Marie.

»Ja«, antwortet Henry. »Aber nur nachts und im Sommer. Sonst ist hier viel zu viel los, und zu laut ist es auch. Totales Kindergeschrei und so.«

Sie stehen am Zaun des Sommerbades Humboldhain.

»Komm!« Er stellt sich mit dem Rücken zum Gitter und faltet seine Hände zur Räuberleiter.

Marie sieht ihn verwundert an: »Du willst rüberklettern? Jetzt?«

»Klar. Das ist ja der Spaß!«

Marie schaut unsicher nach rechts und links, wo nicht viel zu sehen ist, denn sie stehen inmitten eines Gebüsches.

»Ist völlig ungefährlich«, behauptet Henry, was allerdings nicht ganz stimmt. Einer aus seiner Schule ist schon mal erwischt worden und deswegen sogar auf der Polizeiwache gelandet. Henry will sich lieber nicht vorstellen, was sein Vater für ein Theater machen würde, wenn ihm das passiert.

Im nächsten Augenblick zieht Marie die Schuhe aus, steckt sie in ihren Rucksack und tritt mit nackten Füßen auf seine Hände. Sie hat keine Schwierigkeiten sich hochzuziehen, und für einen schönen Moment spürt Henry ihren Bauch an seinem Gesicht und es fühlt sich an, als wäre Marie seine Freundin.

Dann klettert sie über den Zaun und landet auf der anderen Seite.

Als sie sich aufgerappelt hat, sieht sie ihn fragend an. »Und wie kommst du jetzt rüber?«

»Geht schon«, sagt Henry, zieht sich an dem Geländer hoch und steht kurz danach neben ihr.

Dann greift er nach ihrer Hand und sie laufen über den Rasen auf das Becken zu. Henry schließt seine Finger fest um ihre. Er möchte nicht, dass der Moment endet, aber er kann sie ja schlecht stundenlang übers Gelände ziehen. Leider.

Kurz darauf sitzen sie am Beckenrand und lassen ihre Füße ins kühle Wasser baumeln.

Sie sind nicht die Einzigen im Bad. Um sie herum sitzen mehrere Leute, hauptsächlich Jugendliche. Ein Pärchen knutscht unter einem Baum, ein paar ältere Jungs lehnen an der Rutsche und rauchen.

»Laufen hier keine Sicherheitskräfte rum?«, fragt Marie.

»Manchmal schon«, gibt Henry zu und hofft, dass sie diese Nacht keinen Ärger bekommen. Wäre wohl keine gute Sache, wenn das erste Date bei der Polizei endet.

Er sieht Marie vorsichtig an, und als sie den Kopf zu ihm dreht, beginnt sein Herz heftig zu klopfen.

»Willst du schwimmen?«, fragt er, und bevor sie antworten kann, zieht Henry einfach seine Klamotten aus und springt in Unterhose ins Wasser. Er hat sich noch nie besser gefühlt. »Komm doch auch rein! Ist total angenehm.«

Sie schüttelt den Kopf. »Bist du oft hier?«, fragt sie dann.

»Nee, so oft auch nicht.«

»Hast du keine Angst, dass du erwischt wirst?«

»Doch«, sagt er und fragt sich, warum er ihr die Wahrheit sagt. »Würde sonst doch nur halb so viel Spaß machen!«

Er lächelt sie an. Unsicher, was er noch sagen soll. Soll er was sagen? Schließlich klettert er aus dem Becken und rubbelt sich mit seinem Hemd trocken.

»Ist dir kalt?«, fragt Marie.

»Ein bisschen«, sagt er, und dann bleiben sie eine Weile stumm nebeneinander sitzen. Henry würde sie so gern in den Arm nehmen und könnte sich ohrfeigen, dass er es trotzdem nicht macht. Warum eigentlich nicht? Sie hat doch auch ihre Hand an seine Wange gelegt, sie würde es bestimmt zulassen. Oder doch nicht?

Plötzlich hört Henry ein komisches Geräusch. Eine Art Tröten. Es kommt aus Maries Richtung. Als er sie ansieht, grinst sie.

»Warst du das?«, fragt er ungläubig.

Marie nickt. »Ich wollte mal gucken, ob du noch lebst.«

»Megalustig!«

»Schon, oder?!« Sie hebt herausfordernd die breiten Augenbrauen und macht das Geräusch noch mal.

Schlagartig wird Henry klar, dass er Marie mag wie kein Mädchen zuvor. Er grinst jetzt auch und sagt: »Ich lebe immer noch.«

»Du sagst aber nichts!«

Da hat sie recht. Aber sie selbst sagt ja auch nicht viel. Die meisten Mädchen, die er kennt, quasseln ohne Ende.

»Kennst wohl nicht viele Mädchen.«

»Nö!«

Eine Weile herrscht wieder Schweigen.

Na gut, dann eben wieder das Fragespiel. »Wieso willst du eigentlich von zu Hause weg, wenn du dort *alles* vermissen wirst?« Gespannt sieht er sie an.

MARIE

Marie beißt sich nervös auf die Lippe. Die Frage ist ihr komplett unangenehm. Denn sie weiß die Antwort einfach nicht.

Klar, sie hat sich oft ausgemalt, wie es wäre, in einem Jahr nach Hause zu kommen und fließend Englisch zu sprechen, vielleicht mit einem schicken Akzent. In ihrer Vorstellung ist sie noch durchtrainierter als jetzt, weil sie an der Highschool jeden Tag tanzen durfte. Und zwar nicht in der letzten Reihe, wie bei Xenia. Und vielleicht würde sie während ihrer Zeit in den USA auch ihren Führerschein machen und sich verlieben und in einem Hammerkleid zum Abschlussball gehen. Sie würde viele coole Fotos posten. Und sie würde natürlich jeden Tag mit ihrer Mama und mit Laura chatten, zum Glück. Denn die Vorstellung, ihre Familie und ihre Freunde …

»Also?«, reißt Henry sie aus ihren Gedanken.

Marie windet sich. Sie will einfach nicht darüber reden. Aber weil Henry nicht aufhört zu starren mit seinen Augen, die wieder direkt in ihr Herz hineinsehen, muss sie irgendwas sagen.

Sie gibt sich einen Ruck. »Keine Ahnung. Ist halt alles seltsam, wenn man so gar nicht weiß, was einen erwartet.«

Und dann fängt Marie doch an zu erzählen. Davon, wie schlimm es für sie ist, dass Laura wegzieht. Dass sie es sich einfach nicht vorstellen kann, allein an ihrer alten Schule zu bleiben. Und dass sie deshalb einverstanden war, als eine Nachbarin ihren Eltern das Austauschstipendium empfohlen hat. Und wie schnell dann alles gegangen ist und sie irgendwie überrollt hat.

Marie stoppt und holt tief Luft. Hat sie das gerade wirklich ausgesprochen?

»Also willst du eigentlich gar nicht weg?!«, fragt Henry verwundert.

»Doch, natürlich will ich das!« Marie lässt sich blitzschnell ins Becken gleiten. Einfach so.

»O mein Gott!«, zischt sie, weil es eiskalt ist, und dann lacht sie vor Freude laut auf. Obwohl sie es kaum aushält. An ihren nackten Füßen hat sich das Wasser nicht so eisig angefühlt.

Henry starrt sie fasziniert an.

Um sich aufzuwärmen, schwimmt Marie los. Sie macht richtig Tempo und am Ende der Bahn hört sie tatsächlich auf zu zittern. Keuchend, aber zufrieden klammert sie sich an den Beckenrand.

Dann schaut sie über die Schulter, um Henry auf der anderen Seite zuzuwinken.

Aber er ist verschwunden!

HENRY

MARIE

Henry taucht wie ein Irrer hinter Marie her, die schneller ist, als er gedacht hätte. Warum musste sie gerade jetzt ins Wasser springen?!

Fuck, denkt er und legt einen Zahn zu. Schließlich taucht er vor ihr auf. Sie hat sich hochgezogen und steht grinsend am Beckenrand.

»Was machst du denn schon wieder im Wasser? Und dieses Mal in Klamotten?«, fragt sie, aber dafür ist jetzt keine Zeit.

»Wir müssen weg!«, ruft er ihr atemlos zu und hievt sich ebenfalls auf den Rand.

»Schade, wo es doch gerade lustig wird!«

Verdammt, sieht sie nicht, dass die Lampen im Freibad angegangen sind? »Die Bullen sind da!«

Jetzt bemerkt sie es auch. Im riesigen Freibad verfolgen Polizisten die nächtlichen Badbesucher.

Hastig packt Henry Maries Hand und gemeinsam rennen sie los, um ihre Sachen einzusammeln.

»Stehen bleiben!«, hört Henry eine Stimme rufen, weiß aber nicht, ob er und Marie damit gemeint sind. Egal, nur weg. Aber wohin?

Henry ahnt, dass sie es nicht mehr über den Zaun schaffen werden. Die einschlägigen Stellen sind garantiert bewacht.

Sie haben nur eine Chance: Neben dem kleinen Imbiss ist die Ausgabestelle der Sonnenliegen. Dort gibt es eine große Truhe für die Polster, deren Vorhängeschloss kaputt ist. Jedenfalls war es bei seinem letzten nächtlichen Besuch noch so.

Er zieht Marie in Richtung Kiosk.

»Wo willst du hin? Der Zaun ist dort drüben!« Sie schnappt keuchend nach Luft.

»Leise!«, zischt Henry und bleibt kurz stehen. Er beobachtet, wie Scheinwerfer über den Rasen leuchten. Dann huscht er mit Marie zur Truhe. Das Schloss hängt am Riegel, aber als Henry daran zieht, geht es auf.

»Was hast du vor?« Maries Stimme klingt panisch.

»Wir verstecken uns«, flüstert er und deutet auf die dunkle Truhe, die etwas mehr als hüfthoch ist und mindestens drei Meter breit.

»Da geh ich nicht rein«, protestiert Marie.

Aber Henry ignoriert das einfach. Eilig nimmt er ein paar der Polsterauflagen heraus, damit sie Platz haben. Er stapelt die Dinger ordentlich auf den Deckel der Truhe, dann hebt er ihn vorsichtig wieder hoch und schaut bittend zu Marie.

»Das ist unsere einzige Chance«, flüstert er und ist erleichtert, als sie keine Zicken macht.

Henry steigt schnell hinterher. Viel Platz ist nicht in der Truhe und er muss den Deckel langsam schließen, damit die Polster oben nicht verrutschen. Drinnen riecht es nach feuchtem Stoff. Henry kann Maries Atem spüren und er hört sein Herz schlagen.

Von dem kaputten Schloss weiß er von Ahmed aus seiner Klasse. Der hat sich hier mal mit seiner Cousine versteckt.

Dann hört Henry Schritte. Marie greift nach seiner Hand und sie halten sich ganz fest.

»Wie viele habt ihr?«, fragt draußen jemand.

»Zwanzig mindestens«, ertönt die gedämpfte Antwort. »Aber ich wette, da sind noch mehr.«

Henry hält die Luft an. Zwanzig Leute haben sie erwischt? Wahnsinn.

Die Schritte entfernen sich und es wird still.

»Was machen wir denn jetzt?«, flüstert Marie mit zitternder Stimme.

»Ist dir kalt?«, fragt Henry leise.

»Nee«, sagt sie. Aber als er vorsichtig nach ihrer Schulter tastet, ist die von einer Gänsehaut überzogen.

»Von wegen. Arschkalt!«, flüstert er. Dann spürt er ihre Hand auf seiner Schulter.

»Du auch.«

Beide bewegen sich nicht, lassen ihre Hände einfach liegen. Henry versucht, im Dunkeln Maries Gesicht zu erkennen.

»Tut mir leid«, sagt er, und dann merkt er, wie sich ihr Finger auf seine Lippen legt. Will sie ihn zum Schweigen bringen? Egal, ihr Finger fühlt sich toll an.

Instinktiv reibt er mit der Hand über Maries Rücken, damit ihr wärmer wird. Aber eigentlich, weil er sie berühren will. Sie nimmt ihren Finger von seinen Lippen und er fürchtet schon, dass sie ihn gleich wegstößt, aber dann streicht sie ihm auch über den Rücken. Plötzlich ist alle Kälte weg.

In der Enge rutscht er näher an sie heran, bis ihre Köpfe dicht beieinander sind. Henry weiß es, weil er ihren Atem spürt. Und dann ist ihm alles egal. Sein Herz schlägt so wild, dass ihm fast schlecht wird, aber auch das ist ihm egal. Er sucht mit seinen Lippen nach ihrem Mund, und erst trifft er ihn nicht und dann aber doch. Ihre Lippen sind so warm, dass es schon komisch ist, und … dann hört Henry ein Geräusch und mit einem Ruck wird der Truhendeckel aufgerissen.

»Da haben wir ja noch zwei Ganoven«, sagt eine Stimme und nach dem ersten Schrecken erkennt Henry erleichtert, dass es Kai ist, der ihn im Dunkeln breit anlacht.

»Dachte ich mir doch, dass du das warst, der hierhergerannt ist. Geiles Versteck, Mann«, sagt Kai.

Neben ihm steht Smilla und beide starren neugierig auf Marie.

»Wir müssen los, Kai«, sagt Smilla nach einer kurzen Stille.

Henrys Freund hebt die Hand, nickt und dann laufen die beiden zum Zaun und überqueren ihn an einer Stelle, die Henry gar nicht kennt.

Henry sieht Marie an und hilft ihr beim Rausklettern.

Schnell ziehen sie ihre Schuhe an und verlassen das jetzt leere Freibad über den Weg, den Kai und Smilla genommen haben.

MARIE

HENRY

»Ja dann ...«, sagt Marie leise und blickt ein letztes Mal in Henrys grüne Augen, die trotz der Dunkelheit irgendwie leuchten.

»Gehts wieder?«, fragt er ganz lieb und legt seine warme Hand auf Maries Wange, die vom Fahrtwind eiskalt ist.

»Ich will nur so schnell wie möglich unter die heiße Dusche!« Marie deutet nach oben zu ihrem Hotelzimmer. »Ist echt total nett, dass du mich zurückgebracht hast!«

»Das ist ja wohl das Mindeste, wenn ich dir schon den Schreck deines Lebens eingejagt habe«, entgegnet Henry.

Marie legt den Kopf schief. Sie weiß nicht, was sie sagen soll.

Henry weicht einen Schritt zurück und blickt etwas beschämt zu Boden. »Also noch mal: großes Sorry!«

»Eigentlich war es doch ganz lustig!«, sagt Marie und irgendwie stimmt das ja auch. »Auf jeden Fall werde ich dieses Abenteuer nicht so schnell vergessen.«

Henry schaut wieder auf.

Sie lächeln sich an. Aber es ist ein peinlich berührtes Lächeln und Marie ist unglaublich kalt. Ihre feuchten Sachen kleben wie eine zweite Haut an ihrem zitternden Körper. Sie muss furchtbar aussehen, mit verlaufener Mascara und strähnigen Haaren!

»Ich werde den Abend auch nicht vergessen«, sagt Henry

leise und sieht Marie wieder so durchdringend an. Maries Herz beginnt zu rasen, weil sie nicht weiß, ob er sie noch mal küssen will.

»Und dich werde ich auch nicht vergessen«, ergänzt Henry und nimmt ihre Hand.

Nun droht Maries Herz fast aus ihrer Brust zu springen. Plötzlich ist ihr gar nicht mehr kalt, sondern total heiß.

»Ich dich auch nicht … also … ähm«, stottert sie nervös.

Henrys Lächeln zaubert ihm wieder die süßen Grübchen ins Gesicht. Überhaupt wirkt es plötzlich so … so anziehend. Es kribbelt überall in Maries Körper.

»Also dann«, sagt Henry und drückt sie zum Abschied an sich.

Erst jetzt fällt Marie auf, wie groß er ist. Also, nicht riesig, aber so, dass sie ihren Kopf an seine Brust lehnen kann. Sie spürt, wie auch sein Herz wild pocht, und nimmt zum ersten Mal seinen Geruch wahr. Er ist fremd, aber irgendwie schön.

Für einen winzigen magischen Moment schließt Marie die Augen. So geborgen hat sie sich schon lange nicht mehr gefühlt.

Weil Henry zum Glück nicht loslässt, traut sie sich, nun ihrerseits die Arme um ihn zu schlingen. Sie halten sich ganz fest. Eine richtig lange Zeit. Henry streichelt Marie übers Haar, sodass sie eine Gänsehaut bekommt. Trotzdem ist ihr heiß.

Und dann schaut Henry auf sie runter. Noch nie kam Marie sich gleichzeitig so klein und doch so erwachsen vor. Ihr bleibt fast die Luft weg, so aufregend ist das alles.

Dann passiert es wie von selbst. Henry beugt sich zu Marie herunter, sie schließt wieder ihre Augen und spürt seine Lippen auf ihren. Ganz sanft berühren sich ihre Münder. Und als sie seine Zunge spürt, schießt ihr das Glück durch alle Zellen.

HENRY

Henry kann nicht fassen, dass er Marie geküsst hat. Wie ist er nur auf die Idee gekommen, ihr seine Zunge in den Mund zu schieben? Wenn er an den Moment vor dem Hotel denkt, möchte er am liebsten umkehren und zu Marie zurückfahren. An ihre Zimmertür klopfen und sie in die Arme nehmen und sie erneut küssen, die ganze Nacht.

Wie lange ist das alles her? Fünfzehn Minuten? Zwanzig? Als er jetzt mit dem Fahrrad durch das dunkle Berlin fährt, kommt er sich vor wie der König der ganzen Welt.

»AAAAAHHHHHH!«, schreit er so laut er kann, weil er irgendwas machen muss und die Energie nur so aus ihm rausknallt.

Eine Gruppe Jugendlicher dreht sich nach ihm um. Sie lachen über den Ballaballa-Heinzi, der da so rumbrüllt. Aber das ist Henry egal. Er drosselt sein Tempo und fährt in die kleine Seitenstraße, in der er mit Kalea gespielt hat, als sie noch klein waren.

Noch drei Straßen und er ist zu Hause. Hier sind nicht mehr so viele Nachtschwärmer unterwegs. Henry hebt seine Hände in die Luft und spürt den warmen Fahrtwind an seinen feuchten Klamotten, die ihm am Körper kleben. Eben lagen da noch Maries Hände drauf.

Er fühlt sich ... keine Ahnung, wie er sich fühlt. Aufgeladen!

Megaspitzenmäßig, es ist der beste Tag seines Lebens. Den Wackerstein auf der Straße bemerkt er erst, als er schon fast drüberfährt. Er versucht seine Hände noch rechtzeitig an den Lenker zu kriegen, aber zu spät. Der Reifen prallt hart gegen den Stein und Henry fliegt im hohen Bogen auf den Gehweg.

Scheiße, denkt er beim Fallen noch, dann rollt er schon über den Boden und stößt gegen etwas Hartes. Einen Augenblick bleibt er liegen, dann atmet er durch. Es riecht nach Erde und Sand.

Vorsichtig tastet Henry sich ab, aber offensichtlich ist nichts gebrochen und so richtig schlimme Schmerzen hat er auch nicht. Aber sein Fahrrad hat vorne eine Acht. Normalerweise würde Henry sich darüber total aufregen, doch jetzt hat er nur den Drang, Marie von seinem Unfall zu erzählen.

Marie! Wieso ist ihm bisher nie aufgefallen, wie schön der Name klingt?

Den Rest des Weges schiebt Henry das Rad. Als er es zu Hause im Keller abgestellt hat, zieht er ungeduldig sein Handy hervor, um Marie eine Nachricht zu schreiben. Aber daraus wird erst mal nichts, denn das Teil hat beim Sturz ordentlich was abgekriegt. Die Oberfläche ist so stark zersplittert, dass er nicht mehr übers Display wischen kann, ohne sich die Fingerkuppen aufzureißen. Das Mistding reagiert gar nicht mehr.

»Fuck«, murmelt Henry. Dann noch mal »Fuck«, als ihm klar wird, dass das Telefon in seiner Hand sein einziger Zugang zu Marie ist. Da ist ihre Nummer drauf, mehr hat er von ihr nicht. Wie soll er sie jetzt erreichen? Die hält ihn doch bestimmt für den totalen Arsch, wenn er nichts mehr von sich hören lässt.

Henry versucht krampfhaft, Maries Nummer auswendig aufzusagen, aber in der Aufregung bekommt er sie nicht zusammen. Er ist sich schon bei der Vorwahl unsicher. Dann fällt ihm ein, dass der Zettel mit ihrer Nummer vielleicht noch in der Tasche der Jeans steckt, die er gestern von Kai ausgeliehen hat.

Panisch rast er nach oben in die Wohnung, wo alles still ist. Die Hose liegt auf seinem Bett und zum Glück ist der Zettel noch da. Henry will die Nummer ins Handy tippen, aber das geht natürlich nicht, denn sein Telefon ist ja kaputt.

Jetzt hat Henry nur eine Chance.

Er schleicht auf Zehenspitzen in das Zimmer seiner Schwester. Kalea schläft glücklicherweise. Aber in dem Saustall findet er ihr Telefon einfach nicht. Dann fegt er beim Suchen eine Kiste vom Regal und Kalea wird wach. Mit einem Ruck setzt sie sich auf und starrt ihn mit wilden Augen an.

»Was machst du da?«, fragt sie. Es ist ein Wunder, dass sie nicht gleich ausflippt.

»Ich brauche kurz dein Handy«, sagt Henry leise und ist sicher, dass sie ihn entweder auslachen wird oder gleich aus dem Zimmer wirft.

»Wie siehst du denn aus?«, fragt sie stattdessen und klingt verwundert.

»Wie immer!«

»Quatsch mit Soße. Warst du baden?«

Henry guckt an sich herunter. Seine Klamotten kleben ihm immer noch am Körper und sind mit Grasresten bedeckt. Außerdem ist seine Hose vom Sturz zerrissen. Lügen wäre fatal.

»Ja, im Freibad. Kann ich jetzt das Handy kriegen? Du hast dann auch was gut bei mir!« Das wird er später bitter bereuen, aber das ist ihm in diesem Augenblick egal.

Kalea sieht ihn mit plötzlichem Interesse an. »Aber was Großes!«

»Ja«, sagt Henry, und dann holt Kalea ihr Handy unterm Kopfkissen hervor und gibt es ihm zu seiner Überraschung wortlos.

»Danke!« Das hat Henry schon lange nicht mehr zu seiner Schwester gesagt.

»Denk dran: was Großes. Deal?«

»Deal!«, sagt Henry.

Auf sein Wort ist Verlass, das weiß Kalea, und darum legt sie sich prompt wieder hin.

»Und jetzt raus hier«, murmelt sie noch.

Henry geht in sein Zimmer, gibt mit zittrigen Fingern Maries Nummer ein. Er überlegt kurz, dann schreibt er ihr eine SMS. Das hat er seit Urzeiten nicht mehr gemacht. Aber WhatsApp ist ihm wegen Kaleas Neugierde zu riskant.

Hi Marie. Hatte auf dem Rückweg einen kleinen Unfall, dabei ist mein Handy kaputtgegangen. Konnte deine Nummer aber glücklicherweise retten.

Als er die Nachricht abschicken will, kommt sie ihm plötzlich uncool vor. Als würde er Marie was vorjammern. Müsste er nicht eher schreiben, wie sehr ihm der Abend gefallen hat? Andererseits: Dann ist das auf Kaleas Handy drauf. Lieber nicht.

Ich schreibe vom Handy meiner Schwester, meins ist down!

tippt Henry stattdessen, schickt diese Nachricht aber auch nicht ab. Plötzlich weiß er nicht, warum ihm der Inhalt der Nachricht so wichtig ist.

»Idiot«, murmelt Henry vor sich hin. Dann gähnt er. Es ist fast drei Uhr morgens. Draußen zwitschern schon die Vögel.

Also geht Henry erst mal ins Bad. Im Spiegel betrachtet er erschrocken sein Gesicht. Die Haare liegen platt am Kopf, ein paar Grashalme kleben auch daran. Er sieht völlig kacke aus. Zum Glück war es dunkel, sonst hätte Marie ihn doch mit diesem Look niemals geküsst.

Nach einer schnellen Dusche legt sich Henry ins Bett und starrt auf Kaleas Handy. Er überlegt, ob er sich doch bei WhatsApp anmeldet, um zu sehen, ob Marie ihm geschrieben hat. Jetzt ist sein Kopf wieder frei und er kann sich einen besseren Text für die Nachricht an Marie überlegen – einen romantischen, oder wenigstens witzigen.

Aber kaum berührt sein Kopf das Kissen, schläft er ein.

MARIE

HENRY

In Maries Kopf dreht sich alles. Obwohl sie megamüde ist, kann sie einfach nicht einschlafen. Die heiße Dusche konnte sie gar nicht richtig genießen, so sehr war sie in Gedanken bei Henry. Bei seinen warmen Augen. Seiner tollen Stimme. Seinem anziehenden Geruch. Seinem süßen Grübchen. Und beim Kuss.

Noch immer fühlt sie sich wie auf Drogen. So, als könnte das, was passiert ist, gar nicht wahr sein. Denn es war fast zu schön, um wahr zu sein! Das war definitiv einer der krassesten und schönsten Abende in ihrem Leben. Sie hat sich schon ewig nicht mehr so gefühlt ...

Schlagartig richtet Marie sich im Bett auf, klatscht sich auf die Stirn und sagt laut: »Scheiße, ich bin verknallt!«

Es ist aber kein Scheiße-Scheiße, sondern ein OMG-krass-Scheiße. Obwohl, wenn sie so darüber nachdenkt, ist es doch das Scheiße-Scheiße! Denn selbst wenn Henry der erste Typ ihres Lebens wäre, der sie so toll findet wie sie ihn, wäre das Ganze doch völlig sinn- und aussichtslos: Er lebt in Berlin, sie in Hamburg! Er verbringt sein USA-Jahr im Osten, sie drei Bundesstaaten entfernt Richtung Westen! Er wird in New York sein, sie in Indiana! Das sind Welten. Und überhaupt würden sie niemals zueinander passen! Henry ist so ... so ... ja, was eigentlich?, fragt sich Marie.

Sie fand ihn auf den ersten Blick ja eher seltsam. Allerdings hatte er da auch das Problem mit der Vogelkacke und das uncoole Polohemd war ganz bestimmt nicht sein normales Outfit. Zumindest sein Profilbild bei WhatsApp ist viel hipper, mit einer gespiegelten Sonnenbrille und einem weißen Shirt mit einem Surfer drauf!

Marie sieht sich das Bild noch einmal genau an und merkt, wie ihr Herz einen Hüpfer macht. Im nächsten Moment spürt sie aber auch einen Stich. Wenn Henry sie wirklich mögen würde, hätte er ihr da nicht längst geschrieben? NACH SO EINEM KUSS??!!

Sie überlegt, ob sie ihn einfach antextet. Bei der Vorstellung, dass er ebenfalls im Bett liegt, an sie denkt und ihr dann vielleicht direkt antwortet, klopft ihr Herz sofort wieder schneller.

Sie schreibt:

Hi, der Abend war echt nice, finde ich. GLG, Marie

Ob sie ein Emoji mitschicken soll? Einen Kuss oder ein Herz? Oder lieber etwas Lässiges? Oder einfach ein lächelndes Gesicht?

Marie scannt jedes einzelne Bildchen in ihrem Smartphone und kann sich nicht entscheiden. Kurz verlässt sie der Mut. Was, wenn er gar nicht antwortet? Oder sie sich das alles nur eingebildet hat? Diese Magie zwischen ihnen, die plötzlich da war? Diese Blicke? Seine Hände auf ihrem Rücken? Seine Lippen auf ihren ...

Sie *muss* es einfach tun. Mit zittrigen Händen klickt Marie auf den Kuss-Smiley, obwohl das total albern ist, und geht todesmutig auf den »Senden«-Pfeil. Gebannt starrt sie auf das graue Häkchen. Es bleibt nur eins. Und es bleibt grau.

Schon wieder spürt Marie einen Stich im Herzen. Um sich abzulenken, steht sie auf und geht ins Bad. Dabei versucht sie sich zu beruhigen, überlegt sich Erklärungen. Vielleicht ist er noch auf dem Nachhauseweg ... Oder vielleicht ist sein Akku leer ... Vielleicht hat er sein Handy aber auch extra ausgeschaltet?!

Unglücklich starrt Marie in den Spiegel, als sie sich die Hände wäscht. Ihr ungeschminktes, pickeliges Gesicht schaut zurück.

»Er steht einfach nicht auf mich. Ist ja auch kein Wunder«, flüstert sie und sieht sich finster in die müden Augen. Wenn er wirklich an ihr interessiert wäre, hätte er doch längst geantwortet.

Sofort kommt sie auf das Wenn-dann-Spielchen, das Laura und sie im ätzend langweiligen Französisch-Unterricht erfunden haben: Wenn Henry innerhalb der nächsten 100 Sekunden antwortet, dann sind sie füreinander bestimmt!

Und wenn nicht, dann war alles nur ein Riesenfake, denkt sie traurig und beginnt zählen. Es würde ihr ja schon reichen, wenn wenigstens die zwei blauen Häkchen zu sehen wären. Denn dann wüsste sie, dass er auf ihre Nachricht gewartet hat, und vor allem, dass er sie direkt angeklickt hat.

74, 75, 76 ... Marie legt sich wieder in das riesige leere Bett und versucht es sich irgendwie gemütlich zu machen mit der dicken Federdecke und den Kissen, die so laut rascheln. 87, 88, 89 ... Marie knipst das Licht aus und nimmt ihr Telefon zur Hand. 100!

Sie schaut wieder auf das Bild von ihm, das seine Augen nicht zeigt. Er versteckt sich. Er ist ein Rätsel. Und macht so was bestimmt ständig. Mit Mädchen flirten und sich dann bei seinen Kumpels darüber lustig machen oder damit angeben. War ja klar!

Wieso hat sie dieses Spielchen bloß mitgemacht? Marie legt seufzend das Handy zur Seite. Nur um es dann doch zu holen und ganz auszuschalten, was sie sonst nie tut.

Blödmann!

HENRY

MARIE

Als Henry aufwacht, ist es 9.31 Uhr. Die Sonne knallt ihm ins Gesicht. Er hat irgendwas geträumt, woran er sich nicht erinnert. Aber es war total intensiv.

»Hey, du A!«

Einen Moment lang weiß Henry nicht, wo er ist. Null Ahnung! Halt! »A«, so nennt ihn seine Schwester. A für »Arschloch«.

Schon meckert Kalea los: »Was ist das für eine dämliche Nachricht hier?! Ich lösch die jetzt!« Mit bockigem Blick steht sie vor Henry und hält ihm ihr Handy hin.

Henry starrt sie und ihr Handy verständnislos an. »Welche Nachricht? Wovon redest du?«

»›Ich schreibe vom Handy meiner Schwester, meins ist down!‹«, liest Kalea mit extra dümmlicher Henry-Imitations-Stimme vor.

Auf einen Schlag ist alles wieder da. Die Nacht mit Marie. Der Kuss. Das kaputte Handy. Er wollte sich eine Nachricht überlegen.

»›Meins ist down‹ hört sich voll uncool an«, erklärt Kalea. »Das muss auf jeden Fall gelöscht werden.«

Der Kuss, die Berührung, ihr klopfendes Herz an seiner Brust. Marie!

»Hallo? Jemand zu Hause?« Kalea klopft auf Henrys Kopf.

»Wieso löschen?«, fragt Henry verdattert. Dann kapiert er und reißt seiner Schwester das Telefon aus der Hand. »Von wegen!«

»Hey«, ruft sie und versucht es sich zurückzuholen.

Es folgt ein wildes Gerangel, dann grabscht sich Kalea das Handy mit ihren kleinen, flinken Fingern.

»Zu spät«, ruft sie. »Gelöscht!«, und rennt aus dem Zimmer.

Henry blickt zur Uhr: 9.33 Uhr. Um 10.05 Uhr geht Maries Zug nach Hamburg. Und er hat ihr nicht geschrieben.

»Fuck!« Plötzlich ist Henry hellwach. Gleichzeitig ist er wie festgefroren und sein Körper tonnenschwer.

Kurz überlegt er, ob er Kalea hinterherlaufen soll. Aber was dann? Marie eine Nachricht von Kaleas Handy schreiben? Sein Blick fällt erneut auf die Uhr auf seinem winzigen Schreibtisch: 9.34 Uhr. Sein Kopf rast.

Ruhig bleiben, denkt er. Und dann: Scheiß drauf. Ruhig bleiben ist nicht.

In Windeseile springt er aus seinem Bett und reißt frische Shorts und Socken aus dem Schrank, eine Jeans, T-Shirt, was ihm halt in die Hände fällt. Den Kopf noch halb im Shirt, jagt er aus dem Zimmer und stößt im Flur prompt mit seinem Vater zusammen.

»Ick muss ma mit dir reden, wegen deiner Abfahrt, Großer«, sagt Klaus und macht dabei dieses typisch besorgte Klaus-Gesicht.

»Jetzt nicht, Papa«, antwortet Henry und will an ihm vorbei. Aber sein Vater lässt ihn nicht.

»Nicht in dem Ton, Freundchen.« Klaus packt ihn am Arm.

»Papa, ich habe keine Zeit. Wirklich!« Henry will sich losmachen, reißt an der Hand seines Vaters, aber der ist stärker. Ein Griff wie Metall. Kommt vom täglichen Mülltonnenschleppen.

»Dann nimmst du sie dir, weil Samstag ist unser Familientag und ich muss mit dir reden. Jetzt!«

Der Familien-Samstag. Kacke. Henry schluckt. »Ich kann heute nicht, ich muss dringend zum Bahnhof!«

»Was willste da? Nimmst du Drogen?«

»Quatsch!«

Kalea kommt dazu und macht gleich weiter: »Croissants hast du auch nicht gekauft, A.«

»Familientag ist das einzige Ritual, das wir hier haben. Das weißt du. Das ist versprochen. Und Oma Jada ist schon da«, schickt Klaus noch hinterher.

Einen Moment starrt Henry seinen Vater hilflos an. Den dunklen Schnäuzer, die grünen Augen, die wild blinken. Klaus hat ja recht. Jeden Samstag trifft sich die Familie, zusammen mit der Oma, die extra deswegen kommt. Jeden Samstag gibt es Croissants, Marmelade und Milchkaffee. Jeder erzählt, was ihm oder ihr in der Woche passiert ist, manchmal reden sie auch über Henrys und Kaleas Mutter, damit sie nicht vergessen wird.

Henry sieht auf die Uhr. 9.37 Uhr. Er hat keinen Bock auf das verdammte Ritual. Nicht heute, nicht jetzt! »Ich muss aber zum Bahnhof, verdammt!«

Natürlich tritt genau jetzt Oma Jada in den Flur.

»Warum willst du zum Bahnhof?«, fragt sie mit ihrer krächzenden Stimme, die immer unfreundlich ist und bohrend. Nur heute nicht! Da klingt sie ... irgendwie anders.

»Ich bin verknallt!«, hört Henry sich sagen und kann es selbst kaum fassen.

»OMG!« Kalea guckt, als hätte sie ein Zug angefahren.

»Wat?«, fragt sein Vater mindestens genauso blöd.

»Lass ihn gehen, Klaus!«, sagt Henrys Oma und sein Vater lässt ihn prompt los.

»Danke«, sagt Henry erstaunt und froh.

Er greift sich eins der Bonbons, die immer auf dem Regal im Flur rumliegen. Für guten Atem!

Dann fällt ihm noch was ein. Sein Plan hat einen Haken. Er schaut bittend zu seinem Vater. »Kann ich dein Rad haben? Meins hat 'ne Acht!«

»Mein Rennrad willste haben?«, fragt Klaus ungläubig, als hätte Henry nicht alle Tassen im Kabuff.

»Ich schaff es sonst nicht rechtzeitig!«

Jetzt guckt auch Klaus zur Uhr. »Wann geht der Zug der Holden denn?«

»10.05 Uhr!«

»Mutig«, sagt Klaus und reicht Henry den Fahrradschlüssel direkt aus seiner Hosentasche. »Aber wenn du es kaputt machst ...«

Den Rest hört Henry schon nicht mehr. »Danke!«, ruft er noch und ist im nächsten Augenblick aus der Tür raus.

Zwei Minuten später sitzt er auf dem Rennrad seines Vaters. Total oldschool. Mit bescheuertem Rennradlenker, der x-mal mit irgendeinem speziellen Band umwickelt ist, und megadünnen Reifen. Immerhin echt schnell, wie Henry feststellt. Aber das alles ist ihm eigentlich egal. Der Verkehr ist ihm auch egal. Ihm ist egal, dass Kalea der ganzen Schule erzählen wird, dass er verknallt ist. Er ist verknallt! Ist er? Er hat keine Ahnung. Wie peinlich. Aber auch das ist egal. Er weiß nur, dass Marie gleich abfährt, dass er sie noch einmal sehen will. Was heißt, will. MUSS!

Er rast durch die Stadt, die um die Zeit nicht so voll ist wie sonst, und kann sich mal wieder nicht entscheiden, ob er direkt am Nordbahnhof oder doch lieber danach links abbiegen soll. Er fährt – wie immer – geradeaus und links, und dann ist er schon auf der Invalidenstraße. Sein Herz rast, seine Füße treten wie crazy. Ist er schon zu spät? Er hat keine Uhr, kein Handy. Seit wann gibt es in Berlin so wenig Uhren?

Am Hauptbahnhof angekommen, ist es 10.03 Uhr. Er wird Marie verpassen. Er darf sie nicht verpassen. Er sucht einen Platz, an dem er das Rad abstellen kann. Er findet keinen und schultert das Rad; nimmt es einfach mit.

Drinnen im riesigen Hauptbahnhof fällt sein Blick auf die Anzeigetafel. IRE nach Hamburg. Gleis 4. Keine Verspätung.

Er rast die Treppen hinunter, mit dem Rad auf der Schulter.

»Vorsicht, junger Mann!«, ruft jemand.

»Sorry!«

Gleis 4 ist ganz unten. Als er auf der letzten Treppe ist, hört er das Pfeifen und sieht den Schaffner einsteigen.

»Bitte nicht«, sagt Henry. Aber die Türen schließen.

»Bitte nicht«, sagt er noch mal und rennt auf den Bahnsteig, wo der Regionalexpress sich gerade in Gang setzt. Kein ICE. Immerhin. Durch die verspiegelten Fenster hätte er nichts und niemanden erkennen können. Mit dem Fahrrad läuft er den Zug entlang, völlig verzweifelt.

Und dann sieht er sie tatsächlich! Das Mädchen, das er gestern geküsst hat. Nein, heute. Ihr wunderschönes Gesicht starrt auf ein Handy. Sie bemerkt ihn nicht.

Er legt das Rad seines Vaters ab und klopft gegen die Scheibe. Marie sieht auf. Ihre dunklen Augen starren ihn erstaunt an, die breiten Augenbrauen wie ein V.

Der Zug wird schneller. Henry weiß nicht, was er machen soll. Dann drückt er seine Hand auf seine Lippen und dann auf die Scheibe. Total dämliche Geste. Trotzdem.

»Ich bin verknallt!«, ruft er und hofft, dass sie irgendwie reagiert.

MARIE

Marie drückt immer noch ihre Hand gegen die Scheibe und hält die Luft an, obwohl der Zug längst aus dem Bahnhof gerollt ist. Unsicher sieht sie sich um, ob jemand mitbekommen hat, dass Henry ihr nachgelaufen ist. IHR IST EIN JUNGE NACHGELAUFEN!!! So was hat sie noch nie erlebt und eigentlich kann sie es auch gar nicht glauben. Und was hat er ihr zugerufen?

Marie nimmt ihre Hand vom Fenster, das sie bloß hätte öffnen müssen, um ihn zu hören. Aber es ging alles so blitzschnell! Sie hatte gerade erst ihren reservierten Sitzplatz gefunden, als ihr draußen jemand aufgefallen ist, der hektisch den Bahnsteig entlanglief – mit einem Fahrrad auf der Schulter! Erst als sich ihre Blicke trafen, hat sie ihn erkannt.

Mit zittrigen Knien lässt Marie sich auf ihren Sitz sinken und guckt sich noch mal unsicher im Großraumabteil um, das etwa zur Hälfte besetzt ist. Alle verhalten sich ganz normal, als wäre nicht gerade etwas sehr Besonderes, etwas Weltbewegendes passiert!

Ist Henry wirklich ihretwegen zum Bahnhof gekommen? Hat er sich wirklich die Abfahrtszeit gemerkt? Ist sie ihm so wichtig? Aber wieso hat er dann nicht auf ihre Nachricht geantwortet? Hat sie womöglich aus Versehen sein Handy eingesteckt und er wollte es einfach nur zurückhaben? Hat er deswegen so verzweifelt und gleichzeitig so … ja so … ernst geguckt?

Marie hievt ihren Rucksack auf den Schoß, der schwer ist, weil sie am Bahnhof noch eine große Flasche Wasser gekauft hat. Sie durchwühlt ihn, findet aber weder ein fremdes Handy noch sonst irgendetwas, das Henry gehören könnte. Wollte er einfach nur Tschüs sagen?

Sie holt ihr eigenes Telefon hervor. Noch ist das Display schwarz. Und Marie hat ein bisschen Angst, dass Henry inzwischen eine Nachricht geschickt hat. Aber noch mehr Angst hat sie davor, dass er nicht geschrieben hat.

Soll sie ihn einfach anrufen? Auf keinen Fall! Das könnte MEGAPEINLICH werden. Vielleicht sollte sie Laura um Rat fragen. Aber die Arme wird überhaupt nix kapieren. Marie checkt die Lage ja selbst nicht.

Mit klopfendem Herzen drückt sie die Home-Taste. Keine Nachricht. Nix! Sie schaut nach, ob er inzwischen wenigstens ihre Nachricht gelesen hat. Aber da ist immer noch nur ein grauer Haken.

In ihrem Kopf herrscht Chaos. Soll sie ihm noch mal schreiben? Lieber nicht!

Marie greift nach ihrem Buch, aber Lesen geht gerade gar nicht. Immer wieder starrt sie aufs Display, um ja nicht zu verpassen, wenn Henry sich doch noch meldet. Marie fühlt sich völlig überfordert, ihr Kopf scheint mit Watte gefüllt. Sie muss an den Kuss denken. Sie war völlig überrumpelt und trotzdem wollte sie es. Sie schließt die Augen und durchlebt wieder und wieder diesen magischen Moment.

Als der Schaffner sanft an Maries Schulter rüttelt, schreckt sie hoch. Verwirrt sieht sie ihn an. Sie muss kurz eingenickt sein.

Kein Wunder, nachdem sie in der Nacht kaum ein Auge zugetan hat. Schnell zeigt sie ihr elektronisches Ticket vor. Dann schaut sie auf ihre Uhr. Eine halbe Stunde ist sie schon unterwegs. Und noch immer keine Nachricht von Henry. Als sie gerade überlegt, ihr Telefon auf lautlos zu stellen und in den Rucksack zu stecken, um nicht total irrezuwerden, bekommt sie eine SMS.

SMS verschickt eigentlich nur ihre Oma. Hoffentlich ist nichts passiert! Aber dann macht Maries Herz einen gigantischen Hüpfer. Die Nachricht ist von *Henry*:

> Ich wollte Lebwohl sagen und dir dabei noch mal in die Augen sehen. Das hab ich geschafft, aber war ganz schön knapp ... 😉

Hä? *Lebwohl?* Welcher Mensch unter dreißig benutzt dieses Wort? Und wer unter dreißig schreibt SMS?

Schnell tippt sie:

> Hi! Wieso schreibst du SMS???

Dann starrt Marie nachdenklich aus dem Fenster und sieht die fremden Häuser und Landschaften vorbeiziehen. Der Osten ist wie ein anderer Planet und irgendwie scheint auch Henry von einem anderen Stern zu kommen. Vielleicht will er sie einfach bloß verarschen?

Marie schüttelt den Kopf. Da hätte sie sich gestern ganz schön täuschen müssen. Vielleicht ist er eben ein Trottel oder ... durchgeknallt ... oder ... OMG ... verknallt?!

Marie richtet sich abrupt auf und schlägt die Hände vors Gesicht. Kann es wirklich und tatsächlich sein, dass sie ihm etwas bedeutet? Aber da bleibt immer noch die Frage, warum er nicht geschrieben hat, obwohl sie die ganze Zeit genau darauf gehofft hat.

Marie fühlt sich irgendwie zwischen Verzweiflung und Verzückung gefangen. Sie beißt sich auf die Lippen und denkt angestrengt nach. Was würde Laura ihr jetzt raten? Wäre sie ein Fan von Henry oder würde sie ihn dissen? Ihre beste Freundin ist so beneidenswert mutig und lässig. Wahrscheinlich würde sie sagen, der Typ braucht schon einen verdammt guten Grund, um aus dieser Nummer wieder rauszukommen. Wenn er kein Spinner ist, muss er das erst einmal beweisen.

Genau, denkt Marie und lehnt sich etwas entspannter zurück.

HENRY

»Eine Minute ist vorbei«, flötet Kalea und streckt ihre Hand aus.

»Gleich«, sagt Henry und tippt, so schnell er kann, eine SMS:

Die Nachricht ist vom Handy meiner Schwester. Meins ist down, weil ich einen Unfall hatte.

Dann geht er auf »Senden« und gibt Kalea ihr Telefon zurück. Sie sieht ihn komisch an.

»Was?«

»Mama wäre bestimmt stinksauer, dass du nicht beim Familientag dabei warst«, sagt sie. Aber sie klingt dabei weder wütend noch boshaft.

Überrascht hebt Henry die Augenbrauen. Über ihre verstorbene Mutter haben sie lange nicht geredet.

»Wie kommst du jetzt auf Mama?«, fragt er.

Sie zuckt mit den Schultern und in ihrem trotzigen Blick glaubt Henry eine gewisse Traurigkeit zu erkennen.

»Vermisst du sie?«, fragt er.

»Du nicht?«, schießt sie zurück.

»Doch«, sagt er ehrlich und irgendwie scheint diese Antwort Kalea zu beruhigen, jedenfalls kommt kein Spruch mehr.

Henry ist total kaputt von der Fahrt zum Hauptbahnhof

und zurück. Zum Glück hat Kalea zu Hause auf ihn gewartet. Klaus und die Oma sind schon in Jadas Laube, der Besuch dort gehört auch fest zum Familientag. Und zum Glück hat Kalea ihr Handy noch mal rausgerückt. Sie ist neugierig wegen Henrys Verknalltheit und er merkt natürlich, dass sie darauf wartet, mehr zu erfahren. Aber Henry will jetzt nicht darüber reden.

»Danke für das Handy«, sagt er so neutral wie möglich und will aufstehen. Aber Kalea hält ihn fest.

»Ziehst du jetzt weg?«, fragt sie und er hört die Furcht in ihrer Stimme.

»Wieso?«

»Wegen dem Mädchen«, sagt sie mit trotziger Stimme.

»*Wegen des Mädchens,* heißt das«, verbessert Henry.

»Spießer«, kontert sie.

»Lern endlich richtiges Deutsch, oder willst du noch mal kleben bleiben?!«, hält er dagegen.

»Mir doch wurst!«

»Papa aber nicht!«

Das Ganze ist typisch für Kalea. Manchmal kann sie ein Engel sein, aber gleich im nächsten Augenblick fängt sie wieder einen Streit an.

Dann muss Henry grinsen. Es fühlt sich komisch an, dass Kalea denkt, er könnte mit Marie zusammenziehen. Aber irgendwie auch gut.

»Ich gehe für ein Jahr nach Amerika, und was dann kommt, weiß ich nicht«, sagt er beruhigend.

Kalea zuckt mit den Schultern, so als würde ihr das nichts ausmachen. »Wegen dem Handy habe ich jetzt zwei bei dir gut«, sagt sie bockig.

Henry nickt nur. Dann steht er auf und geht an Kalea vorbei ins Wohnzimmer.

»Hey«, ruft Kalea plötzlich und kommt ihm hinterher. »Deine Freundin ist eine ganz schöne Schleimerin.«

Henry weiß erst nicht, wen sie mit »Freundin« meint. Dann liest Kalea eine Nachricht von ihrem Handy ab:

OMG?! Unfall? Bist du ok? Was ist passiert?!!

Kalea spricht mit ätzender Stimme, dann hält sie ihren Finger in den Mund und deutet ein Würgen an.

Gegen seinen Willen muss Henry grinsen. »Deine Freundin« klingt ziemlich cool. Er stellt sich vor, wie Marie im Zug sitzt.

»Guckst du jetzt immer so duselig romantisch?«, ätzt seine Schwester.

»Weißt du was?« Henry beugt sich zu Kalea.

Die verschränkt die Arme und macht sich offenbar für einen Spruch bereit.

»Was denn, du A?«, fragt sie mit funkelnden Augen.

»Ich hab dich lieb«, antwortet Henry, dann dreht er sich um und geht fröhlich pfeifend hinaus. Er muss zu Kai und ein Handy schnorren.

MARIE

HENRY

Also, dieser Typ ist merkwürdig, aber kein Arsch, denkt Marie erleichtert und starrt weiter aufs Display in Erwartung einer Antwort. Doch da kommt wieder nichts. Immerhin weiß sie nun, was der Grund für die Sendepausen ist. Und Empfang hat sie in diesem Zug auch nicht immer.

»Unfall«, was da wohl passiert ist?, fragt sich Marie und könnte sich ohrfeigen, dass sie wieder mal so misstrauisch war. *Andererseits kann das mit dem Unfall ja auch eine Ausrede sein,* flüstert das kleine Teufelchen auf ihrer Schulter. *Der hat bestimmt eine Freundin! – Quatsch,* entgegnet das Engelchen auf der anderen Schulter. *Der arme Kerl hatte einen Unfall und ist trotzdem zum Bahnhof gekommen. Wie romantisch ist das denn?* Doch das Teufelchen verschränkt seine Arme, kneift böse die Augen zu und wirft die nächste Frage auf: *Und warum lässt er uns jetzt schon wieder warten?*

Marie schüttelt den Kopf und seufzt. Sie starrt aus dem Fenster, wobei ihr wieder dieses alberne Zeichen-Spielchen einfällt. Okay, denkt sie sich, wenn bis zum nächsten Halt zwischen all den Kühen und Windrädern irgendwas Besonderes zu sehen ist, findet Henry sie tatsächlich toll. Und wenn nicht, ist das Ganze bloß eine alberne Verarsche oder eine Wette mit einem Kumpel oder so.

Marie vergewissert sich, dass sie Empfang und genug

Akku hat, und scannt dann die Wiesen, Wälder und den Himmel. Doch da ist nichts. Kein seltenes Tier oder vielsagendes Plakat, kein winkendes Kind mit Luftballon oder Wolken, die wie Herzen oder Pärchen aussehen. Stattdessen geht der blaue Himmel, der die Fahrt seit Berlin begleitet, allmählich in graues Hamburg-Einerlei über, durch das nur noch sporadisch die Sonne blinzelt.

Mit jedem Kilometer, den der Zug weiterrauscht, wird Maries Enttäuschung größer. Gerade als sie wieder das Buch zur Hand nehmen will, um ja nicht noch mal einzuschlafen, piept ihr Handy!

Hi Marie. Bin wieder online. Henry

Plötzlich ist das Glücksgefühl wieder da! Ohne groß nachzudenken, schreibt sie direkt zurück:

Nice! Aber was war das mit dem Unfall?!

Ich hatte auf dem Rückweg nen kleinen Sturz mit dem
Bike. Sonst hätt ich gestern noch geschrieben!

Marie atmet tief erleichtert durch, ehe sie mutig antwortet:

Mhm ... echt jetzt?

Ja. Hatte nach unserem Treffen wohl zu viel Energie ...

Und dann ist alle Unsicherheit in Maries Kopf verflogen. Energie, das klingt gut ...

😊

Lange schon nicht mehr einen so ... aufregenden Abend erlebt. Du?

Nicht wirklich – wobei ich mich frage, ob das alles wahr ist ...

Wie meinst du das?

Weiß nicht ... war alles wie im Traum irgendwie, oder?

Ein ziemlich nicer Traum ... Ich war kurz davor, noch mal zu dir ins Hotel zu fahren. Leider dann das mit dem Bike.

Echt? Hast du dir sehr wehgetan?

Halb so schlimm. Schlimmer war, dass ich dich am Bahnhof fast verpasst hätte.

Na ja, richtig pünktlich warst du aber auch nicht 😉 – aber fand es trotzdem nice.

Bleibt nur eine Frage: Sehen wir uns wieder?

Vielleicht wenn es losgeht? Oder fliegst du direkt von Berlin?

Wie, wenn es losgeht? In die USA?

Nee, Nordkorea, du Witzbold!

Thanx. – Also?

Marie wird heiß und kalt bei der Vorstellung, Henry noch mal zu sehen. Andererseits wird das wohl nicht möglich sein.

Na ja, bei der Tagung hieß es doch, dass wir in Gruppen rüberfliegen. Ich starte in Frankfurt und lande in Chicago. Aber du eher nicht, oder?

Mist. Da hab ich nicht zugehört. Aber ich fliege von Berlin, das weiß ich, und es geht direkt nach NYC. Hierher kommst du vorher nicht noch mal?

Na ja, so viel Zeit ist ja nicht mehr und ich hab noch so viel auf dem Zettel. Du nicht???

Auf meinem Zettel steht: MARIE!

OMG!!! Maries Magen dreht sich einmal um 360 Grad. Er ist so ... Soll sie ihm auch sagen, dass sie ihn toll findet? Aber ist das nicht viel zu direkt?

Marie schaut auf, während sie nach einer passenden Formulierung sucht, und wird geradezu mit Glückshormonen durchflutet, als sie endlich das ersehnte Zeichen entdeckt: ein leuchtender Regenbogen über dem gesamten Horizont!

HENRY

»Okay, ich bin ready«, sagt Kai und kommt mit einem Handtuch um die Hüften in sein Zimmer zurück. Dabei rubbelt er sich die Haare trocken.

»Klasse«, sagt Henry, obwohl er es gar nicht klasse findet, dass Kai ihn jetzt stört, wo das Chatten mit Marie so gut läuft.

»Kommst du damit klar?«, fragt Kai und deutet auf das nagelneue Huawei, das er Kai vor einer halben Stunde mit einem Achselzucken gegeben hat. Irgendeine reiche Tante hatte es ihm zum Geburtstag geschenkt. Aber Kai besitzt schon zwei iPhones.

»Jaja. Danke«, sagt Henry schnell. Noch nie hatte er so ein teures Teil in der Hand.

Dann bekommt er eine neue Nachricht von Marie.

> Ok, hab jetzt noch was ganz oben auf meine Liste gesetzt: HENRY

»Hey!« Kai schnippt mit den Fingern, um Henrys Aufmerksamkeit zu gewinnen. Als das nichts nützt, wirft Kai ihm das nasse Handtuch ins Gesicht.

»Voll eklig, ey!« Henry schmeißt das Teil zurück.

»Der Trainer war total sauer, dass du gefehlt hast«, sagt Kai und geht an seinen Kleiderschrank, um Klamotten rauszufischen. »Sein bester Mann!«

Fußball? Fußball interessiert Henry gerade gar nicht. Null.

»Echt?«, murmelt er halbherzig, während er überlegt, was er Marie antworten kann. War das eine Liebeserklärung, die sie ihm geschickt hat?

»Du guckst voll verpeilt«, hört er Kai hinter sich sagen.

»Blödsinn!« Henry steckt schnell das Telefon weg. Fehlt noch, dass Kai die Nachrichten liest.

»Schreibst du der Tussi von gestern?«

»Welcher Tussi?«

»Der Chica aus dem Schwimmbad, du Halbpfosten!«

»Ja!«

»Sag bloß, du bist verknallt!«

»Quatsch mit Soße!«

»Warum grinst du dann so blöd?«

»Ich ... freue mich über das Smartphone. Danke noch mal. Ist echt nice.«

Kai guckt ihn stirnrunzelnd an. »Wer war'n das überhaupt?«

»Eine, die auch in die USA geht.«

»Diese Marie, die Nummer auf dem Zettel?«

»Ja.«

»Und?«

»Was und?«

»Was wohl? Habt ihr es miteinander gemacht an dem Abend?«

Henry bekommt einen roten Kopf. »Du bist echt kaputt!«

Kai guckt ehrlich verwirrt. »Sex ist gehört doch dazu, ist doch normal. Wie bist du denn drauf?«

Er lacht laut und Henry hat plötzlich das Bild von Kai und Smilla im Kopf, wie sie es miteinander treiben. Total peinlich.

»Darum geht es doch, wenn man sich gut findet!«, sagt Kai noch. »Also, *auch*«, fügt er hinzu.

Henry hat keine Ahnung, was er darauf sagen soll. Sex ist ein fremder Planet für ihn. Er ist da außen vor, weiß nicht Bescheid. Hat keine Peilung.

»Und was hat der Trainer genau gesagt?«, fragt er, um aus der Nummer rauszukommen.

»Ganz schlechtes Ablenkungsmanöver.« Kai lacht. »Habt ihr wenigstens geknutscht?«, fragt er dann und zieht sich ein Shirt über.

»Ja«, sagt Henry schnell. Erleichtert, dass er damit nicht als völliger Loser dasteht.

»Bist wohl ein Romantiker?

»Du nervst!«

Kai holt zwei Dosen Bier aus dem Kühlschrank in seinem Zimmer. Eine wirft er wie immer Henry zu, obwohl er es besser weiß. »Triffst du die Chica wieder?«

»Sie wohnt in Hamburg!«

Kai hebt fragend die Augenbrauen. »Und?«

Schon klar, dass das für den Sohn eines Ärztepaars kein Problem ist. Einfach Zugticket und Hotelzimmer buchen, hinfahren und über Nacht bleiben.

»Ist eben zu weit weg«, murmelt Henry. »Warum willst du das alles überhaupt wissen?«

»Ich bin dein Freund!«

»Ja, ja! Da steckt doch mehr dahinter.«

Kai grinst blöd, dann: »Ada will sich mit dir treffen!«

Für einen Moment ist es still. Nur Vogelgezwitscher ist von draußen zu hören.

»Ada Brecht?«, fragt Henry nach. Er weiß ja, dass Kai ihn mit Ada verkuppeln will, aber … »Ich dachte, Ada ist mit Bolle zusammen.«

»Hat Bolle jedenfalls gehofft«, grinst Kai. »Smilla meint, da lief nichts zwischen den beiden.«

Henry kann es immer noch nicht glauben. Warum soll sich Ada mit ihm treffen wollen? Das fragt er auch laut: »Warum will sich Ada mit mir treffen?«

»Na ja, sie will sich nicht mit dir treffen. Sie will sich mit Smilla und mir treffen und hat gefragt, ob du auch kommst.«

Noch vor ein paar Tagen hätte Henry sich gefreut über die Tatsache, dass Ada tatsächlich nach ihm gefragt hat. Aber jetzt ist er verwirrt.

»Warum gerade jetzt?«

Kai schlägt sich mit der Hand auf die Stirn. »Du weißt echt nichts über Chicas, oder?«

Das stimmt. Aber das würde Henry natürlich nicht zugeben. Also zuckt er nur mit den Schultern.

»Ada findet dich nice, hab ich doch schon immer gesagt, und jetzt, wo sie gehört hat, dass du mit einem anderen Mädchen gehst, checkt sie dich eben genauer ab.«

»Erst süß und jetzt nice? Das denkst du dir doch aus!«

Kai grinst. »Nee, das stimmt schon. Ich verstehe es zwar nicht, aber Smilla meint auch, du siehst gut aus. Nicht so gut wie ich natürlich! Außerdem bist du der Star des Fußball-Teams, Alter!«

Verwirrt lässt Henry die Neuigkeit sacken. Was ist das für ein Tag? Erst küsst er ein Mädchen, dann richtet Ada Brecht ihre stahlblauen Augen auf ihn? Ada? Das begehrteste Mädchen der Schule?

Skeptisch sieht Henry seinen Freund an. »Quatsch, oder?«, fragt er.

»Finds raus. Die Mädels wollen sich mit uns treffen. Um zwei bei Smilla, dann fahren wir zum Turm.«

Es wird immer unglaublicher. Der Turm ist ein Berg, auf

dem sich Pärchen zum Knutschen treffen. Er ist eigentlich auch kein Berg, sondern eine kleine Anhöhe in der Schönholzer Heide. Natürlich war Henry noch nie da. Jedenfalls nicht zum Knutschen.

Unsicher schielt er auf sein neues Telefon. In zwei Stunden ist es 14 Uhr. Henry hat kaum geschlafen und braucht dringend eine Dusche. Und sein T-Shirt stinkt nach Schweiß.

»Du kannst hier duschen«, sagt Kai, als könnte er Henrys Gedanken lesen. »Und dir ein Shirt von mir ausleihen!«

»Damit hast du wirklich was bei mir gut.« Genau wie Kalea, denkt Henry. Und das wiederum erinnert ihn daran, dass er seine Schwester zu Hause allein gelassen hat. Dabei hat sie extra auf ihn gewartet.

»Bist du dabei oder bist du dabei?«, fragt Kai.

»Das Zweite!«, sagt Henry und muss plötzlich grinsen. Könnte es sein, dass sein Leben gerade voll durchstartet?

Jetzt öffnet er doch die Bierdose, deren Inhalt in hohem Bogen herausspritzt. Dann prosten die Jungs sich zu und Henry steckt das Handy weg. Marie wird er später antworten.

MARIE
HENRY

Mit einem breiten Grinsen starrt Marie auf die beiden blauen Häkchen unter ihrer letzten Nachricht. Auch wenn Henry nicht mehr geantwortet hat, könnte sie nicht glücklicher sein. Denn jetzt ist alles anders!

Jetzt weiß sie, dass er wirklich auf sie steht, und kann es trotzdem kaum fassen. Wie ist das möglich? Da sehnt sie sich Monate, nein, ganze Jahre lang nach einem Freund, aber nichts geht. Und kaum verlässt sie ihr gewohntes Umfeld, *BAM!*, passiert es!

Während Marie auf die ersten Hochhäuser und die Elbbrücken starrt und sich freut, wieder im vertrauten Hafen ihrer Heimat zu sein, kommt ihr gleichzeitig alles ganz fremd, irgendwie neu vor. Vorsichtshalber schaut sie noch einmal auf den Chatverlauf, um sich zu vergewissern, dass sie sich den ganzen coolen Flirt nicht bloß eingebildet hat.

Laura wird umkippen, wenn sie ihr davon erzählt. Und das muss möglichst schnell passieren. Maries Vater wird sie vom Bahnhof abholen. Vielleicht kann er sie ja direkt bei Laura absetzen.

Schnell schreibt Marie ihrer Freundin eine WhatsApp:

Muss dir unbedingt was Megakrasses erzählen!!!

Kaum hat sie sie abgeschickt, kommt auch schon die Antwort, was ganz typisch für ihre Freundin ist:

Was ich dir erzählen muss, ist noch viel krasser!!!!!!!!!

Marie muss kopfschüttelnd lachen. Denn sie ist sich ziemlich sicher, dass Lauras Story ihre eigene nicht übertreffen wird, zumal Laura gerne übertreibt in allem. Wahrscheinlich hat sie bloß einen neuen Nagellack erstanden oder beim Packen für den Umzug alte Briefe oder peinliche Fotos ausgegraben.

Als Marie sich an die Zugtür stellt, um so schnell wie möglich auf den Bahnsteig und dann zum Parkplatz zu kommen, spiegelt sich in der Fensterscheibe ihr glückliches Gesicht. Sie muss noch mehr grinsen, und was bisher so düster vor ihr lag, erscheint plötzlich in Bonbon-Farben mit Goldglitzer überstäubt.

Auf einmal kommt ihr das Austauschjahr wie ein Sechser im Lotto vor. Alles fühlt sich so stimmig und schicksalhaft an wie in einem Kitsch-Film mit Happy End. Sie und Henry werden bestimmt jeden Tag schreiben oder telefonieren und sich gegenseitig von den coolen Sachen berichten, die sie auf der Highschool und bei ihren Gastfamilien erleben. Zwischen den Jahren werden sie sich ganz romantisch in New York wiedersehen, beim offiziellen Treffen der Austauschorganisation. Und im Frühling werden sie zwar megatraurig sein, dass ihr Austausch bald vorbei ist, aber es gleichzeitig nicht erwarten können, in Deutschland in irgendeine gemeinsame Zukunft zu starten.

Noch scheint die Entfernung zwischen Berlin und Hamburg riesig. Aber wenn sie beide mit Führerschein aus den USA zurückkommen, ist der Weg doch easy. Und es MUSS einfach ein Zeichen sein, dass sie zeitgleich so weit weg von zu Hause und sich dadurch irgendwie auch nahe sein werden. All die aufregenden Erlebnisse in diesem wahnsinnigen Land werden sie einfach zusammenschweißen. Plötzlich ist das Leben so voller Chancen, Abenteuer und Möglichkeiten!

Als der Zug im Hauptbahnhof einfährt, entdeckt Marie die rote Jacke ihres Vaters. Wie süß, dass er extra ans Gleis gekommen ist. Sie macht einen großen Freudesprung runter auf den Bahnsteig. Ob Papa ihr ansehen wird, was mir ihr los ist?

Marie schlängelt sich durch das Gewusel, um schneller bei ihm zu sein. Doch als sie endlich vor ihm steht, stoppt sie verwundert. Denn ihre Mama ist auch mitgekommen, dabei war das gar nicht so abgemacht! Und ihre Eltern sehen ihr mit ernster Miene entgegen, so als hätte sie etwas verbrochen.

»Hey?!«, begrüßt Marie sie verwundert.

Ihre Eltern wechseln einen unheilvollen Blick, der Marie Angst macht.

»Liebes, wir müssen dir was sagen«, beginnt ihre Mutter das Gespräch mit feucht glänzenden Augen. Maries Mund wird ganz trocken. Sie hält den Atem an.

»Ist was mit Oma?«, hört sie sich selbst panisch fragen.

Ihre Eltern nicken betroffen.

Maries Beine fühlen sich plötzlich ganz schwach an, und obwohl sie es nicht will, kullern ihr dicke Tränen über die Wangen.

»Sie hatte einen Schlaganfall. Und es sieht nicht gut aus«, berichtet ihr Vater und drückt Marie fest an sich.

»Nein!«, schreit sie dumpf in seine Brust. Alles in ihr verkrampft sich, bis sie kaum noch Luft bekommt.

HENRY

Die Fahrt zum Haus von Smillas Eltern machen Henry und Kai auf Kais Moped. Die Frage, ob Kai nach einem Bier (war es wirklich nur eins?) noch fahren sollte, stellt Henry lieber nicht. Jetzt nur nicht spießig wirken!

Er sitzt hinten und fühlt sich irgendwie unecht. Er trägt ein rosa Polohemd von Kai und eine kurze Hose. Henry hasst kurze Hosen, aber Kai hat drauf bestanden.

Ich bin nicht ich selbst, denkt Henry und weiß nicht, ob das nice oder eher weird ist.

Außerdem hat er ein schlechtes Gewissen wegen Marie. Warum hat er dem Treffen mit Ada und Smilla überhaupt zugestimmt?

Wie lange ist der Kuss vor dem Hotel jetzt her? Noch nicht mal 24 Stunden. Denkt sie an ihn? So, wie er an sie denkt? Die Nähe und Maries Parfum, ihr Atem auf seiner Haut in der engen Kiste. Der Kuss. Alles total unwirklich, aber total cool.

Ehe es sich Henry versieht, legt Kai sich in eine Kurve und das Haus von Smillas Eltern taucht vor ihnen auf. Ada und Smilla warten schon vor der Tür. Sie tragen kurze Röcke und Shirts, unter denen man die Bikini-Tops erahnen kann. Die heißesten Mädchen der ganzen Schule.

Smilla küsst Kai auf den Mund, danach lachen sie und Ada aufgedreht. Alles geht so schnell, dass Henry kaum nachdenken kann. Lacht er auch? Kai setzt sich zu Smilla auf deren Moped und dann steht Ada vor Henry und guckt ihn mit großen Augen an.

»Fährst du oder soll ich?«, fragt sie.

Henry hat das Gefühl, als würde sich ihr Mund zwar bewegen, ihre Stimme aber erst einen Tick später kommen. Oder bildet er sich das ein? Ist das der Effekt von dem einen Bier? Der Schlafmangel?

Adas Lippen sind knallrot, die Augen schwarz umrandet. Es sieht künstlich und gleichzeitig faszinierend aus. Ihr Parfum riecht so stark, dass Henry schwindlig wird.

»Ich natürlich!«, sagt er und im nächsten Augenblick rutscht er nach vorne.

Ada klettert hinter ihn auf den Sitz und Henry lässt den Motor an. Er ist das Moped seines Freundes schon zigmal gefahren, obwohl er keinen Führerschein hat. Warum auch? Er kann sich kein Moped leisten und fährt sowieso lieber Rad. Aber jetzt wird er doch unsicher. Was, wenn man sie erwischt? Wenn die Polizei sie anhält? Aber was soll er machen? Jetzt ist es zu spät. Und als Ada ihren Arm um seine Hüfte legt, ist der Gedanke eh weg. So nah war er Ada noch nie.

Später kann Henry sich nicht an die Fahrt erinnern. Nur an Adas Körper, der sich eng an seinen schmiegt. Ist das normal? Henrys Herz rast. Er kracht fast in einen Mercedes, der an der Straße parkt. Ada kriegt das entweder nicht mit oder es macht ihr nichts aus. Sie lacht und winkt Kai und Smilla. Das Leben ist ein großer Spaß.

Im Rückspiegel beobachtet Henry, wie Ada sich durch ihre langen blonden Haare streicht, die unter dem Helm herausschauen, und im vorbeiziehenden Schaufenster ihr Aussehen korrigiert. Ein Typ auf dem Bürgersteig pfeift ihr hinterher.

»Spießer!«, ruft sie dem Mann zu, was Henry gefällt. Ada ist schlagfertig und klug und hübsch, und immer gut gelaunt.

Kurz vor dem Turm spornt sie Henry an, schneller zu fahren, damit sie vor Smilla und Kai ankommen. Henry quält das Moped, schafft es aber. Dafür wird er mit einer Umarmung und einem Kuss auf die Wange belohnt, nachdem Ada abgestiegen ist. Dabei spürt Henry deutlich ihre Brüste.

Als er zu Kai rüberschaut, blinzelt der ihm verschwörerisch zu. Henry weiß nicht, was der Blick bedeuten soll.

Alle vier steigen von den Mopeds, greifen sich das mitgebrachte Bier und die Chips und nehmen den Weg zu der Lichtung. Die Mädchen spazieren voraus.

»Heute geht was, Amigo!«, flüstert Kai ihm zu.

Henry hat keine Ahnung, was er darauf antworten soll. Stattdessen starrt er auf Adas Beine, ihre sehr braunen Beine. Er hat sie sich schon oft angeguckt. Heimlich.

Glücklicherweise muss Henry erst einmal nichts tun. Als sie die Anhöhe erreicht haben, spielen sie eine Weile Frisbee, dann setzen sie sich auf die Wiese und trinken Bier. Es ist Henrys zweites, und er macht einfach mit, als wäre es selbstverständlich. Aber er fühlt sich unbehaglich.

Kai und Smilla beginnen irgendwann zu knutschen und Ada stupst Henry an und grinst. Er grinst zurück. Aber die Stimmung ist trotzdem nicht lustig und locker. Immer wieder blickt Ada zu Smilla und Kai, dann zu Henry. Henry hat keine Ahnung, was er machen soll, was er sagen soll. Das heißt, er hat schon eine Ahnung. Aber es fühlt sich fremd an, nicht richtig.

Mit Marie hat sich alles einhundert Prozent richtig angefühlt, da hat er instinktiv gewusst, was er machen sollte.

Er kann den Kuss nicht vergessen. Seine Finger auf Maries Haut. Das Gefühl, dass die Zeit bitte, bitte stehen bleiben soll, dass dieser Moment ewig dauern soll. Er wollte vor ihrem Hotel stehen und einfach nur bei ihr sein.

Hier beim Turm fühlt er sich stattdessen unwohl. Er spürt, dass Ada etwas von ihm will. Aber will er es auch?

»War das deine Freundin im Schwimmbad?«, fragt sie, legt sich hin und lehnt ihren Kopf an sein Bein. Ihre blonden Haare fließen über seinen Oberschenkel. Er spürt sie auf seiner Haut. Henry stockt der Atem. Noch vor einer Woche hätte er sich jetzt im siebten Himmel gefühlt.

»Keine Ahnung«, sagt er lahm.

»Böser Junge«, murmelt Ada mit sanfter Stimme, dann dreht sie den Kopf zu ihm. »Aber ein *süßer* böser Junge.«

Sie schiebt ihre Zunge ein Stück zwischen ihre Lippen, was komisch aussieht. Dann streckt sie ihre Arme nach oben, als wolle sie sich rekeln. Dabei berührt sie Henrys Hüfte. Und Henry weiß, dass das ein Zeichen ist. Er könnte jetzt irgendwas machen. *Müsste* irgendwas machen. Müsste Adas Hände nehmen, müsste sich runterbeugen und sie küssen. So wie Kai und Smilla sich küssen. *Heute läuft was!*

Kai schielt zu ihm herüber und hebt die Augenbrauen. *Küss sie!*, sagt Kais Blick.

Henry sieht auf Adas Gesicht herunter. Ihre Lippen sind so stark geschminkt, dass er in ihrem Mundwinkel einen Farbkrümel entdeckt. Ihre rechte Hand berührt jetzt seine nackte Haut unter dem Polohemd. Es ist, als wolle sie ihn zu sich heranziehen. Aber Henry sitzt da wie ein Stock. Er ist eine große Enttäuschung, ein Loser.

Irgendetwas muss passieren.

»Scheiße«, ruft er und springt auf. »Ich habe meine Schwester total vergessen.« Er wühlt nach seinem neuen Handy und starrt drauf. Obwohl da nichts ist.

»Kalea?«, fragt Kai. »Was ist mit der?«

»Die hat heute … einen wichtigen Termin. Ich muss weg. Tut mir leid«, sagt er in Adas Richtung. »Ist total wichtig!« Dann dreht er sich um und rennt los. Rennt wie um sein Leben.

Kai ruft ihm noch hinterher. Aber Henry rennt einfach weiter. Rennt, als würden Aliens hinter ihm her sein. Dabei hätte er Ada einfach nur küssen müssen, um dazuzugehören. Er fühlt sich beschissen, aber es ist zu spät. Er läuft die ganze Strecke bis zum Wedding, ohne anzuhalten. Die vollen drei Kilometer in praller Sonne. Und als er zu Hause ankommt, hat er trotzdem noch Bock immer weiterzulaufen.

MARIE

HENRY

Es ist erst halb zehn und Marie kann wie befürchtet nicht einschlafen, obwohl sie so total müde ist. All die Bilder von Berlin vermischen sich in ihrem Kopf mit denen aus dem Krankenhaus. Ihre Omi, zart und klein in einem riesigen Bett, das in einem kühlen, funktionalen Raum auf der Intensivstation steht. Irmi hat nicht einmal mitbekommen, dass Marie und ihre Eltern dort waren.

Aber vielleicht hat sie es ja doch irgendwie gespürt, als Marie ihre Hand gehalten und ihr zum Abschied sanft über die Wange gestrichen hat, die gleichzeitig knöchern und weich war. Sie hofft es jedenfalls. Irmi sah ganz friedlich aus, aber die Tatsache, dass Maries Eltern nicht wissen, ob alles wieder gut werden wird, raubt Marie den Schlaf.

Seufzend schwingt Marie die Beine aus dem Bett und tappt in der sommerlichen Abenddämmerung zum Schreibtisch, wo ihr Handy liegt. Ihre Mutter will nicht, dass sie es nachts neben dem Bett hat. Doch auf dem Tisch ist es nicht.

Seltsam. Vielleicht hat sie es bei all der Aufregung irgendwo anders hingepackt? Allerdings hat sie keinen Schimmer, wo. Dann fällt ihr die Zugfahrt ein. Kurz bleibt ihr das Herz stehen. Sie hat es doch nicht etwa dort …?

Nein, fällt es Marie wieder ein, auf dem Weg vom Krankenhaus nach Hause hat sie ja noch kurz mit Laura getextet und ihr von Omas Schlaganfall berichtet. Natürlich hat Laura sofort angeboten vorbeizukommen. Aber Marie war nicht danach.

Stattdessen hat sie sich zu Hause mit ihrer Mutter auf die Terrasse gesetzt und ein bisschen geweint, während ihr Vater mit seinem Uralt-Dackel Bruno eine Runde gegangen ist. Später haben sie dann zusammen Fotos von Oma angeguckt. Von früher, als Irmi so jung war wie Marie heute, und von den vielen Familienfesten und von jedem Weihnachten.

Marie hat Weihnachten noch nie ohne Irmi gefeiert. Und jetzt ... Erneut verengt sich Maries Brustkorb. Tränen schießen ihr in die Augen. Das darf einfach nicht sein, sagt sie sich wieder und wieder.

Leise öffnet sie die Tür und schleicht sich nach unten, wo aus Brunos Körbchen im Flur ein sanftes Schnarchen zu hören ist. Ihre Eltern sind offensichtlich noch bei Maries Tante Elfi, die am Ende der Straße wohnt. Sie wollten mit ihr besprechen, was sie für Oma Irmi tun können, wie ihre Mutter mit einem tapferen Lächeln erklärte. Aber Marie ist sich sicher, dass sie sich dort zum Heulen treffen, was sie nur nicht mitbekommen soll.

Marie geht in die Küche, wo noch immer die Fotoalben auf dem Tisch liegen.

Sie füllt ein Glas mit Leitungswasser und zwingt sich, es in einem Zug auszutrinken, obwohl ihr das Schlucken schwerfällt. Sie holt tief Luft und schaltet das kleine Küchenlicht über dem Herd an. Dann greift sie nach dem blau-grün karierten Album, das obenauf liegt, und kann sich gar nicht erinnern, es am Nachmittag wahrgenommen zu haben.

Gleich auf der ersten Seite steht in schönster Sonntagsschrift ihrer Oma »Bornholm 1974« geschrieben. Marie rechnet nach. Damals war ihre Mama gerade vier Jahre alt und ihre Tante sechs. Wann genau ihre Oma geboren ist, vergisst Marie immer. Sie weiß, dass es im Krieg war und sie vor zwei, drei Jahren ihren 75. gefeiert hat. Und sie weiß, dass ihr Opa früh gestorben ist, als ihre Mama erst zehn war. Er ist beim Segeln auf der Ostsee ums Leben gekommen und nicht einmal fünfzig geworden.

Marie seufzt tief, als sie all die glücklichen, jungen Gesichter sieht. Gleichzeitig muss sie grinsen, weil die 70er-Jahre-Klamotten und -Frisuren so peinlich, aber irgendwie auch cool sind.

Das eine Hemd ihres Opas erinnert sie irgendwie an … an Henry, denkt Marie plötzlich. Seins sah auch so altmodisch aus, aber nicht peinlich, sondern sogar ziemlich lässig. Um ihrer Traurigkeit und Angst wegen Irmi zu entkommen, versucht Marie diesem warmen Gefühl nachzuspüren, das sie hat, wenn sie an Henry denkt. Noch am Mittag, als sie in Hamburg ankam, war sie der glücklichste Mensch der Welt. Aber dann … Plötzlich fragt sich Marie, ob Henry sich ihretwegen Sorgen macht. Falls er ihr geschrieben hat, ohne eine Reaktion zu bekommen, bestimmt.

Hektisch schaut Marie, ob ihr Handy womöglich unter die Fotoalben gerutscht ist. Doch es ist nirgends zu finden, auch nicht auf der Arbeitsplatte, wo sich immer Post und Zeitungen stapeln und auch die Schlüssel liegen. Marie schnappt sich den vom Auto, um dort nach ihrem Telefon zu suchen. Als sie sich durch den Keller in die Garage schleicht, klopft ihr Herz etwas schneller. Sie hofft auf eine Nachricht von Henry. Vielleicht ist er sogar noch wach und sie kann sich ein bisschen von ihm trösten lassen.

Als Marie den Wagen öffnet, gibt das Innenlicht sofort den Blick auf ihr Handy frei, das hinten auf der Bank liegt, wo Marie gesessen hat. Und ihr Herz macht einen Hüpfer, als sie entdeckt, dass sie tatsächlich mehrere Nachrichten hat.

Doch gleich darauf verschwindet ihr Lächeln. Eine WhatsApp aus dem Gruppenchat ihrer Tanztruppe und drei weitere von Laura. Sonst nichts.

HENRY

Henry flucht, als er zu Hause vor der Tür noch schnell einen Blick auf das neue Handy wirft. Keine Nachrichten von Marie, dafür aber vier von Kai. Drei davon bescheuerte Emojis, außerdem schreibt er: »Uncooler Abgang!«

Das weiß Henry selbst. Aber bei dem Gedanken an Marie musste er einfach weg vom Turm. Allerdings: Wenn sie nicht schreibt, hat sie ihn vielleicht schon abgehakt? War ihre ruhige Art nur eine ... tja, was? Masche? Hat sie einen Freund in Hamburg? Tut Marie nur unschuldig? Hat sie deshalb so bei ihm nachgehakt, ob *er* eine Freundin hat?

Er steht jedenfalls vor der Tür und könnte kotzen. Dabei hat der Tag nach dem verpeilten Start eine so gute Wendung genommen. Plötzlich wünscht er sich, dass er morgen schon nach Amerika fliegen könnte. Bloß weg aus Berlin.

Als er die Tür aufschließt und dabei hofft, niemandem zu begegnen, starrt Kalea ihm entgegen. Mit diesem blöden Blick, der sagt: Wo warst du und warum hast du mich im Stich gelassen?

»Wo warst du?«, fragt sie prompt.

»Weg!«, blafft er und geht einfach an ihr vorbei. Aber einfach ist es mit Kalea nie.

»Schuhe ausziehen!«, ruft sie ihm hinterher. Dabei hält sie selbst sich nie daran.

Als Henry seinen Vater mit einem Fahrradmagazin im Wohnzimmer sitzen sieht, streift er die Sneaker doch lieber ab. Wortlos nickt er Klaus zu, der ihm einen komischen Blick zuwirft.

Henry schmeißt seine Zimmertür hinter sich zu und wirft sich aufs Bett. Einen Augenblick später wird die Tür wieder geöffnet.

»Hau ab!«, ruft er seiner Schwester zu. Aber als er aufschaut, steht dort sein Vater. Kleinlaut entschuldigt Henry sich: »Tut mir leid, ich dachte, es ist Kalea.«

Klaus kommt ins Zimmer, schließt die Tür und setzt sich auf den Schreibtischstuhl. Henry macht sich auf ein Donnerwetter gefasst, aber nichts passiert.

»Was ist?«, fragt Henry schließlich unsicher. Klaus ist nicht besonders gut im Reden, aber jetzt toppt er das noch mal um ein Vielfaches.

»Was ist denn los, Papa?«, fragt Henry und wird langsam unruhig. An ein Donnerwetter glaubt er nicht mehr. Oder doch, aber dann ein superschlimmes?!

»Mein Fahrrad ist heil geblieben?«, fragt Klaus schließlich.

»Ja, klar. Danke noch mal.« Henry ist sicher, dass sein Vater längst im Keller war, um das Rad zu überprüfen. Das Teil ist sein Ein und Alles.

Klaus hüstelt: »Haste deine Freundin noch erreicht?«

Henry glaubt, sich verhört zu haben. »Papa!«

»Was?«

»Du bist peinlich!«

»Du hast gesagt, du bist verknallt!«

Henry merkt, dass er rot wird. Er hatte vergessen, dass er sich vor seiner Familie komplett zum Vollhorst gemacht hat.

»Ja, aber … ich …«, stottert er los. »Wir sind nicht richtig zusammen, glaube ich.«

Klaus runzelt die Stirn.

Henry setzt sich auf. Was kommt als Nächstes? Wird es noch schlimmer?

Sein Vater atmet tief durch. »Deine Mutter wüsste, was jetzt die richtigen Worte wären.«

Einen Moment lang hat Henry den Eindruck, dass Klaus mit den Tränen kämpft.

»Alles gut, Papa, ich hab Marie ja noch erwischt. War knapp, aber mit deinem Rennrad hat es geklappt«, sagt Henry schnell. Er hofft, dass es hilft und sein Vater sich beruhigt.

Klaus nickt, dann holt er eine Packung Kondome aus seiner Tasche und legt sie auf Henrys Schreibtisch.

Henry merkt, wie ihm die Hitze ins Gesicht steigt.

»Ich dachte, die könntest du vielleicht gebrauchen«, sagt sein Vater und weicht Henrys ungläubigem Blick aus. Auch er ist rot geworden. »Du weißt, wie man die benutzt?«

»Ja, also … kein Problem, danke!«, stammelt Henry und im nächsten Augenblick steht Klaus auf, nickt und geht raus.

Was ist das denn für ein Tag?!, denkt Henry.

Dann geht die Tür wieder auf und dieses Mal kommt wirklich Kalea herein. Als sie die Kondome sieht, hebt sie ungläubig die Augenbrauen.

»Ich habe jetzt keine Zeit«, sagt Henry, ohne abzuwarten, denn er weiß, dass er die Kondome nicht thematisieren darf. Sonst macht Kalea ein Fass auf. Henry ist noch immer rot im Gesicht.

»Hattest du Stress mit Papa?«, fragt seine Schwester.

»Ja«, antwortet er, weil es das Einfachste ist und sie so vielleicht die Kondome vergisst.

Kalea guckt verwirrt, was nicht häufig vorkommt.

»Du schuldest mir was«, sagt sie dann, doch es klingt irgendwie nicht überzeugend.

»Ich weiß«, antwortet Henry. »Aber nicht jetzt!«

Im nächsten Augenblick hören sie die Stimme ihres Vaters. »Kalea, lass Henry mal in Ruhe!«

Kalea und Henry sehen sich erstaunt an. Die Ansage ist so ungewöhnlich, dass Kalea sogar gehorcht. Aber nicht, ohne noch mal auf Henry zu zeigen: »Nicht vergessen! Schulden!«

Kaum ist sie draußen, steht Henry auf und nimmt die Kondome vom Schreibtisch. Seitlich an der Verpackung stecken 20 Euro. Henry ist völlig von den Socken. Geld wird in seiner Familie niemals verschenkt! Es heißt immer nur: »Wir müssen den Kredit noch abzahlen!«

Plötzlich hat Henry eine Idee. Auf dem Handy sucht er Mitfahrgelegenheiten nach Hamburg und findet Angebote für 15 Euro. Sofort ist die peinliche Aktion auf dem Turm vergessen und sein Herz beginnt zu rasen. Warum nicht einfach nach Hamburg fahren, zu Marie? Henry möchte wieder zurück zu den schönen Momenten, die er mit ihr erlebt hat. Das gemeinsame Lachen im Flur vor drei Tagen, der Ausflug in den Volkspark, ihre Hand auf seinem Gesicht, der Kuss vor dem Hotel.

Er starrt auf das Telefon. Warum ruft er nicht einfach an? Was hat er zu verlieren?

In Gedanken spult er das Gespräch ab.

Hi, Marie, hier ist Henry. Was hältst du davon, wenn ich bei dir vorbeikomme? Jetzt sofort?

Nein, so funktioniert das irgendwie nicht ... Es ist schon fast zehn. Jetzt kann er ja nicht mehr losfahren.

Er geht ins Bad und starrt sich im Spiegel an. Neben seiner Narbe leuchtet ihm ein Stresspickel entgegen. Überhaupt sieht er irgendwie ... kacke aus. Strähnige Haare, fettige Haut.

Würde ihn ein Mädchen so küssen wollen? Moment: SIE HAT IHN GEKÜSST!

Henry weiß nicht weiter. Er ist durcheinander und muss doch irgendwas machen. Er muss sich bewegen, darf nicht aufgeben. Nur Loser ziehen sich in eine Ecke zurück und haben Schiss. Henry will kein Loser sein, niemals.

Dann klopft es an der Badezimmertür und zu Henrys Überraschung schaut seine Oma herein. Offensichtlich ist sie nach der Gartenarbeit in der Laube mit seinem Vater zusammen hierhergekommen.

»Was ist denn?«, fragt er ungeduldig.

»Du siehst müde aus«, sagt Oma Jada nur und führt ihn dann wortlos in sein Zimmer.

Warum redet in dieser Familie eigentlich keiner außer Kalea?, denkt Henry, aber er legt sich folgsam ins Bett, als Jada darauf deutet.

Dann reibt sie ihm etwas auf die Stirn, das nach Kräutern riecht, vermutlich aus dem Garten. Sie verarbeitet alles, was dort wächst, zu irgendwelchen Salben und Pasten. Seine Mutter hat Jada immer Kräuterhexe genannt.

»Schlaf und träum!«, sagt sie.

»Ich kann jetzt nicht schlafen, Oma. Ich muss eine Reise planen. Und ich muss einem Mädchen eine Nachricht schreiben!«, protestiert Henry. Aber seine Oma schüttelt nur den Kopf.

Am besten hält er einfach still, und sobald sie mit ihrem albernen Zauber fertig ist, kann er weitermachen. Pennen ist jetzt jedenfalls nicht. Er hat zu viel auf der Liste, ist viel zu aufgedreht. Er überlegt, was er Marie schreiben wird, während seine Oma macht, was sie eben macht.

Das Zeug auf seiner Stirn riecht intensiv und scheint direkt in seine Blutbahn zu gehen. Er denkt an Blumen auf einer Wiese und dann schläft er ein.

MARIE

»Also, ich fasse zusammen«, sagt Laura mit großen Augen, »du hast dich verknallt und deine Omi liegt im Sterben?!«

Marie nickt, hebt aber gleichzeitig abwehrend die Hand, ohne den Strohhalm loszulassen, von dem sie gerade genüsslich Vanille-Hafermilchshake abgeleckt hat. »Na ja, das eine klingt dramatischer, das andere schöner, als es ist.«

Und dann erklärt Marie, dass ihre Oma zwar noch immer auf der Intensivstation liegt, aber zum Glück wieder ansprechbar ist. »Sie kann also doch noch hundert werden, hat sie als Erstes zu Mama gesagt.«

Laura ist offenbar sprachlos, was so gut wie nie vorkommt. Sie nimmt einen Schluck ihres Shakes, aber ohne Papierstrohhalm, weil sie die nicht ausstehen kann. Wenigstens das ist heute normal beim Besuch ihres Stammcafés *Veggiewaffel*.

Endlich findet Laura ihre Worte wieder: »Okay, das ist alles krass. Da kann ich echt nicht gegen anstinken mit meinen News.«

Sie spricht nicht weiter, und das wundert Marie wirklich, denn sonst kann ihre beste Freundin eine Neuigkeit oder ein Geheimnis keine zwei Sekunden für sich behalten.

»Sag schon! Was gibt es so Dringendes?«, fragt Marie daher.

»Nee, nee, erst alle Einzelheiten von Mr Berlin, aber sofort!« Laura streckt fordernd ihre Hand aus.

»Was?«

»Pics! Ich will wissen, wie er aussieht!«

Marie schüttelt den Kopf. Sie denkt gar nicht dran, ihr Handy rauszuholen. »Ich werde ihn eh nie wiedersehen. Aus und Ende der Story!«

Laura runzelt skeptisch die Stirn.

»Is' aber so!«, insistiert Marie und stochert mit ihrem weich gewordenen Strohhalm im Milchschaum rum.

Aber Laura lässt nicht locker. »Ich verrate dir meine Story erst, wenn du deine erzählst. Mit allen Einzelheiten! Und glaub mir, was ich dir zu sagen habe, wird dich UMHAU-EN!«

Marie atmet tief durch. Ihr ist überhaupt nicht danach, etwas über Henry preiszugeben. Und sie weiß gar nicht so genau, warum. Denn normalerweise würde sie darauf brennen, Laura von der ersten Begegnung am Fahrrad, von der Pizza im Park und vom nächtlichen Schwimmen im Freibad zu erzählen. Und natürlich von dem hammermagischen Kuss ...

»Also?« Lauras Augen funkeln und ihr Blick zeigt deutlich, dass sie keinen Aufschub oder Widerspruch duldet.

»Na gut«, beginnt Marie und spürt plötzlich wieder diesen Kloß im Hals, den sie gar nicht richtig zuordnen kann, wo es ihrer Omi doch schon so viel besser geht. Und dann haut sie einfach alles raus, erzählt mit einer quälenden Mischung aus Glückseligkeit und Grauen von jeder ihrer Begegnungen mit Henry.

Kaum ist sie fertig, fragt Laura: »Wie sieht er denn nun aus?!«, als ob das das einzig Wichtige wäre.

Marie beißt sich auf die Lippe. »Wie er halt aussieht.

Irgendwie anders. So eine Mischung aus cool und uncool. Eigentlich gar nicht mein Typ«, sagt sie.

»Und trotzdem bist du verknallt?«

Marie nickt unsicher.

»Und wieso machst du dann so ein Gesicht?!«

Marie zuckt mit den Schultern. Ihre Lippen beben. Sie kann doch jetzt nicht heulen! Und warum auch?! Doch dann hört sie sich sagen: »Er schreibt nicht mehr. Es war alles so ... so schön, so perfekt. Und jetzt meldet er sich nicht mehr!«

»Aber du bist doch gestern erst wiedergekommen?!«

Nun ist es Marie, die ihre Stirn runzelt. Laura hat ja recht. Ein Tag Sendepause ist noch kein Weltuntergang.

»Ja, vielleicht«, gibt sie widerstrebend zu. »Aber das Ganze hat trotzdem keinen Sinn. In Amerika leben wir noch weiter auseinander als jetzt. Das wird niemals funktionieren.«

Sie greift nun doch nach ihrem Handy, nur um mit einem Stich in der Brust festzustellen, dass es immer noch kein Lebenszeichen von Henry anzeigt. Sie scrollt sich zum Chat, ihre letzte, unbeantwortete Nachricht ist schon 24 Stunden her!

»Hier!«, sagt sie traurig. »Das ist der Beweis!«

Laura schnappt sich das Handy und starrt aufs Display. Offenbar hat sie Henrys Profilbild geöffnet, denn ihr Gesicht hellt sich auf. »Wow, echt nice!«, sagt sie beeindruckt und fast ein wenig verwundert.

»Hättest du mir so einen nicht zugetraut, oder was?« Maries Stimme hat einen leicht spitzen Unterton.

»Doch, klar, aber bei so einem Typen dürfen wir uns keine Fehler erlauben!«

Marie versteht nicht. *Wir? Fehler?*

Offenbar macht sie einen entsprechenden Gesichtsausdruck, denn Laura erklärt ihr geduldig, was jetzt zu tun ist:

»Also, erstens: So einen wollen alle Ladys haben. Zweitens: Den musst du dir sichern. Drittens: Du musst dich rar, aber gleichzeitig interessant machen!«

»Aber ich bin doch in Hamburg, nicht in Berlin! Wir werden uns so schnell nicht wiedersehen! Außerdem hat er mich ja schon vergessen!«

HENRY

Als Henry aufwacht, erinnert er sich, dass er von einer Blumenwiese geträumt hat und davon, dass er mit Marie Fangen spielt. Die Sonne hat geschienen. Die Blumen haben nach Omas Kräutertinktur gerochen.

Henry muss lächeln, dann erschrickt er. Es ist hell draußen und sein Wecker zeigt zehn Uhr an. Er hat fast zwölf Stunden geschlafen!

Dann hört er es an der Haustür klingeln. Ist er deswegen aufgewacht?

Sein erster Gedanke ist: Marie! Sie hat sich in den Zug gesetzt und ist nach Berlin gekommen – zu ihm!

Mit einem Sprung hechtet Henry aus dem Bett und rennt zur Tür. Die Vorfreude, Marie zu sehen, ist unglaublich.

Im Wohnzimmer sitzt Kalea und guckt nur kurz von ihrem Handy auf.

»Wie siehst du denn aus? Ultrapeinlich«, sagt sie und zeigt ihm einen Vogel.

»Du könntest auch mal aufmachen«, antwortet er nur.

Im Flur zögert er einen Moment, dann macht er die Tür auf. Aber vor ihm steht nicht Marie, sondern Ada.

»Schicker Look!«, sagt sie und deutet lächelnd auf seine Shorts und das zerknitterte T-Shirt.

Henry fährt sich durch die störrischen Locken. Dann fasst

er instinktiv mit dem Finger an die Stelle, wo gestern noch der Pickel war. Er kann ihn immer noch fühlen. Peinlich.

»Ada!«, würgt er stockend hervor.

»Ich wollte mal gucken, was du so treibst. Darf ich?«

Selbstbewusst drängt sie sich im engen Flur an ihm vorbei. Sie riecht frisch geduscht und parfümiert und marschiert auf ihren orangen Flip-Flops direkt ins Wohnzimmer.

»Hi, ich bin Ada!«, sagt sie zu Kalea, die erstaunt aufblickt.

»Hi!«, antwortet sie ungewöhnlich einsilbig.

»Geht es dir besser?«, fragt Ada.

Kalea starrt Ada verständnislos an.

Henry schaltet sich schnell ein. »Ja, tut es. Komm, wir gehen in mein Zimmer.«

Er packt Ada am Arm und führt sie hinaus. Adas Haut ist weich und warm. In seinem Rücken spürt Henry den fragenden Blick seiner Schwester.

Im Zimmer angekommen, schlüpft er in seine Jeans und schaut sich unsicher um, dann deutet er auf seinen Schreibtischstuhl.

»Willst du was trinken?«, fragt er und kommt sich komplett uncool vor.

Aber sie bleibt stehen und guckt ihn herausfordernd an.

»Ich will wissen, warum du gestern so schnell abgehauen bist«, sagt sie.

Henry wird schlagartig klar, warum Ada so beliebt ist. Sie sieht nicht nur gut aus, sondern hat was drauf und redet nicht um den heißen Brei herum. Vielen macht das Angst, aber Henry ist erleichtert.

»Es ging nicht um deine Schwester, oder?«

Henry schüttelt den Kopf. »Tut mir leid. Der Abgang war extrem uncool.«

»War er!«, bestätigt sie.

Henry weicht ihrem Blick nicht aus. Wenigstens will er kein Weichei sein. »Wie gesagt, es tut mir leid. Ich weiß auch nicht, was mit mir los war.«

»Das Komitee hat dir verziehen!« Sie grinst.

»Danke«, sagt Henry, obwohl er den Spruch seltsam findet. Aber Ada ist bekannt für Sprüche, die kein Mensch versteht.

»Keine U«, sagt sie, was wohl ›Keine Ursache‹ heißen soll. So viel weiß Henry, und er weiß auch, dass er jetzt nicht schweigen darf, wie er es sonst so oft tut. Er öffnet schon den Mund, aber Ada kommt ihm zuvor.

»Vielleicht können wir das Treffen ja wiederholen? Wäre echt ultra.« Sie klingt betont locker. Zu betont.

Henry wird schlagartig klar, dass Ada ihn um ein Date bittet. Und dass sie bewusst cool tut, weil sie keinen Bock auf eine mögliche Ablehnung hat. Kann das sein? Sie sieht verletzlich aus, so als läge ihr wirklich etwas an ihm.

»Ich …«, beginnt Henry und bricht ab.

»Du?«, fragt Ada mit hochgezogener Augenbraue.

Henry schluckt. Aber es muss raus. »Ich habe vor ein paar Tagen ein Mädchen kennengelernt, deswegen bin ich auch weg. Am Turm, meine ich.« Er sieht sie abwartend an.

Adas Gesicht verhärtet sich. »Warum hast du das nicht gleich gesagt?«

»Sorry, ich wusste nicht, dass …«, er sieht sie Hilfe suchend an.

»Dass ich dich küssen wollte?«

Henry nickt. Fast muss er wegen ihrer Direktheit lachen. Er hätte nicht gedacht, dass Ada ihm so sympathisch ist.

»Schade«, sagt sie und es klingt selbstsicher und verletzt zugleich.

Henry kann nur mit den Schultern zucken, mehr bringt er nicht zustande. Dann begleitet er sie hinaus.

»Tschüssi!«, ruft Kalea, als sie am Wohnzimmer vorbeikommen.

Ada hebt lässig die Hand, dann öffnet sie die Wohnungstür und verschwindet im Treppenhaus, ohne sich noch einmal umzudrehen. Henry lauscht ihren Flip-Flops, bis unten die Haustür aufgeht, sich schließt und das Geräusch verklungen ist.

Er kann es nicht fassen. Ada Brecht hat bei ihm im Zimmer gestanden und ihn um ein Date gebeten. Er hat gemerkt, dass sie aufgeregt war. Ein bisschen. Seinetwegen. Und er hat abgelehnt.

Erst jetzt wird ihm siedend heiß etwas klar. »Ich Idiot!«, murmelt er.

»Wer war das denn?«, fragt Kalea neugierig, die im Flur aufgetaucht ist.

»Jetzt nicht!« Henry hat es plötzlich eilig und rennt zurück in sein Zimmer. Dort zieht er das Handy aus der Hosentasche. Er wählt Maries Kontakt und versucht eine Nachricht zu formulieren.

Sein Herz schlägt und er weiß nicht, ob es ein gutes Gefühl ist oder nicht. Er weiß nur: Er muss alles tun, um Marie wiederzusehen. Er muss einfach.

MARIE

Als Laura kurz zur Toilette geht, nutzt Marie die Gelegenheit, um zu schauen, ob Henry nicht doch eine Nachricht geschickt hat. Aber nein, da ist nichts! Ihr Magen schnürt sich zusammen.

Sie steckt ihr Telefon schnell weg, bevor Laura zurück ist. Denn erstens will sie mit ihr nicht weiter über Henry sprechen und zweitens volle Aufmerksamkeit für die angekündigten sensationellen Neuigkeiten signalisieren. Marie setzt eine erwartungsvolle Miene auf, als Laura sich mit frisch gekämmten Haaren auf ihren Stuhl fallen lässt. Ihre hellbraune Mähne ist so seidig glänzend, dass sie glatt Werbung damit machen könnte. Und auch ihr Make-up ist wie immer makellos und passt perfekt zu ihrem türkisfarbenen Top.

Laura verschränkt ihre gebräunten Arme und grinst. »Und jetzt zu meiner Überraschung. Also, du musst raten!«

Marie überlegt. Im Prinzip könnte es alles sein. Dann hellen sich ihre Augen auf. Klar, es muss um einen Typen gehen. Um *den* Typen! »Euer Hundetrainer hat dich endlich nach deiner Nummer gefragt?!«

Lauras Augen funkeln. »Nicht ganz. Aber ›Hund‹ ist schon dicht dran!«

»Sally bekommt Nachwuchs und ich darf eins der Hundebabys haben?«, stößt Marie begeistert hervor, nur um eine

Sekunde später in sich zusammenzusacken. Da *war* ja noch was … »Na ja«, ergänzt sie kleinlaut, »das wäre natürlich toll, wenn ich nicht ein Jahr weggehen würde.«

Nun grinst Laura noch breiter und Marie bekommt spürbares Herzklopfen. Irgendetwas Besonderes liegt tatsächlich in der Luft.

»Ich gebe dir einen Tipp. Es hat mit Sally zu tun, ja. Aber sie ist nur einer der Gründe …« Laura unterbricht sich und schiebt genüsslich den Keks in den Mund, der zusammen mit dem Shake serviert wurde. Jetzt zur Mittagszeit sind sie die einzigen Gäste, bis auf den Typen, der immer am Tresen rumhängt und mit der Bedienung plaudert.

»Nun sag schon!« Marie wird langsam ungehalten.

Laura schluckt und setzt dann endlich zu einer komplizierten Erklärung an: »Du weißt ja, dass mein Dad diesen Wahnsinnsposten in Leipzig hat!«

Marie nickt. Und?

»Also«, fährt Laura fort und beugt sich etwas näher zu ihr rüber, »meine Mutter war ja von Anfang an dagegen, dass wir mitgehen.«

»Deine Eltern lassen sich scheiden?!«, entfährt es Marie entsetzt. Doch Lauras Gesichtsausdruck passt nicht zu dieser Schlussfolgerung.

»Nein, Quatsch. Aber es gab Probleme mit dem neuen Haus, das eh einen viel zu kleinen Garten hat für Sally. Und auch die Schule für Leo ist scheinbar eine Katastrophe!«

»Ja und? Was heißt das?«, bohrt Marie ungeduldig nach.

Aber Laura macht einfach weiter. »Außerdem ist auch gar nicht sicher, ob mein Dad den Job ewig machen will. Der ausschlaggebende Punkt aber ist, dass er fast jede Woche geschäftlich unterwegs sein wird.«

»Aber was heißt das denn jetzt?« Maries Stimme klingt

lauter als beabsichtigt, sie versteht kein Wort. Auch nicht, als ihre Freundin den magischen Satz sagt.

»Wir bleiben hier! Ich ziehe nicht weg und gehe nach den Ferien doch wieder auf unsere Schule!«

Marie ist wie vor den Kopf geschlagen. Im selben Moment piept auch noch ihr Handy. Sie kann nicht anders, als es in Sekundenschnelle hervorzuholen.

Eine Nachricht. Von Henry! Maries Herz bleibt stehen, als sie liest:

Ich möchte dich vor Amerika noch einmal sehen.
Unbedingt. Ich könnte morgen Mittag in Hamburg sein!
Bitte sag Ja!

HENRY

MARIE

»Du findest Ada nicht heiß?« Kai starrt Henry fassungslos an.

Die Jungs sitzen mit roten Wangen und grünen Knien völlig kaputt auf dem Rasen. Es war Henrys letztes Training bei seinem Verein, das letzte für ein Jahr. Aber nicht nur deswegen fühlt er sich bedrückt. Er hat immer noch nichts von Marie gehört. Heißt das, sie hat keine Lust auf ein Treffen?

Aber mit Kai kann er darüber nicht reden. Der hat nur Ada und Henrys Abgang auf dem Turm im Kopf, den er einfach nicht nachvollziehen kann.

Auch als Henry gesagt hat, dass er nicht auf Ada steht, hat Kai keine Ruhe gegeben. Im Gegenteil.

Zum Glück kommt in diesem Moment Stefan, ihr ewig gut gelaunter Trainer mit dem unmöglichen Schnäuzer, herüber.

»Viel Glück in Amerika, Henry!«

Henry springt auf und gibt seinem Trainier die Hand, so richtig schön oldschool.

»Zeig den Amis mal, wie man Fußball spielt. Aber wenn du drüben nur Burger isst und dir eine Ami-Plauze zulegst, bekommst du hinterher den Arsch voll«, sagt Stefan, grinst und haut ab.

Die Jungs sehen ihm nach. Henry mag seinen Trainer, auch wenn der Schnauzbart gar nicht geht. Er wird Stefan vermissen.

»Dem wirste echt fehlen«, kommentiert Kai. »Ohne dich werden wir jedenfalls nicht mehr dauernd gewinnen. So viel steht fest.«

»Musst halt mehr trainieren und weniger saufen«, antwortet Henry.

Aber Kai ist schon wieder beim alten Thema. »Wie kann man Ada nicht heiß finden?«

Henry seufzt theatralisch und dann: »Ada ist cool!«

»Aber?«

Henry zuckt mit den Schultern. Kais Gefrage nervt langsam, doch ein Ende ist nicht in Sicht.

Sein Freund schüttelt den Kopf. »Ich verstehe es einfach nicht. Das ganze Schuljahr hast du sie heimlich angegafft und dir überlegt, wie du sie ansprichst und …«

»Hab ich nicht!«

»Hast du wohl. Ich bin doch nicht blind! Haben alle gemerkt.«

»Bisschen vielleicht.«

Kai gibt ihm einen freundschaftlichen Stupser. »Bisschen, Mann? Henry! Die Chica scheint dich echt zu mögen. Nach der Nummer auf dem Turm dachte ich, du hast es bei ihr verkackt. Aber stattdessen hat sie Smilla erklärt, dass sie – und jetzt hör mir genau zu – dass Ada für dich Verständnis hat. Weil es deiner Schwester doch so schlecht ging. Verständnis, Messi!«

Kai hebt ungläubig die Hände.

Henry nickt nur.

»Smilla hat gesagt, Ada möchte ein weiteres Date mit dir! Das ist wie ein Gratis-Ticket für Du-weißt-schon-was!«

Henry zuckt wieder mit den Schultern. Aber er weiß, dass Kai niemals lockerlassen wird. »Ich verrate dir jetzt was, aber du darfst niemandem davon erzählen. Auch nicht Smilla! Versprochen?«

Kai guckt erstaunt. »Ehrenfurz!«

Henry seufzt. »Sie war heute früh bei mir.«

»Ada?« Kais Blick ist unbezahlbar. Offener Mund und große Augen. »Und? Was wollte sie von dir?«

Henry starrt auf seine Hände. »Sie war total nett und hat gefragt, wie es Kalea geht, und dann habe ich ihr gesagt, dass ich mich nicht mit ihr treffen kann, weil ...« Er bricht ab.

Kai ist sprachlos. Fast. »Du hast zu Ada Brecht Nein gesagt?«

Henry nickt.

»Wegen der Chica aus dem Schwimmbad?«

Henry will gelassen gucken, aber es gelingt ihm nicht.

Kai haut sofort in die Kerbe. »Mann, die sah nicht ein Viertel so gut aus wie Ada.«

»Aussehen ist aber nicht alles!« Henry springt wütend auf. »Du kapierst echt zero, Alter, das nervt.«

Einen Moment sehen sich die Jungs mit zusammengekniffenen Augen an, aber dann grinst Kai plötzlich blöd. »Du sagst wegen dem Fischkopf echt ein Date mit Ada ab! Bist du verknallt, oder was?«

»Ach, leck mich!«, antwortet Henry und dreht sich um.

»Hat dir den Kopf verdreht, die Chica, was?!«, ruft Kai.

Im selben Moment piept Henrys Telefon, das immer noch auf dem Rasen liegt. Er will danach greifen, aber Kai ist schneller.

»Gib her, verdammt!« Henry stürzt sich auf ihn.

»Das ist meins«, sagt Kai keuchend.

»Du hast es mir geschenkt!«

Schließlich lässt Kai los und Henry liest die neue Nachricht. Marie hat geschrieben.

Dann bis morgen. Ich freue mich!

Henry ist glücklich. Er fühlt sich so leicht, als könne er in den Himmel steigen.

»O Mann, dich hat es echt erwischt!« Erst jetzt merkt Henry, dass Kai mit aufs Handy schaut.

Er will ihm einen bösen Blick zuwerfen, aber es gelingt ihm nicht. »Eifersüchtig?«, fragt er stattdessen und grinst seinen Freund an.

Kai verzieht das Gesicht. »Ganz, ganz doll!«

Und dann müssen beide lachen und können gar nicht mehr aufhören. Irgendwann lassen sie sich völlig fertig auf den Boden sinken.

Henry atmet den Duft des Grases ein, auf dem er seit seinem sechsten Jahr Fußball spielt. Ein Geruch, den er liebt.

»Ich werde dich vermissen«, hört er Kai sagen.

»Ich dich auch!«

Und dann klatschen die Jungs ab, stehen auf und gehen zu ihren Rädern. Nein, Moment. Kai geht. Für Henry fühlt es sich eher wie Schweben an.

MARIE

Scheiße, flucht Marie innerlich, weil sie einfach nicht weiß, was sie anziehen soll! Schon in weniger als drei Stunden wird sie Henry in der City treffen und sie hat absolut keinen Plan, was der Tag bringen wird, also auch nicht, welches Outfit angesagt ist. Alles wirbelt in ihrem Kopf durcheinander: die Sorge um ihre Omi, die Freude über Lauras Neuigkeiten und die … Panik, Ohnmacht, Glückseligkeit wegen ihres bevorstehenden Dates?!

Laura hat vorgeschlagen, Marie soll mit Henry auf den Sommerdom gehen, den großen Hamburger Jahrmarkt. Dabei dreht sich Marie schon allein bei der Vorstellung, Henry wiederzusehen, der Magen um. Da kann sie unmöglich auch noch eines der Fahrgeschäfte mit ihm besteigen.

Wie werden sie sich begrüßen? Wird sie ihn immer noch toll finden? Und vor allem, er sie? In Berlin war alles so besonders und so aufregend und die Reise in die USA war ein großes Thema, anders als jetzt, wo sie bei ihr total in den Hintergrund gerückt ist.

Seufzend geht Marie zum gefühlt fünfzigsten Mal die Oberteile durch, die auf den Bügeln hängen. Es war ihr nie megawichtig, wie sie rumläuft. Aber Henry will sie natürlich schon beeindrucken. Darum war Marie auch sofort begeistert, als Laura ihr angeboten hat, sie für das Date bestmöglich auszustatten. Denn Laura kennt sich aus mit den richtigen Outfits.

Und eigentlich hat die ganze Aktion sogar Spaß gemacht! Aber jetzt kommt es Marie irgendwie schräg vor, sich für Henry so aufzubrezeln, und auch noch mit geliehenen Accessoires von Laura. Wieso soll sie einen Jungen mit Dingen beeindrucken, die gar nicht zu ihr gehören?

Der nächste Blick auf die Uhr. Marie spürt, wie sich ihr Puls beschleunigt. Entschlossen greift sie nach ihrer Lieblingsjeans und einem geringelten Longsleeve, ihr Wohlfühl-Outfit, als es an der Tür klopft und ihre Mutter ins Zimmer kommt.

Marie fühlt sich irgendwie ertappt und lächelt bemüht.

»Entschuldige, Liebes! Ich wollte nur wissen, ob du okay bist?«

Nein, ich bin so nervös wie noch nie in meinem Leben, denkt Marie. Doch um ihre Mutter nicht unnötig zu beunruhigen angesichts eines Dates mit einem mehr oder weniger Fremden, sagt sie nur: »Klar, ich freu mich auf morgen, wenn ich Oma wieder besuchen kann.«

»Genau darüber wollte ich mit dir reden.« Der verdächtig liebe Tonfall ihrer Mutter lässt nichts Gutes vermuten.

Sie setzt sich aufs Bett und winkt Marie zu sich. Dann reibt sie sich müde über die Augen. Aber Marie vermutet, dass sie bloß ihre Tränen verstecken will.

»Mama, was ist denn?«, fragt sie ängstlich.

Ihre Mutter holt Luft und sagt: »Papa möchte, dass ich dir …« Dann unterbricht sie sich.

»Was möchte Papa?«, bohrt Marie nach.

Doch statt zu antworten, legt ihre Mutter einfach die Hand auf Maries Wange und lächelt tapfer.

Marie sieht sie so lange fragend an, bis ihre Mutter endlich weiterspricht. »Papa und ich möchten, dass du ein schönes Jahr hast, ganz egal was zu Hause los ist. Du bist jung und sollst deine Erfahrungen machen!«

Marie versteht nicht. Haben ihre Eltern ihr etwas verheimlicht?! Ihre Brust zieht sich zusammen. »Was meinst du damit?«

»Na, dass es nicht leicht ist, sein einziges Kind ziehen zu lassen.«

»Ach, Mama«, sagt Marie und sie schließen sich fest in die Arme.

HENRY

MARIE

Überraschenderweise wird es trotz aller Aufregung noch ein ziemlich produktiver Tag.

Henry bucht die Mitfahrgelegenheit und bekommt von Marie den Treffpunkt getextet. Heiligengeistfeld, das ist direkt in der Innenstadt!

Er packt eine kleine Tasche für seinen Hamburg-Trip und schreibt seiner Gastfamilie endlich eine Antwort-Mail. Schließlich wird er schon in einer Woche in New York sein.

Dann zwingt er Kalea, ihm beim Wohnungsputz zu helfen, und »überredet« sie anschließend, mit Oma Jada einen Spaziergang zu machen vor dem Abendbrot. Dafür muss er ihr mehrfach das Handy wegnehmen, wird mit einem Schuh geschlagen und mit fiesen Kommentaren über sein Aussehen überschüttet. Aber am Ende geht Kalea zu ihrer Oma.

Die »freie« Zeit nutzt Henry, um einen Plan auszuarbeiten, den er Kalea und Klaus beim Abendbrot vorlegt. Ein Plan für die Zeit, wenn er in Amerika ist. Mit den Nummern von der Schule, von Kaleas Turnverein und von ihren Freundinnen und deren Eltern. Und mit allen Terminen für die nächsten Monate, die schon feststehen. Eben alles, was Henry bisher immer organisiert hat und was die beiden jetzt allein auf die Reihe bekommen müssen. Klaus schluckt beim Anblick der vielen Termine. Aber er nickt auch und bedankt sich bei Henry. Kalea hingegen heult und beschimpft ihn wieder.

Die ganze Aktion fühlt sich irgendwie komisch an, weil Amerika trotz allem so weit weg ist. Obwohl er in einer Woche fliegen wird, kann Henry nur an den nächsten Tag denken, und dass er Marie wiedersehen wird. In Hamburg, wo er noch nie gewesen ist. Fast ein bisschen wie New York also.

Aber als Henry den Plan in den Flur hängt, hat er ein übelst schlechtes Gewissen, wie schon so oft in den Wochen vorher. Es ist, als ob er seine Familie im Stich lässt.

Dann liest er Kalea noch etwas vor, obwohl die viel zu alt dafür ist – und nachdem sie sich zuerst geweigert hat, nur um ihn dann doch zurückzurufen, als er aus dem Zimmer gehen will.

Nachts kann er nicht schlafen. Tausend Gedanken schießen ihm durch den Kopf. Hamburg, Marie. Vorfreude, Angst, trockener Mund und klopfendes Herz. Ihm fällt ein, dass er Marie vielleicht was mitbringen sollte, und er bekommt Panik. Über den Gedanken schläft er dann irgendwann erschöpft doch noch ein.

Und jetzt steht er mit Kai in Berlin-Mitte, wo sie zusammen auf den VW-Golf und die Fahrerin Petra warten, die Henry nach Hamburg bringen soll.

»Aufgeregt?«, fragt sein Freund.

»Geht so!«

»Lügner!«

Henry fühlt sich heute nicht mehr so sicher und beschwingt wie am Vortag. Er hat den Eindruck, Blei in den Knochen zu haben. So geht es ihm manchmal kurz vor dem Anpfiff eines wichtigen Fußballspiels.

Deswegen hat er Marie heute kaum getextet, und ihre Antworten waren auch eher einsilbig. Wenn er daran denkt, werden seine Knochen noch schwerer und er hat Schwierigkeiten beim Schlucken.

»Bisschen Aufregung gehört dazu«, sagt Kai und klopft Henry auf die Schulter. »Soll ich dich heute Abend abholen?«

Das fehlt noch. Wer weiß, wie der Tag in Hamburg abläuft. Henry schüttelt den Kopf. »Schaffe ich schon, danke!«

Dann bremst ein grauer Golf vor ihnen und eine ältere Frau mit blonden Locken, breitem Lächeln und spießigen Klamotten steigt aus.

»Henry?«, fragt sie.

»Ja!« Er reicht ihr die vereinbarten 15 Euro, die er schon abgezählt in seiner Hosentasche hatte.

»Cool!«, sagt sie. Dann: »Ist es okay, wenn du deine Tasche mit nach vorne nimmst?«

Henry sieht, dass auf der Rückbank lauter Klamotten in Schutzhüllen liegen. Er nickt und steigt ein.

Im Seitenspiegel sieht Henry, wie Kai ihm winkt. Gegen seinen Willen muss er grinsen.

»Und? Was machst du in Hamburg?«

»Meine Freundin besuchen!«

»Cool!«, sagt Petra. »Stört es dich, wenn ich telefoniere?«

»Nö!«

»Cool!«

Und damit beginnt das erste von ungefähr hundert Telefongesprächen, in denen es um Klamotten und Boutiquen und Verkäufe und Umsatzzahlen geht. Aber Henry ist das egal. Er blendet ihre Stimme einfach aus und sieht nur in die Landschaft. Es ist fast schon einschläfernd.

Aber immer wieder tauchen Fragen in seinen Gedanken auf: Was soll er Marie zur Begrüßung sagen? Wird er sie immer noch gut finden? Was, wenn er aussteigt und sofort weiß, dass er sich getäuscht hat? Dass sie nicht sein Typ ist? Und was, wenn es umgekehrt ist, wenn sie ihn nicht mehr gut findet? Dann wird der Tag fürchterlich werden.

Henry versucht sich an Maries Gesicht zu erinnern, aber vor Aufregung sieht er nur Ausschnitte: ihre Lippen, ihre breiten Augenbrauen. Er hört ihr Lachen und riecht ihr Parfum.

Je näher sie Hamburg kommen, desto größer wird sein Klumpen im Magen.

Plötzlich spürt er einen leichten Stoß in der Seite. Petra hat ihn angesprochen.

»Bitte?«, fragt er.

»Kenn ihr euch schon lange? Du und deine Freundin?«

»Nicht wirklich.«

Petra sieht ihn amüsiert an. »Aufgeregt?«

»Ja!«

Petra lacht und sagt: »Cool!«

Dann telefoniert sie weiter und Henry guckt sich zum x-ten Mal den heutigen spärlichen Chatverlauf mit Marie an.

Die Autobahn ist leer, und nach etwas mehr als zwei Stunden tauchen erste größere Gebäude auf. Erst die Fabrik einer Pizzafirma, dann immer mehr Büro- und Lagerräume.

Henry hört sein Herz schlagen. Irgendwann fahren sie über die Elbe und Petra beendet ihr letztes Gespräch.

»Jetzt sind wir gleich da!«, sagt sie und Henry schluckt.

»Cool«, sagt er. Obwohl er sich auf der Fahrt mehrfach geschworen hat, das Wort niemals mehr zu benutzen.

Er greift nach seinem Handy.

Fahren gerade nach Hamburg rein!

Aufgeregt wartet er auf eine Antwort.

Nur wenig später hält Petra am Straßenrand an. »Bingo, Heiligengeistfeld. Kurz vor eins, wie geplant. War cool mit dir. Viel Glück mit deiner Freundin!«

Sie reicht ihm die Hand, die Henry drückt. Dann steigt er aus und sie braust davon.

Er winkt ihr hinterher, aber dann kommt er sich albern vor. Mit der Tasche über der Schulter sieht er sich um. Noch keine Spur von Marie.

Stattdessen hat er freien Blick auf einen Rummelplatz. Um die Uhrzeit ist noch nicht viel los, aber man hört schon das Rattern der Achterbahn und das Kreischen von aufgeregten Besuchern.

»Hi!«

Erschrocken dreht Henry sich um. Vor ihm steht eine strahlende Marie.

»Hi! Ich habe dich gar nicht gesehen!«

»Das habe ich gemerkt!«, sagt sie lachend und versteckt ihre Zähne. Sie sieht einfach toll aus.

»Hi!«, sagt er noch mal, stellt seine Tasche ab und geht dann einen Schritt auf sie zu. Er gibt ihr einen Kuss auf die Wange. Dabei legt er seine Hand auf ihre Schulter, so wie er es sich zigmal ausgemalt hat. Sein Herz schlägt laut und er hat ihren Geruch in der Nase.

Er spürt ihre Hand auf seinem Arm und plötzlich sind sie sich sehr nahe.

»Ich dachte, wir könnten an die Elbe!«, sagt sie und er hat den Eindruck, sie ist genauso aufgeregt wie er.

»Ich mache alles mit!«, antwortet er, und bevor sie antworten kann, fügt er hinzu: »Aber erst mal würde ich gerne mit dir Achterbahn fahren. Einverstanden?«

MARIE

O mein Gott, denkt Marie in Dauerschleife. Henry ist noch viel nicer, als sie ihn in Erinnerung hatte. Und die Vorstellung, in die Luft abheben zu müssen, wo sie den Boden unter ihren wackeligen Beinen jetzt schon kaum noch spüren kann, raubt ihr fast den Atem.

»Alles okay?«, fragt Henry und sieht besorgt aus.

Wie peinlich!

»Ja«, schwindelt Marie und spürt, wie sie errötet. Vielleicht wäre etwas mehr Make-up doch schlauer gewesen. Aber zumindest hat Henry mit Jeans, T-Shirt und Sneakern ein ähnlich lässiges Outfit gewählt wie sie. Und zum Glück liegt kein weiterer Kuss in der Luft, der die Begrüßung nur noch schräger gemacht hätte.

»Also, ähm ...«, stammelt Marie und atmet noch einmal durch. »Ich steh nicht so auf Achterbahn.«

»Nicht?«, entfährt es Henry enttäuscht. Jedenfalls meint Marie Enttäuschung in seiner Stimme zu hören.

»Nicht mal Riesenrad?!«, fragt er.

»Okay«, antwortet Marie, obwohl sich alles in ihr sträubt. Aber wenn sie jetzt auch noch zugibt, dass sie manchmal Höhenangst hat, steht sie total uncool da.

Sie lächelt nervös und dann gehen sie in Richtung Eingang vom Dom.

Marie hat keine einzige Idee, was sie sagen könnte, und kommt sich so dämlich vor. Auch Henry sagt nichts. Gerade als die peinliche Stille unerträglich wird, legen sie beide los, gleichzeitig!

»Bist du das erste Mal in Hamburg?«, hat Marie sich überlegt, während Henry erklärt: »Das ist mein erster Hamburg-Besuch.«

Sie lachen unsicher. Und dann lachen sie richtig, bleiben stehen und ihre Blicke treffen sich. Als sie weitergehen, greift Henry nach Maries Hand, und sie könnte nicht glücklicher sein, so warm wird ihr ums Herz.

Sie schlendern an einem Crêpe-Stand vorbei und Marie fragt, ob Henry Hunger hat nach der Anreise. Henry verneint, zieht sie stattdessen zu einem Wagen mit Süßkram.

Und dann fühlt sich Marie wie in einem Film, als Henry total lässig auf die Verkäuferin zusteuert und ein Lebkuchenherz kauft. Mit einem Lächeln, das seine süßen Grübchen hervorzaubert, hängt er ihr das Herz um den Hals. Als sie es hochhebt, um zu lesen, was in gelber Zuckerschrift drauf geschrieben steht, droht sie beinahe in Ohnmacht zu fallen: *Lieblingsmensch.*

HENRY

Als sie in die Gondel einsteigen, baumelt das Lebkuchenherz an Maries Hals.

Henry fragt sich, ob die Geste übertrieben war.

»Kannst es ruhig abnehmen, wenn es dir peinlich ist«, sagt er schnell.

»Niemals!«, antwortet sie. Aber ihr Gesicht ist merklich angespannt und blass.

Sie sind alleine in der Gondel, trotzdem wählt Henry den Platz neben Marie. Als das Riesenrad sich mit einem Ruck in Gang setzt, klammert sie sich mit einer Hand am Eisengestänge fest und krallt sich mit der anderen in Henrys Arm.

»Alles klar?«, fragt er.

»Ich habe manchmal ein bisschen Höhenangst«, murmelt sie panisch.

»Mist. Warum hast du das nicht gleich gesagt?« Henry erhebt sich halb, um einem der Ordner zuzurufen, dass er das Ding anhalten soll.

Aber Marie zieht ihn zurück. »Geht schon«, sagt sie und lächelt ihn tapfer an.

Die Gondel schaukelt sanft und steigt immer höher. Besorgt sieht er sie an.

»O mein Gott«, ruft Marie und krallt ihre Finger tiefer in seinen Arm. Es tut weh, aber es ist irgendwie ein guter Schmerz.

»Dir passiert nichts. Wenn du Angst hast, mach einfach die Augen zu«, sagt er möglichst ruhig.

Marie schließt ihre Augen, aber öffnet sie gleich wieder.

»Das geht gar nicht!«, murmelt sie und ist noch blasser als vorher.

»Okay, dann guck mich an«, sagt Henry zu ihr und sie tut es wirklich. Erneut fällt ihm auf, wie groß ihre Augen sind. Er kann erkennen, wie viele Schattierungen ihre Iris hat.

»Jetzt holst du ganz tief Luft.« Er macht ein Zeichen und sie atmen zusammen ein. »Ganz ruhig, und am Ende ...«

»... habe ich einen total dicken Bauch!«, vervollständigt Marie den Satz. Automatisch starrt Henry nach unten und im gleichen Moment zieht sie ihren Bauch ein.

»Ich habe keinen Bauch gesehen«, sagt Henry belustigt.

»War auch keiner da«, antwortet Marie und dann müssen beide plötzlich wieder lachen. Es ist das laute, schöne, warme Lachen, das Henry vom Flur bei ihrem ersten Treffen kennt. Und das auch vorhin ganz kurz angeklungen ist.

Während das Rad sich immer weiterdreht, weiß Henry nicht, ob das Kribbeln in seiner Magengegend von der Höhe kommt oder davon, dass Marie und er sich beim Lachen angucken. Als dann ihre Gondel im Wind zu schaukeln beginnt, hält Marie sich auch mit ihrer zweiten Hand bei ihm fest und ihr Lachen erstirbt. Für einen Moment sind beide erschrocken und still. Und irgendwie beschließt Henry, dass er Marie jetzt küssen will, und rückt näher an sie heran. Vorsichtig drückt er seine Lippen auf ihre. Und sie tut nichts, um das zu verhindern. Scheint überhaupt nicht überrascht, sondern hält ihn noch fester.

Eine Weile berühren sich ihre Lippen und Henry vergisst die Zeit um sich herum. Sein Herz schlägt und sein Körper spürt ganz deutlich jede von Maries Berührungen. Ihre Finger bewegen sich an seinem Arm und streichen ihm leicht über die Schultern. Ihre Lippen fühlen sich unglaublich weich an.

Dann bleibt die Gondel mit einem sanften Ruck stehen.

»Was jetzt?«, fragt Marie und beide öffnen die Augen.

»O Shit«, hört sich Henry sagen, denn die Gondel hat am höchsten Punkt gehalten. Mit einem wahnsinnigen Blick über Hamburg – auf all die Hochhäuser und das Wasser.

Aber Henry hat keine Augen für die Stadt, sondern nur für Marie. Und auch Marie guckt ihn an.

»Geht es? Mit der Höhenangst, meine ich!«

»Ja!«, sagt Marie, und dann legt sie ihre Hand auf seinen Nacken und zieht ihn leicht zu sich und sie küssen sich erneut.

MARIE

Zum Glück ist Marie endlich wieder etwas ruhiger und sie hat nicht mehr das Gefühl, vor Aufregung oder Angst zu sterben. Henry und sie sitzen ganz entspannt auf einer Bank bei der Elbstrand-Bar, schlürfen Cola und starren aufs Wasser. Jogger und Spaziergänger versperren ab und an den Blick auf die großen und kleinen Schiffe, die von Möwen begleitet an ihnen vorbeiziehen.

»Ich dachte immer, Hamburg ist auf keinen Fall so cool wie Berlin«, murmelt Henry in Maries Haare, der dabei ein wohliger Schauer über die Schultern läuft. Sie will sich eigentlich empören über die Arroganz der Berliner, muss aber leider kichern.

»Ich finde an Hamburgern cool, dass sie nicht cool und hip sein wollen wie Berliner, sondern es einfach sind!«, entgegnet sie.

Und schon knufft Henry ihr in die Seite, sodass Marie mit ihrem Aufschrei die Aufmerksamkeit der anderen Gäste auf sich zieht. Sie versucht Henry unterm Arm zu kitzeln. Aber er ist stärker, hält sie fest und beginnt nun seinerseits, sie richtig durchzukitzeln. Marie windet sich, kann nicht aufhören zu lachen und fleht schließlich um Gnade, bis Henry endlich aufhört und sie plötzlich ernst ansieht. So, als würde er etwas sehr Wichtiges sagen wollen.

»Was?«, fragt Marie verunsichert.

»Ich hab Symptome«, sagt Henry, was alles und nichts bedeuten kann.

»Du fühlst dich nicht gut?!«

Doch Henry antwortet nicht. Er lächelt einfach, holt seine Kopfhörer aus der Tasche und steckt sie ins Handy. Dann sucht er offensichtlich einen bestimmten Song in seiner Playlist und reicht einen Stöpsel an Marie weiter.

»Seit ich dich kenne, hab ich einen komplett neuen Musikgeschmack«, sagt er noch und grinst, weswegen Marie ahnt, dass er es bloß ironisch meint.

Gespannt wartet sie darauf, dass der Song losgeht, und starrt Henry gleichzeitig in die Augen, ohne dass es peinlich ist. Überhaupt fühlt sie sich gerade ziemlich wohl in seiner Nähe. Es ist das perfekte Date!

Und dann hört sie die Stimme von Nena, die Wort für Wort genau das ausdrückt, was Marie fühlt:

Du guckst mich an, und ich geh mit, und der ist ewig, dieser Augenblick …

Sie starren sich die ganze Zeit über in die Augen und lächeln einander an. Es ist wie Magie und auch nicht zu Ende, als das wunderschöne Lied mit »Liebe ist so, wie du bist« verstummt.

»Ist das nicht der Song von *Verliebt in Berlin*?«, fragt Marie dann leise, weil sie den Zauber unbedingt aufrechterhalten will.

»Ganz genau: verliebt in Berlin, in dich«, erwidert Henry ebenso leise und sucht mit seinen Lippen wieder ihre.

Das Leben ist schön!

HENRY

MARIE

»Du musst mir unbedingt verraten, welche Bücher du liest«, sagt Marie und es sieht aus, als würde sie Henrys Antwort am liebsten mitschreiben.

Er kann das verstehen, denn es geht ihm genauso.

»Magst du eher Indie oder Pop?«, fragt er und versucht sich jede Gruppe zu merken, die sie aufzählt.

Gleichzeitig beobachtet er sie beim Sprechen. Wie ihre Nase sich kräuselt, wenn sie »wir« sagt, und wie ihre Augenbrauen sich bei manchen Worten heben. Immer wieder beugt er sich vor, um sie zu küssen. Und dann lacht Marie oder wehrt sich spielerisch, aber jedes Mal ist es schön und natürlich und wunderbar.

Sie reden und reden und reden. Henry möchte alles von ihr wissen, möchte ihr Zuhause sehen, ihre Freunde, ihr Zimmer. Marie wiederum fragt nach seinem Vater und seiner Schwester, und Henry ist ganz verwirrt, weil sie sein Leben auch spannend findet.

»Was ist daran spannend?«, fragt er verwundert.

»Ich kenne niemanden, der bei seinem Vater aufwächst und sich um seine kleinere Schwester kümmert und dabei noch brillante Noten hat.«

»Brillante Noten wären schön«, antwortet er verlegen und freut sich trotzdem über ihre Worte.

Dabei findet er ihr Leben genauso aufregend. Findet es ungewöhnlich, dass sie mehr über ihre Oma als über ihre Eltern redet und sich zu Hause offenbar wohlfühlt.

Zwischendurch kreischen Möwen, Boote fahren vorbei, und Henry kann sein Glück nicht fassen.

Als hätte sie seine Gedanken gehört, sagt Marie: »Ich kann nicht glauben, dass wir hier zusammen sitzen und …«

»Und?«, fragt er.

»Ich weiß nicht, was ich sagen soll«, murmelt sie ganz ruhig und still. »Ich fühle mich einfach …«

»Glücklich?«

»Ja!«

»Ich mich auch!«

Es ist, als würde das Leben endlich einen Sinn ergeben. Alles scheint Henry machbar, nichts ist unmöglich.

»Ich freue mich auf alles, was kommt«, sagt Marie leise und nimmt Henry damit die Worte aus dem Mund.

»Das wollte *ich* gerade sagen«, ruft er, und sie lachen so laut, dass die Leute schon wieder gucken.

»Ich könnte ewig hier sitzen«, sagt Marie, als sie sich wieder beruhigt haben.

»Ich auch«, antwortet Henry. »Immerhin haben wir noch …«, er schaut auf die Uhr, »etwa 51 Minuten! Es ist kurz nach halb sechs.«

»So spät schon?«, fragt Marie erschrocken. »Dann müssen wir los! Wenn wir Pech haben, brauchen wir eine Dreiviertelstunde bis zum Hauptbahnhof!«

Dort wird Henrys Rückfahrtgelegenheit ihn um halb sieben einsammeln.

Er will etwas sagen, das den Tag zusammenfasst, aber ihm fällt nichts Passendes ein.

»Wollen wir?«, fragt Marie in die Stille hinein.

»Wollen nicht, aber müssen!«

Mit einem Schlag wird Henry klamm ums Herz.

Sie gehen zu Fuß bis zur S-Bahn und Henry kann die ganze Zeit nur daran denken, dass sie sich gleich verabschieden müssen.

Auf der Fahrt spricht keiner ein Wort. Erst als sie am Hauptbahnhof aussteigen und zum Treffpunkt gehen, sagt Henry leise: »Dann sehen wir uns in Amerika wieder?«

Marie nickt nur und weicht seinem Blick aus.

Und plötzlich geht alles ganz schnell. Der Typ, der Henry mitnimmt, wartet. Ein zweiter Mitfahrer sitzt schon im Auto. Henry umarmt Marie und will sie gar nicht mehr loslassen, und sie lässt ihn auch nicht los.

»Es war schön«, sagt er und es kommt ihm vor wie der banalste Satz aller Zeiten.

»Es *ist* schön«, antwortet Marie und lächelt tapfer.

Und dann steigt Henry ein und der Wagen fährt mit quietschenden Reifen los. Henry dreht sich auf der Rückbank um und winkt Marie zu, die ihm hinterhersieht.

Plötzlich fühlt Henry sich leer und verlassen und ihm ist schlagartig kalt.

»Muss Liebe schön sein«, hört er von vorne und dann ein Lachen.

Kurz darauf fahren sie aus Hamburg raus und an demselben Pizzagebäude vorbei, das Henry schon bei der Hinfahrt gesehen hat. Er möchte am liebsten aussteigen und zurückrennen. Aber natürlich geht das nicht und er zückt stattdessen sein Handy.

Ich möchte zurück zu dir.

Und zu seiner Freude sieht er, dass Marie ihm sofort antwortet.

Und ich zu dir!

Er will noch etwas schreiben, aber ihm fällt nur dummes Zeug ein, und so sitzt er einfach da und weiß nicht, ob er glücklich oder traurig sein soll.

Der Fahrer lässt Henry und den zweiten Kerl in Köpenick raus, fast am anderen Ende der Stadt. Henry ist es egal. Er hat während der gesamten Fahrt kein Wort gesprochen.

Die Luft ist mild und Henry fühlt sich, als hätte er Watte im Kopf. Und natürlich: Marie, Marie, Marie.

Bis vor ein paar Tagen war das ein Name, mit dem Henry absolut nichts verbunden hat, jetzt ist er der schönste Name der Welt. Er ärgert sich, dass er kein Foto von ihr gemacht hat, kein Andenken an sie hat.

Als er endlich zu Hause ankommt, sieht ihm sein Vater neugierig entgegen.

»Kalea ist bis eben wach jeblieben. Wollte unbedingt hören, wat du mit deiner Freundin anjestellt hast«, sagt Klaus und grinst.

»Das hatte ich schon befürchtet«, antwortet Henry, obwohl es gar nicht stimmt. Bis zu dem Zeitpunkt, als er die Tür aufschloss, hat er nicht an Kalea gedacht.

»Und? War it jut?«

»Ja«, sagt Henry und merkt, dass er über beide Ohren grinst. Die Kondome fallen ihm ein und er wird rot. Damit Klaus nicht auf dumme Gedanken kommt, fügt er schnell hinzu: »Wir sind Riesenrad gefahren und haben am Elbstrand gesessen.«

»Schön«, sagt Klaus. Und dann: »Danke!«

Henry ist überrascht. »Wofür?«

»Für die janzen Ausdrucke, die du ufjehängt hast, und die Adressen und so.«

»Kein Problem«, sagt Henry. Er fühlt sich plötzlich beklommen.

»Ich bin stolz auf dich, Großer!« Sein Vater zwinkert ihm zu. »Musst mir nur versprechen, dat du wieder zurückkommst, wa?«

»Versprochen«, sagt Henry und Klaus lächelt.

Henry geht leise an Kaleas Zimmer vorbei, um sie nicht noch zu wecken. Trotzdem steigt er in die Dusche, denn sein Fahrer war ein starker Raucher und statt nach Marie riecht Henry wie ein Aschenbecher.

Als er aus der Dusche kommt, sieht er sein ausgedrucktes Flugticket auf dem Schreibtisch liegen und die Unterlagen der Austauschorganisation. Plötzlich wird ihm klar, dass er in ein paar Tagen ein ganz anderes Leben führen wird. Komischerweise macht es ihm keine Angst mehr. Er weiß jetzt, dass Marie auch in Amerika sein und die gleichen Erfahrungen machen wird. Er hat sogar schon gegoogelt und herausgefunden, wie er zu ihrer Gastfamilie fahren könnte. Mit dem Bus wäre er ungefähr einen Tag unterwegs, aber alleine die Vorstellung, Marie wiederzusehen, lässt sein Herz stärker schlagen.

MARIE

OMG! Jetzt ist Marie noch kribbeliger zumute als ohnehin schon. Sie schläft kaum noch, sie isst kaum noch und kann so gut wie keinen klaren Gedanken mehr fassen. Noch drei Tage bis zum Abflug. Die beiden großen Koffer sind endlich gepackt, nachdem Marie und ihre Mum beide gewogen und mehrfach umsortiert haben. Trotzdem ist alles so unwirklich.

Genauso unwirklich wie die Sache mit Henry. Noch immer ist alles fast zu schön, um wahr zu sein. Sie chatten ohne längere Sendepausen und malen sich aus, wie sie sich hoffentlich bald wiedersehen – am anderen Ende der Welt. Allein der Gedanke daran lässt Maries Herz schneller schlagen.

Und gleichzeitig wird es auch schwerer, je näher der Abschied rückt – von Laura, ihren Eltern, ihrem Zuhause und natürlich ihrer lieben Omi, der sie morgen im Krankenhaus als Erstes für ein ganzes Jahr Auf Wiedersehen sagen wird.

Es ist sicher richtig, Henry deswegen nicht vollzujammern, wo er sich doch so sehr auf das USA-Jahr freut und ständig davon anfängt, wie sie sich täglich schreiben werden, und dass zum Glück auch Videotelefonate die Sehnsucht erträglicher machen können. Außerdem hofft er, dass sie sich gegenseitig besuchen können.

Lächelnd sieht Marie sich in ihrem chaotischen Zimmer um. Überall liegt Kram, der wieder in den Schrank muss.

Dann streicht sie über ihren flauschigen, aber megapeinlichen Eisprinzessin-Overall. Wie gut, dass sie bislang noch ohne Bild kommunizieren!

Ganz automatisch wandert Maries Hand zu ihrem Handy und dann zum Chat, bei dem Henry und Laura abwechselnd immer ganz oben stehen. Sobald sie beginnt, an Henry zu schreiben, und sieht, dass er online ist, spürt sie dieses wohlige Kribbeln im Bauch.

Und? Wie läuft es? Hier ist Chaos angesagt – aber ich zähle die Tage ...

Marie drückt auf »Senden« und freut sich schon jetzt auf Henrys Antwort. Schnell schickt sie noch ein *Kiss!!!* hinterher.

Anschließend will sie Lauras Nummer wählen, um ihr abendliches Telefonat zu starten, doch ihr Akku ist kurz vorm Schlappmachen, weswegen sie nach unten in den Flur geht, um übers Festnetz anzurufen.

Als sie nach dem Telefon auf der Kommode greifen will, hört sie ihre Eltern in der Küche hinter geschlossener Tür laut diskutieren, was mega-selten vorkommt. Marie kann nicht anders, sie tritt mit klopfendem Herzen ein Stück näher und horcht. Sie bekommt mit, dass ihre Mutter weint.

Ihr Vater versucht sie offensichtlich zu beruhigen: »Wieso sagst du ihr nicht, was los ist? Sie ist alt genug!«

Statt der vollständigen Antwort ihrer Mutter schnappt sie nur ein paar Wortfetzen auf: »... so hart ... Jahr schnell rum ... Glück nicht im Weg stehen.«

Marie hat das Gefühl, dass ihre Eltern über sie sprechen, und ist hin- und hergerissen, ob sie an die Tür klopfen oder zurück nach oben in ihr Zimmer soll. Bevor sie sich entschieden hat, hört sie, wie ihr Vater sagt: »Stell dir mal vor, deine

Mutter stirbt in ein paar Monaten. Willst du dir dann vorwerfen, dass wir sie nicht gewarnt haben?!«

Marie erstarrt und traut sich nicht einmal mehr zu atmen. Wieder versteht sie die Antwort ihrer Mutter nicht. Sie bekommt lediglich mit, wie diese sich schnäuzt.

Doch Marie hat genug gehört. Mit einem fetten Kloß im Hals schleicht sie zurück auf ihr Zimmer. Dort blickt sie mit Tränen in den Augen auf all die Sachen, die sie eigentlich hat mitnehmen wollen, die aber nicht mehr in die Koffer gepasst haben. Und auf Fred, ihren uralten Stoffhasen, der ebenfalls hierbleiben muss. Marie drückt ihn fest an sich und schnuppert daran. Und dann flüstert sie: »Weißt du was? Ich bleibe hier, bei dir!«

HENRY

MARIE

Einen ganzen Tag hat Henry in Mitte verbracht, um ein Geschenk für die VanCleefs zu suchen – nachdem Kai ihn gefragt hat, was er seiner Gastfamilie denn mitbringen wird. Über so etwas hat Henry vorher gar nicht nachgedacht.

Und er hat auch keine Ahnung, was er kaufen soll. Was schenkt man Leuten, die man nicht kennt? Er hat Erwachsenen noch nie was schenken müssen. Außer seinem Vater zum Geburtstag. Und er kann ja schlecht mit einer Schachtel Pralinen kommen. Oder?

Marie wüsste das bestimmt, aber sie hat seine entsprechende Anfrage nicht beantwortet und auch auf seinen Anruf nicht reagiert.

Henry will sich deswegen keine Sorgen machen, trotzdem kommt es ihm seltsam vor. Oder ist er unnormal, weil er ihr ständig schreiben will? Ist das nerdig?

Als er am Ende des anstrengenden Tages ohne Geschenk nach Hause kommt und Kalea fragt, wo er gewesen ist, erzählt er ihr von seinem Dilemma.

Sie guckt ihn an, als sei er komplett dämlich. »Bist du blöd, Alter. Du bringst natürlich ein Berlin-Souvenir mit. Weiß doch jeder!«

Da schaut Henry wirklich dämlich und radelt zurück zum Alex, um einen Berliner Fernsehturm aus Plastik zu kaufen.

Jetzt steht er in seinem Zimmer und fängt endlich mit dem Packen an. Kopflos steckt er Sachen in seine große Sporttasche und holt sie wieder raus. Normalerweise hätte er schon Wochen zuvor einen Plan gemacht, was mit auf die Reise muss. In seinen Zeugnissen steht immer, dass Henry ein ordentlicher, gewissenhafter Schüler ist.

Aber bei dieser Sache ist alles anders. Der Gedanke an New York kommt ihm irreal vor. Er weiß schon nicht mehr, warum er sich dafür entschieden hat. Wollte er wirklich frei sein? Jetzt kommt es ihm dämlich vor. Was will er da? Fast ein Jahr lang?

Bis vor Kurzem hatte er höchstens Schiss, dass er seine Familie im Stich lässt, dass er wiederkommt und alles kaputt ist. Jetzt denkt er nur noch an Marie und alles andere ist ihm egal. Ist New York nun toll? Oder nicht? Egal. Hauptsache, Marie ist auch in Amerika!

Also greift er wieder zum Handy und starrt drauf. Marie war vor über einer Stunde das letzte Mal online. Seine letzte Nachricht hat sie noch gar nicht gelesen.

Henry macht das fertig, und es macht ihn fertig, dass es ihn fertigmacht. Wahrscheinlich ist Marie auch im Packstress und hat keine Zeit für Nachrichten, versucht er sich zu beruhigen. Alles locker. Was soll auch sonst sein.

»Bist du fertig?«

Sein Vater steht in der Tür. Er hat seine Ausgehuniform an: Jeans, blaues Hemd, auf dem Kopf einen albernen Strohhut, an den Füßen ein paar Adidas-Turnschuhe. Er klopft nervös mit seinem Portemonnaie auf die Hand.

Die ganze Familie geht zum Italiener, einschließlich Oma Jada. Abschiedsessen. Jeder darf sich eine Pizza aussuchen, wie am Feiertag.

Henry hat plötzlich einen Kloß im Hals. »Ich komme.«

Als er ins Wohnzimmer tritt, warten dort alle und starren ihn komisch an.

»Ist was?«, fragt er.

Im gleichen Moment rennt Kalea auf ihn zu und drückt ihn so fest, wie sie kann. Henry nimmt seine kleine, nervige Schwester in den Arm und spürt ihren bebenden Körper an seinem; sie heult.

Er streicht ihr beruhigend über den Rücken. So wie er es nach dem Tod ihrer Mutter getan hat. Henry kann sehen, dass sogar sein Vater feuchte Augen hat. Aber natürlich sagt er kein Wort, bleibt einfach stehen.

Dafür kommt Oma Jada auf ihn zu und legt ihm die Hand auf die Stirn. Jetzt hat Henry wirklich Angst vor dem Abflug und am Ende ist er es, der sich räuspert und sagt: »Wir müssen los. Wir haben die Reservierung um acht!«

Wie auf Knopfdruck lässt Kalea ihn los und Klaus wischt sich die Tränen aus den Augen und dann stapfen sie zur Tür. Als sie hinausgehen, wird Henry so richtig klar, dass dies seine Familie ist und dass er sie total vermissen wird.

MARIE

»Ach, Omi«, sagt Marie und schnieft, »das muss dir nicht leidtun!« Sie hat Mühe, ihre Tränen zu verbergen.

Aber Irmi tätschelt Marie die Hand. »Kindchen, mach mir nichts vor! Ich bin zwar alt, aber nicht blöd. Du willst nach Amerika, also gehst du nach Amerika!«

Nun muss Marie lächeln. So kennt sie ihre Omi, liebevoll und streng zugleich. Trotzdem kann sie das so nicht stehen lassen!

»Es stimmt ja, ich wäre schon gerne gegangen, aber eigentlich nur aus zwei Gründen«, beginnt Marie und rückt näher an ihre Oma heran, als ob all die Geräte im Krankenzimmer nicht mithören dürften, was sie zu sagen hat. »Du weißt ja, das Tanzen …«

»Ja, ja«, unterbricht Irmi sie ungeduldig, »ich weiß, dass diese Tusnelda dir das vermiest hat.«

Marie nickt. Wie oft hat sie ihrer Oma wegen Xenia in den Ohren gelegen!

»Und der zweite Grund?«, fragt Irmi und richtet sich etwas auf, obwohl sie das genauso wenig soll wie sich aufregen.

Marie beißt sich auf die Lippen. Sie wägt innerlich ab, ob es wirklich eine gute Idee ist, ihrer Omi von Henry zu erzählen.

»Es geht um einen Jungen, stimmts?!«

Irmis hellblaue Augen scheinen Marie direkt ins Herz zu blicken. Sie spürt, wie ihr Gesicht mal wieder rot wird, was offenbar Antwort genug ist.

»Wie heißt er? Ist er etwa Amerikaner?!«

Marie muss lachen und auch wieder schlucken. Und dann erzählt sie ihrer Oma die ganze lange und gleichzeitig irgendwie kurze Geschichte. Und wie verliebt sie in Henry ist, der auch in die USA fliegt.

»Und wo ist das Problem? Du fliegst auch und fertig!«

»Ich will aber nicht! Ich wollte eigentlich nie so richtig, sondern einfach bloß tanzen. Und jetzt, wo du krank bist ...« Und schon muss Marie wieder mit den Tränen kämpfen.

Sie kommt sich allmählich vor wie ein Kleinkind. Eigentlich hatte sie allen beweisen wollen, dass sie so gut wie erwachsen ist und so ein Jahr schon irgendwie durchstehen kann. Aber die Wahrheit ist, dass sie schon bei der Vorstellung, so weit weg zu sein, Heimweh hat. Und das sagt sie ihrer Oma genau so.

»Das ist etwas anderes«, findet die.

Marie nickt. »Und Laura bleibt nun auch hier an der Schule. Noch ein Grund, nicht zu fliegen!«

»Und Henry? Was sagt er dazu, dass du meinetwegen einen Rückzieher machst?«, fragt Oma weiter.

Marie fühlt sich ertappt. Es stimmt ja, wenn dieser blöde Schlaganfall nicht gewesen wäre, hätte Marie sich vielleicht doch getraut. Aber so gibt sie das Stipendium lieber an jemand anders weiter.

»Ich hab es ihm noch nicht gesagt. Ich weiß einfach nicht, wie«, gesteht Marie. Weil Irmi ausnahmsweise nicht einhakt, erklärt Marie, wie sehr Henry sich auf die Zeit in Amerika freut und wie viele Pläne er für sie beide hat.

Irmi überlegt. Dann sagt sie: »Ich bin mir sicher, er wird es verstehen. Dein Opa und ich waren fast fünfzig Jahre verheiratet. Da kommt es doch auf ein paar Monate nicht an.«

Marie nickt zaghaft, obwohl ihr der Gedanke, Henry fast ein ganzes Jahr nicht zu sehen, unerträglich erscheint.

»Vielleicht wird es dadurch sogar noch ein bisschen schöner mit euch«, fügt Irmi mit ihrem typisch verschmitzten Blick hinzu.

Marie sieht sie fragend an.

»Na, du lebst hier dein Leben und er seins dort drüben. Ihr bleibt in Kontakt, schreibt euch Briefe ... so bleibt eure Liebe geheimnisvoll und der Zauber hält noch eine Weile länger.«

»Du meinst, es ist gut, Geheimnisse voreinander zu haben?«, fragt Marie irritiert nach.

Irmi nickt und drückt Marie fest die Hand. Immer wenn sie das tut, hat Marie das Gefühl, alles wird gut.

HENRY

»Also, Alter. Wenn du ankommst, machst du als Erstes ein Foto von deinem Zimmer und schickst es mir, okay?«

Kai steht an der Wohnungstür und eigentlich haben sich die Freunde längst verabschiedet. Aber Kai findet an diesem Tag einfach kein Ende.

»Und von der Freiheitsstatue!«

»Und vom Central Park, ich weiß. Aber ich kapiers nicht, ehrlich gesagt. Du warst doch selbst schon in New York!«

»Da war ich vierzehn!«

»Okay, okay, ich machs ja!«

»Und bring mir was Geiles aus New York mit, hörst du?«

»Das ist noch ein Jahr hin.«

Kai zuckt lässig mit den Schultern. »Na, dann mach es gut!«, sagt er schließlich und streckt Henry die Hand hin. Ganz oldschool.

Der schlägt ein. »Meld dich!«

»Du auch!«

Dann dreht Kai sich um und geht die Treppe hinunter. Henry sieht ihm nach.

Zurück in seinem Zimmer, packt er das Geschenk aus, das Kai ihm für Amerika gegeben hat. Es ist das aktuelle Trikot der Nationalmannschaft. Hinten ist Henrys Name und eine 10 aufgedruckt.

Henry freut sich und gleichzeitig sitzt ihm schon wieder ein Kloß im Hals. Dass plötzlich alle so gefühlsduselig werden, macht Henry selbst ganz schwach.

Er steckt das Trikot in seine leere Tasche. Nach seinem ersten, erfolglosen Packversuch neulich Abend hat er jetzt alles fein säuberlich ausgebreitet, was infrage kommt, mit ihm nach New York zu reisen. Er weiß, dass die Winter dort hart sein können und die Sommer verdammt heiß. Aber das macht die Sache nicht unbedingt leichter.

Henry nimmt ein paar Sneaker und legt sie zu dem Trikot und den Fußballsachen, die er auf jeden Fall braucht. Immerhin haben seine Gasteltern in einer Mail ausdrücklich darauf hingewiesen, dass ihr Sohn auch *soccer* spielt. Dann packt er noch eine dickere Jacke für den Herbst ein, und damit ist die Tasche schon erschreckend voll.

»Verdammt«, murmelt Henry. Es fühlt sich an, als hätte er Blei in den Gliedern, als wolle ihn alles in Berlin halten.

Unentschlossen setzt er sich auf sein Bett und greift nach dem Handy. Keine Nachricht von Marie. Er tippt.

würdest du eher drei Paar Sneaker oder drei Jacken einpacken?

Zu seiner großen Freude antwortet Marie sofort.

Hi! Mhm, drei Paar Sneaker UND drei Jacken ... ☺

Henry lächelt glücklich.

du bist keine Hilfe

Schuhe, Jacken und Taschen sind meine Schwächen

hast du schon gepackt?

Seit ein paar Wochen schon … aber war eh alles umsonst …

why?

Ich muss dir was beichten!

Henry stutzt und sofort setzt bei ihm Panik ein. Beichten ist niemals gut. Beichten heißt, man muss etwas Unangenehmes sagen.

Oder war es ein Scherz von Marie? Schnell tippt Henry:

du hast einen anderen kennengelernt?

ja genau … 😉

Henry atmet erleichtert auf. Kein anderer! Bevor er antworten kann, schreibt Marie wieder.

Nee, hat eher so mit der Gesamtsituation zu tun

Erneut stutzt Henry. »Gesamtsituation« hört sich genauso wenig toll an wie »beichten«. Was ist denn los?

jetzt machst du mir aber Angst.

Sorry, das will ich gar nicht …

dann schreib einfach, was ist. Außer du willst nichts mehr mit mir zu tun haben. Das will ich nicht hören.

Als er die Nachricht abgeschickt hat, kommt sie ihm sofort falsch vor. Er will ja nicht, dass Marie ihn anlügt. Also schreibt er schnell noch:

Ich bin eh schon aufgeregt und das Einzige, was mich am Leben hält, ist die Aussicht, dich vielleicht bald in Amiland zu sehen.

Gebannt starrt er auf sein Handy. Am anderen Ende tut sich nichts. Minutenlang.

Ratlos steht Henry auf und sieht aus dem Fenster. Sein ganzes Leben hat er in diesen Hinterhof geguckt, aber plötzlich scheint ihm der Ausblick besonders. Vielleicht wegen des Abschieds. Wie wird es sein, wenn er in einem Jahr wieder da ist? Wird er ein anderer Mensch sein? Erwachsen? Wird Marie ihm das Herz gebrochen haben? Wird er überhaupt zurückkommen? Oder bleibt er mit Marie einfach drüben?

Henry seufzt. Warum ist plötzlich alles so schwer? Warum kann Marie nicht in Berlin wohnen und jetzt bei ihm im Zimmer sein und ihn beruhigen?

Unschlüssig starrt er auf das Handy. Warum antwortet sie nicht?

MARIE

HENRY

Angespannt beißt sich Marie auf die Lippe. Wie soll sie es Henry bloß sagen? Dass sie nicht mitgeht nach Amerika, dass sie sich nicht gegenseitig besuchen können, dass sie keine Erinnerungen an ein besonderes Jahr teilen werden?

Sie hat keine Idee. Also schreibt Marie einfach, wie es ist:

genau dazu wollte ich was sagen … aber ich weiß nicht so recht wie

sollen wir kurz telefonieren?

Marie schlägt das Herz bis zum Hals. Die Vorstellung, jetzt Henrys wundervolle Stimme zu hören, die ihr jedes Mal durch und durch geht, überfordert sie. Außerdem ist ihre Mutter gerade in der oberen Etage und würde mitbekommen, dass sie telefoniert.

kann grad nicht so gut

schade. hätte so gerne deine Stimme gehört.

das können wir ja auch später noch, also, telefonieren, meine ich

Und drüben dann auch skypen! Ich freue mich schon drauf, was von deinem neuen Leben in Indiana zu sehen und dir meins zu zeigen.

O mein Gott! Daran hat Marie noch gar nicht gedacht! Natürlich liegt es absolut nahe, dass sie in den nächsten Monaten Fotos und Videos austauschen und, so oft es geht, auch mit Video telefonieren – eigentlich ... Aber wird es Henry nicht langweilen, ihren Alltag in Deutschland zu sehen, wenn er selbst ein Mega-Erlebnis nach dem anderen hat und sein Leben so viel aufregender und spannender ist als ihres?

Marie seufzt und greift nach einem Rettungsanker, der nicht einmal geschwindelt ist:

ich mag V-Calls eigentlich nicht so gerne

Ich auch nicht. Aber dein Zimmer will ich unbedingt sehen! Ich muss doch wissen, wo du gelandet bist!

Marie wird heiß und kalt.

Klar

Super. Wann geht dein Flieger denn? Meiner übermorgen, kurz nach 2. Also in ziemlich genau 41 Stunden.

Plötzlich klopft es leise an der Tür und ihre Mutter kommt mit einem großen Wäschekorb herein.

Zum Glück, denkt Marie und schreibt:

Sorry, muss jetzt Schluss machen. Bis später!

Was? Moment, du wolltest mir noch was sagen ...

Pack alle Jacken ein – NY kann ziemlich kalt werden ...

Ernsthaft? das wolltest du mir sagen?

sorry!

Ok! kiss

HENRY

Den Weg zum Flughafen erlebt Henry wie in Trance. Ein Freund seines Vaters fährt sie mit dem Auto zum berühmt-berüchtigten BER, dem Berliner Millionengrab.

Henry ist aufgeregt. Sehr aufgeregt. Aber nicht wegen des Flughafens, den er noch nie gesehen hat.

Seine vollgestopfte Tasche steht hinten im Kofferraum. Kalea hat ihm Süßigkeiten für den Flug eingepackt. Sie redet ununterbrochen, was die Sache irgendwie leichter macht und weniger nervt als sonst. Henry weiß, dass sie genauso nervös ist wie er, darum tut er so, als würde er zuhören, und lächelt sogar, obwohl er nichts von dem mitbekommt, was sie sagt.

Klaus sitzt vorne und reagiert auch kaum auf die Kommentare seines Kumpels.

Henry wünscht sich, Marie wäre bei ihm. Er wünscht, es würde ihm Kraft geben, dass er sie gefunden hat. Aber stattdessen denkt er ständig darüber nach, was sie ihm neulich noch hatte sagen wollte. Eine Beichte über die Gesamtsituation. Was hat sie gemeint? Nach ihrem Chat ist sie der Sache stets ausgewichen, hat behauptet, es sei nichts.

Vielleicht ist es auch nichts, aber ein dummes Gefühl ist bei Henry geblieben. Er hat auch den Eindruck, dass ihre Gespräche seither oberflächlicher sind.

Muss sich das so anfühlen, wenn man verliebt ist? Muss

man ständig zweifeln? Am liebsten würde Henry in New York sofort in den Bus steigen und nach Indianapolis weiterfahren. Er kann nur hoffen, dass die VanCleefs nett sind und die Zeit bis zu einem möglichen Besuch bei Marie schnell vergeht.

»Hörst du mir überhaupt zu?« Kalea boxt ihm auf den Arm.

»Tut mir leid, ich bin einfach aufgeregt«, sagt er, und statt einen dummen Spruch zu bringen, schmiegt sich seine Schwester stumm an ihn.

Ihre ungewöhnliche Anhänglichkeit macht ihn noch viel nervöser. Kann sie ihn nicht beschimpfen, wie sonst auch?

Als das Taxi hält, holt Klaus die Tasche aus dem Kofferraum und bedankt sich bei seinem Kumpel.

Zu dritt gehen sie ins Terminal und staunen ein bisschen über den neuen Flughafen: Wie groß und hektisch alles ist. Vor allem Kalea ist ganz aus dem Häuschen und zeigt aufgeregt überallhin. Zusammen geben sie Henrys Tasche ab und sehen zu, wie sie auf dem Laufband verschwindet.

Kalea, die einen Film über die Gepäckabgabe gesehen hat, erklärt plappernd, welchen Weg die Tasche jetzt nimmt, bis sie im Bauch des Fliegers landet. Henry und Klaus nicken nur und werfen sich über ihren Kopf hinweg einen lächelnden Blick zu.

Der eigentliche Abschied geht dann viel zu schnell.

Henrys Flieger wird aufgerufen und er gerät in Panik. Küsst Kalea und seinen Vater. Klaus drückt ihm mit den Worten »Für den Notfall!« einen Umschlag in die Hand. Henry ist total perplex, dankt und rennt dann los.

In der Schlange beim Security-Check fällt ihm auf, dass es gar nicht sein Flug war, der durchgesagt wurde, sondern der eine Stunde früher. Also geht er noch mal zurück, aber Kalea und Klaus sind schon weg.

Mit hängendem Kopf geht er durch den Check. Er muss

seine Schuhe ausziehen und seinen Gürtel lösen. Auf der anderen Seite streift er durch die Geschäfte, ohne wirklich etwas zu sehen. Er hat ein komisches Gefühl. Er fühlt sich erwachsen und gleichzeitig einsam und verloren. Als ihm bei einem Parfum-Laden ein bestimmter Geruch in die Nase steigt, muss er unwillkürlich an seine Mutter denken und heult fast los. So ähnlich hat sie auch gerochen. Eine Weile überlegt er, wie ihr Parfum hieß, kann sich aber nicht dran erinnern. Er macht sich eine Notiz im Kopf, seinen Vater nach dem Parfum zu fragen, wenn er wieder zu Hause ist. Dann fällt ihm auf, dass er ihn ein Jahr nicht sehen wird. Schluck!

Wie betäubt setzt er sich in den Wartebereich und holt sein Handy raus. Zehn Nachrichten von Kalea, die zwischen »Ich hasse dich« und »Ich vermisse dich« schwanken. Von Marie nichts. Aber er hat sich vorgenommen, sich nicht verunsichern zu lassen. Außerdem kann er sich denken, woran es liegt: Marie wird wie er gerade am Flughafen sein und sich verabschieden. Ihr Flug geht schließlich auch heute.

Er schaut sich das Foto an, das Marie ihm auf seine Bitte hin geschickt hat. Marie, glücklich in ihrem Tanzdress!

Er hat sich das Foto auch ausgedruckt und in ein kleines Notizbuch gelegt. Das nimmt er jetzt zur Hand und liest die drei Sätze, die er dazugeschrieben hat:

Marie vermisst mich.
Marie liebt mich.
Marie ist schüchtern.

Alles Sätze, die sie ihm geschrieben hat, die also real sind und an die er glaubt.

Dann fällt Henry der Umschlag seines Vaters ein. Darin findet er eine Kreditkarte auf seinen Namen, außerdem einen

Zettel mit einer Geheimnummer in Klaus' fast unleserlicher Schrift und dem Hinweis, dass er ein Unterkonto für Henry eingerichtet hat. *Für den Notfall!*

Henry ist gerührt und fragt sich gleichzeitig, wie ein erwachsener Mann Karte und Geheimnummer in denselben Umschlag stecken kann.

Henry merkt sich die Nummer und zerreißt den Zettel. Die Karte steckt er zu den 150 Dollar, die er in bar mitbekommen hat.

Schließlich wird sein Flug tatsächlich ausgerufen und er reiht sich in die Schlange, die zum Flugzeug führt. Er geht durch den langen Gang, an einem Flugbegleiter vorbei, der ihn freundlich begrüßt. Henry sitzt direkt am Fenster. Neben ihm blättert ein Geschäftsmann eifrig in irgendwelchen Unterlagen und ignoriert Henry glücklicherweise.

Henry schluckt, als sich der riesige Flieger schwerfällig in Bewegung setzt. Das Ding soll in die Luft gehen? Heimlich zieht er das Foto von Marie aus dem Notizbuch und hält es fest.

Und als der Flieger dann Tempo aufnimmt und schließlich in den Himmel abhebt, da hat Henry das Gefühl, dass alles gut wird. Und er ist froh, dass er am Fenster sitzt und keiner sehen kann, wie er über beide Ohren grinst. Weil er sich vorstellt, dass Marie auch gerade abhebt und genauso aufgeregt ist wie er.

Es wird alles gut gehen, Alter!

MARIE

»Wer hätte gedacht, dass wir alle heute hier so fröhlich zusammensitzen können?«, fragt Maries Mutter glücklich in die Runde und erhebt ihr Prosecco-Glas.

Auch ihr Vater strahlt.

Nur Oma Irmi verzieht das Gesicht. »Anstoßen mit Wasser?! Da hatten wir es ja nach dem Krieg besser!«

Während Maries Mutter geduldig wiederholt, warum Irmi, so frisch aus dem Krankenhaus, keinen Alkohol trinken darf, muss Marie lächeln. Sie genießt es, mit ihrer Familie im Wohnzimmer zu sitzen und Omas Lieblingsessen Labskaus auf dem Teller zu haben. Normalerweise wäre Marie längst weg und wahrscheinlich schon todunglücklich vor Heimweh.

»Wir hätten niemals von dir verlangt, hierzubleiben, Liebes«, kommt Maries Mutter auf ihren Toast zurück. »Aber ich freue mich so, dass du uns noch ein bisschen erhalten bleibst. Und du natürlich auch, Mutter!«

Dann beginnen sie zu essen und schon beim ersten Bissen muss Marie an Henry denken. Wie so oft. Oder eigentlich immer.

Ihre Oma beugt sich verschwörerisch zu ihr. »Und wie stehen die Dinge mit dem Jungen?«, fragt sie, als hätte sie in Maries Kopf geschaut.

Marie verschluckt sich fast. »Oma, nicht hier!«, zischt sie leise zurück.

»Was ist los? Was tuschelt ihr beiden denn?«, fragt Maries Mutter prompt.

Irmi sieht verschmitzt in die Runde. »Deine Tochter ist bis über beide Ohren verliebt. Das ist los!«

»Das ist doch jetzt egal!«, platzt Marie heraus und erschrickt selbst über ihren Ton. Schnell versucht sie mit einem angestrengten Lächeln das Thema zu wechseln. »Ich werde übrigens vielleicht unsere Tanzgruppe trainieren.«

Aber ihre Oma und ihre Mutter starren sie einfach nur mit einem schiefen Lächeln an. Sie sehen sich so ähnlich, wenn sie beide diesen Blick draufhaben.

»Das ist doch super!« Maries Vater springt ihr zur Seite, wirkt dabei aber genauso überfordert, wie Marie sich fühlt.

Trotzdem beginnt sie zu reden, denn jetzt ist eh alles egal. »Es stimmt. Ich hab in Berlin auf der Vorbereitungstagung jemanden kennengelernt ...«

»Henry!«, wirft Oma begeistert ein.

Marie atmet schwer durch und erzählt ein bisschen davon, wer Henry ist und wie sehr sie ihn mag.

»Und nun ist er ab nach Amerika und du hockst hier?«, kommentiert ihre Mutter mitfühlend.

Marie nickt zaghaft, während ihr Vater sich stumpf aufs Essen konzentriert und Irmi klarstellt, dass Marie den Jungen nicht hätte gehen lassen dürfen. Das Chaos ist perfekt!

»Im Gegensatz zu mir hat er eben genug Arsch in der Hose ...«

»Marie!« Ihre Mutter hebt die Augenbrauen.

Marie schluckt. »Jedenfalls hat er sich getraut. Und ich mich nicht. Weil ich zu feige bin und weil ...« Sie unterbricht sich und schaut betreten zu Boden.

»Und weil du Oma nicht im Stich lassen wolltest«, sagt ihre Mutter sanft und streicht ihr über den Rücken.

»Und deine Mutter auch nicht, stimmts?«, ergänzt Irmi ebenso liebevoll.

Maries Mutter schaut überrascht auf. »Schatz, stimmt das?«

Marie beißt sich auf die Lippen und nickt.

Stille breitet sich aus, dann sagt Oma Irmi laut: »Aber noch bin ich ja nicht tot!«

Und plötzlich beginnen alle drei Frauen laut loszulachen. Auch weil Maries Vater überhaupt nichts zu verstehen scheint und lieber den Nachtisch holen geht.

»Was sagt Henry denn dazu, dass du hierbleibst?«, will Maries Mutter wissen, als sie sich beruhigt haben.

Als Marie mit den Schultern zuckt, erübrigt sich jede weitere Antwort.

»Er weiß es noch nicht?!«, wundert sich ihr Mutter.

»Ich weiß einfach nicht, wie ich es ihm sagen soll …« Zerknirscht sinkt Marie in sich zusammen.

Zum Glück kommt ihr Vater in diesem Moment mit dem Vanilleeis zurück, sodass Marie Henry und die ganze Situation für einen Moment vergessen kann.

HENRY

MARIE

Liebe Marie,

heute bin ich tatsächlich in New York gelandet. Mein Flug ging über Paris, aber natürlich habe ich nichts von der »Stadt der Liebe« gesehen. Du wunderst dich vielleicht, dass ich dir eine Mail schreibe. Aber es ist so viel passiert, dass eine WhatsApp nicht gereicht hätte.

UND TELEFONIEREN UND SKYPEN WILLST DU JA NICHT!!!!! 🙂

Am Flughafen hat mich das Hausmädchen der VanCleefs abgeholt, die ich peinlicherweise mit »Hello, Mr VanCleef« begrüßt habe. Sie hat gelacht und erklärt, dass sie erstens kein Mann ist und zweitens »just the maid«. Stell dir vor, einen Chauffeur haben die VanCleefs auch! Er heißt Sam und ist echt sympathisch.

New York habe ich bisher nur aus dem Auto gesehen. Es ist unglaublich! An jeder Ecke hatte ich das Gefühl, dass ich die Gegend kenne, aber natürlich liegt das an den ganzen Serien und Filmen. Es ist alles so ... typisch amerikanisch, oder?! Irgendwie ganz ähnlich und doch total anders. Bis hin zu Kleinigkeiten anders. Die Briefkästen, die Polizeiautos, die riesigen Häuser. Ich bin total geflasht.

Ursprünglich habe ich ja gedacht, ich komme wie die meisten in so eine normale Familie mit Haus am Stadtrand, wo alle immer lächeln und superfreundlich sind. Aber jetzt bin ich hier! Die VanCleefs bewohnen ein eigenes Haus am Central Park. Die Eingangshalle ist so groß, dass man dort Fußball spielen kann. Ernsthaft.

Meine Gasteltern haben mich eigentlich nett begrüßt. Aber irgendwie ist alles total durchgestylt und poliert. Kennst du diese schwedische Serie mit den Robotern, die wie Menschen aussehen, die man aber doch an ihren künstlichen Bewegungen erkennt? Die VanCleefs wirken auch so.

Sie haben mir höflich die Hand geschüttelt und dann Hilda, so heißt das Hausmädchen, beauftragt, mir das Haus zu zeigen. Stell dir vor, ich habe ein eigenes Zimmer, das riesengroß ist. Aus dem Fenster kann ich sogar den Park sehen, wenn ich nahe an die Scheibe rangehe. Die Aussicht ist super. Und ein Computer steht hier auch.

Die zwei Kinder der VanCleefs haben später kurz reingeschaut, um »Hi« zu sagen. Jenna ist älter und geht aufs College. Der Sohn heißt Luke, ist in meinem Alter und geht zum Glück auf »meine« Highschool. Außerdem spielt er Fußball, wie ich. Ich habe ihn gleich gefragt, ob wir im Park eine Runde kicken wollen, aber er hat nur komisch geguckt. Vielleicht habe ich was falsch ausgesprochen?

Jetzt sitze ich alleine hier oben und soll erst mal auspacken und »ankommen«. Aber ich hoffe, wir gehen nachher noch mal raus. Ich will die Stadt sehen und mich möglichst schnell einleben hier im Viertel. Vielleicht kann ich das ja auch alleine machen. Die Frage ist: Kriege ich einen eigenen Schlüssel für das Haus? Geht die Alarmanlage los, wenn ich einfach die Tür öffne?

Es ist jedenfalls alles sehr aufregend.

Ach ja: Ich verstehe natürlich nur die Hälfte von dem, was hier alle sagen. Aber ich lächle und denke mir meinen Teil.

Ich hoffe, Du hast auch eine nette Familie. Ich wünschte, Du wärst hier. Ich vermisse dich und denke DIE GANZE ZEIT an Dich.

Alles Liebe. Henry

Henry schickt die Mail ab, dann liest er sie doch noch mal durch und ärgert sich. Er hört sich viel zu euphorisch an, wie ein Drittklässler. Und: *Alles Liebe?* Geht es noch steifer? Aber jetzt ist es zu spät.

Er sieht sich in seinem Zimmer um und kann es immer noch nicht glauben. Der Raum ist sogar größer als der von Kai.

Er hat Kalea schon Fotos geschickt, aber in Berlin ist es vier Uhr morgens und natürlich hat er noch keine Antwort bekommen. In New York ist es zehn Uhr abends. Henry ist noch kein bisschen müde. Er hätte Lust, vor die Tür zu gehen, aber er weiß nicht, ob das einfach möglich ist. Nach der etwas steifen Begrüßung hat er die VanCleefs nicht mehr gesehen.

Luke war Henry leider auf Anhieb unsympathisch. Auf seine Frage, ob sie zusammen Fußball spielen oder ob Luke ihm die Stadt zeigt, hat der irgendwie von oben herab gelächelt. Jenna hat ihm zwar freundlich die Hand geschüttelt, dann aber gelangweilt in die Gegend geguckt. Oder täuscht er sich?

Henry weiß nicht, was er jetzt machen soll. Schließlich nimmt er seinen Mut zusammen und verlässt das Zimmer.

»Hello?«, ruft er, aber niemand antwortet. Schräg.

Im Haus ist es hell und still. Wie in einem Hotel. Vorsichtig schleicht Henry nach unten. Er erinnert sich, dass dort die Küche war.

Hilda ist nicht mehr da, das weiß Henry, weil sie sich von

ihm verabschiedet hat, nachdem sie ihm das Haus und die Regeln erklärt hat

Aber in der Küche steht ein junger Schwarzer.

»Hi, I'm Bill. And you must be Henry«, begrüßt er ihn. »Are you hungry?«

Henry nickt heftig und der junge Mann grinst.

Als Henry fragt, ob er auch ein Sohn der VanCleefs ist, lacht Bill schallend und erklärt, dass er der Koch ist. »The cook!«

Danach sitzt Henry eingeschüchtert auf einem Barhocker und guckt zu, wie Bill Pizza für ihn macht. Er bereitet alles frisch zu. Am meisten faszinieren Henry die Labels des Mehls, des Zuckers, und überhaupt. Alles sieht gleich aus und doch völlig fremd.

Als Bill ihn allen Ernstes fragt, ob er ihm die Pizza aufs Zimmer bringen soll, muss Henry lachen. Er bleibt lieber hier unten in der Küche bei Bill, guckt ihm beim Belegen der Pizza zu und lässt sich ein zweites Mal die Regeln des Hauses erklären.

Henry kann es kaum abwarten, seiner Familie zu erzählen, dass er in einem Haus mit Hausmädchen und Koch und Chauffeur lebt.

Als er gegessen hat, ist es in Berlin fast fünf Uhr morgens und Henry so müde, dass er beinahe am Tisch einschläft. Er merkt leider viel zu spät, dass Bill nur seinetwegen noch da ist und eigentlich schon längst Feierabend hätte. Wahrscheinlich wäre er froh gewesen, wenn Henry die Pizza auf seinem Zimmer gegessen hätte. Verdammt!

Als Henry dann nach oben geht, ist das Haus noch immer totenstill und Henry ein bisschen enttäuscht, weil sich keiner um ihn kümmert. Wo sind bloß alle?

Er hatte sich einen lustigen Dad und eine liebevolle Mom

vorgestellt. Er ahnt, dass die VanCleefs ein bisschen anders sind.

In seinem Zimmer wirft er noch mal einen Blick auf den Central Park, dann legt er sich in sein superbreites Bett und schläft sofort ein. Das Letzte, woran er denkt, ist Marie. Er ist sicher, dass sie in einer superlieben Familie gelandet ist.

MARIE

HENRY

»Der ist ja süß!«, ruft Laura, nachdem Marie ihr Henrys E-Mail vorgelesen hat. Sie schüttelt den Kopf, als dürfte es so einen Typen gar nicht geben.

»Und was antworte ich ihm jetzt?«, fragt Marie, obwohl sie bereits eine Ahnung hat. Denn Lauras Gesichtsausdruck und ihre Hände sagen eindeutig: »Na, was wohl?!«

Marie lässt ihren Blick durch den Garten voller Obstbäume, Rhododendren und Rosen schweifen, der ihr nie so schön vorgekommen ist wie diesen Sommer, den sie eigentlich am fast anderen Ende der Welt verbracht hätte.

»Ja, du hast recht. Ich muss es ihm endlich sagen«, erklärt sie dann kleinlaut, rückt ihren Stuhl und den Laptop zurecht und geht auf »Antworten«.

»Bist du bescheuert?«, entgegnet Laura und rollt mit ihren großen, hübschen Augen. »Du kannst doch jetzt nicht die Strategie ändern!«

Sofort macht sich Erleichterung in Marie breit. Dieses ganze Gefühlschaos, all das Auf und Ab der letzten Tage, hat sie total durcheinandergebracht. Henry jetzt beichten zu müssen, was für ein Loser sie ist, wäre einfach too much. Andererseits wäre es vielleicht besser, als ihn weiter zu belügen, denkt sie, doch da schiebt Laura schon ihren Stuhl näher.

»Du meinst also, ich soll ihm weiter verheimlichen, dass ich nicht geflogen bin?«, vergewissert sich Marie.

»Auf jeden Fall! Stell dir mal vor, du wärst geflogen und er nicht. Du würdest in einem Upper-Class-Haus in der coolsten Stadt der Welt wohnen, mit Butler und Chauffeur. Dein ganzes Leben wäre wie im Film, tausend neue Eindrücke. Und dann schreibt er dir, Überraschung, dass er doch in Deutschland geblieben ist, weil er Schiss hatte. Was würdest du da über ihn denken?!«

»Dass er ein Langweiler ist und seltsam?« Obwohl *sie* ihn ja eigentlich verstehen würde, denkt Marie. Aber das zählt irgendwie nicht.

Leider widerspricht Laura ihren Worten nicht, sondern hebt vielsagend ihre Augenbrauen. Dann erklärt sie Marie, was sie schreiben soll, nämlich erst die Wahrheit, wie krass sie Henrys Gastfamilie findet und das ganze Setting, und dann mit ein paar Wischiwaschi-Sätzen, dass es ihr gut geht und so weiter.

»Und wann soll ich ihm bitte meine eigene Wahrheit erzählen? In einem Jahr, wenn er zurück ist?!« Marie erschrickt etwas, denn sie klingt hysterischer, als sie wollte.

In diesem Moment kommt ihre Mutter zu ihnen nach draußen. Sie stellt ein Tablett mit Eistee und einer Schale Kirschen auf den Tisch. »Vielleicht mögt ihr einen kleinen Snack bei dieser Hitze?«

Marie fühlt sich ertappt und klappt schnell den Laptop zu. Denn bisher hat sie noch nicht in Ruhe mit ihrer Mum über Henry sprechen können. Es war einfach zu viel los mit der ganzen Organisation wegen Irmis anstehender Reha, Maries USA-Absage und der Eil-Anmeldung an der alten Schule.

»Danke!« Laura lächelt unschuldig.

»Na, was sagst du dazu, dass dir Marie erhalten bleibt?«, fragt ihre Mutter und streicht Marie durch die Haare.

»Ich finds natürlich mega. Ohne Marie wäre ich von der Schule abgegangen. Aber so ziehen wir das zusammen durch!«

»Ich bin auch froh, um ehrlich zu sein«, erklärt Maries Mutter. »Aber es wäre nicht fair gewesen, das zu sagen. Also habe ich mich immer rausgehalten beim Thema Austauschjahr.«

Sie verschwindet wieder ins Haus. Marie sieht ihr nachdenklich, aber mit einem warmen Gefühl im Bauch hinterher.

»Siehst du«, sagt Laura, »deine Mum meint auch, dass kleine Schwindeleien unter bestimmten Umständen erlaubt sind. Also los!«

HENRY

Mitten in der Nacht wacht Henry auf, als eine Nachricht von Kalea eintrudelt. Seine Schwester schickt ein Foto von sich und ihrer besten Freundin Carla, wie sie zusammen in Henrys Zimmer sitzen und eine Modenschau mit seinen Sachen machen. »Party-Zimmer« steht darunter. Gegen seinen Willen muss Henry grinsen.

Er schickt ein weiteres Foto von seinem New Yorker Zimmer und schreibt: *So sieht ein Party-Zimmer aus!*

Danach kann er nicht mehr einschlafen, auch weil er sich fragt, wie der morgige Tag ablaufen wird. Er sieht zu, wie die Sonne über dem Central Park aufgeht, dann duscht er – in seinem eigenen Badezimmer –, zieht sich an und läuft nervös hinunter in die Küche. Es riecht nach gebratenem Speck und Sonnenschein. Unten wartet Hilda mit einem Lächeln und fragt ihn, was er frühstücken will. Ihre Fröhlichkeit tut Henry gut.

Er denkt, dass er in der Küche essen wird, aber Hilda führt ihn hinüber ins Speisezimmer, wo Mr VanCleef in einem Anzug am Tisch sitzt und telefoniert. Alleine. Von der restlichen Familie keine Spur. Er nickt Henry mit erstauntem Blick zu, deutet auf einen freien Stuhl und telefoniert weiter. Seine Stimme ist geschäftsmäßig und klingt hart.

Als Henry mit seinem Müsli fertig ist und aufstehen will,

gibt Mr VanCleef ihm ein Zeichen, dass er sitzen bleiben soll. Nachdem er sein zigstes Telefonat beendet hat, fragt er Henry freundlich, wie er sein Zimmer findet.

»It's great!« Henry guckt Mr VanCleef erwartungsvoll an. Irgendwie hofft er, dass nun die herzliche Begrüßung kommt, die es am Vortag nicht gab.

Stattdessen erklärt ihm Mr VanCleef, dass er großes Glück hat, bei ihnen gelandet zu sein, dabei deutet er vielsagend auf die luxuriöse Wohnung. Dann erwähnt er Henrys Fußballtalent und dass er hofft, Henry könne Luke bei dem Sport unterstützen. Das Problem ist nämlich, dass Luke ein mieser Schüler ist (Mr VanCleef drückt es natürlich anders aus), und eine herausragende Leistung beim Sport würde ihm einen Sportbonus für die Uni verschaffen. Dafür soll Henry sorgen, dafür ist er in New York, DAFÜR HABEN DIE VANCLEEFS IHN AUSGESUCHT!

Am Ende seiner fünfminütigen Rede tupft Mr VanCleef sich den Mund mit einer Serviette ab, klopft Henry auf den Rücken und geht.

»Wow«, sagt Henry, weil er kaum glauben kann, dass er das wirklich richtig verstanden hat. Und auch, weil er keinen Schimmer hat, was er sonst sagen soll. Aber Mr VanCleef ist sowieso schon draußen.

Danach sitzt Henry einige Minuten still in dem riesigen Speisezimmer. In seinem Kopf rotiert es: Er soll Luke also zu einem guten Fußballer machen? Und die Familie hat ihn extra ausgesucht, weil er gut Fußball spielen kann? Das macht Henry fast ein bisschen stolz. Aber ist natürlich ganz schön krass!

Als Hilda das Essen abräumt, fragt Henry nach Luke und erfährt, dass der noch in seinem Zimmer ist. Und dass sein Soccer-Training jetzt, in den letzten Ferientagen, um zehn

Uhr stattfindet. Henry soll natürlich auch mitmachen. Das hört er gerne.

Ohne jemanden zu treffen, geht er in sein Zimmer. Er hätte Lust, kurz nach draußen zu schauen, aber er traut sich nicht. Und Hilda fragen will er auch nicht.

Zum Glück erwartet ihn oben eine E-Mail von Marie. Aufgeregt liest er.

Lieber Henry,

ich freue mich riesig über deine Nachricht und finde es auch super, mal länger zu schreiben als nur ein paar Zeilen in WA. Und wenn du sogar einen eigenen Computer hast, hast du vielleicht ja Lust, noch mehr zu schreiben ...

Da bist du ja echt in einer Hammerfamilie gelandet! Cool! Ich kann mir zwar vorstellen, dass alles etwas seltsam ist, aber du wirst dich sicher genauso schnell in diesem neuen Lebensabschnitt eingewöhnen wie ich. Und vielleicht ist dein Gastbruder ja doch ganz nett. Bin jedenfalls gespannt, ob ihr euch bald anfreundet. Und auch auf deine Schule bin ich gespannt. Denn die stelle ich mir in so einer riesigen Stadt ganz anders vor als auf dem Land.

Mir geht es jedenfalls super. Ich hab eine tolle Familie, in meiner Nähe gibt es ein nettes Mädchen und ich freue mich auf die Schule und deine nächste Nachricht – sehr!

Alles Liebe – kiss!
Marie

Henry liest die Nachricht mehrfach. Danach fühlt er sich gleich besser und voller Hoffnung. Marie hat recht. Vielleicht ist Luke gar nicht so verkehrt. Immerhin spielt er Fußball!

Und fremd fühlt man sich wahrscheinlich immer, wenn man irgendwo neu ist. Luke wird genauso scheu sein wie Henry auch.

Er findet es schade, dass Marie nicht mehr von ihrer Gastfamilie erzählt. Es würde ihn brennend interessieren, ob sie die warmherzigen Amerikaner erwischt hat, die er eigentlich erwartet hat. Vielleicht will sie aber auch nicht erzählen, wie nett ihre Familie ist, um ihn nicht neidisch zu machen.

Während er noch darüber nachdenkt, klopft es an der Tür. Es ist Sam, der Chauffeur.

»Are you ready to roll?«, fragt er lächelnd.

Henry guckt erstaunt auf seine Armbanduhr. Die zeigt 16 Uhr, deutsche Zeit.

»Mist«, sagt er und dann: »In a second.«

Schnell wirft er seine Fußballschuhe und ein paar Shorts in die abgewetzte Berliner Sporttasche, dann greift er nach einer Wasserflasche. Als er Sam die Treppe hinunter folgt, geht es ihm gut. Endlich passiert etwas.

Luke sitzt schon im Auto. Er trägt eine Sonnenbrille und riesige Kopfhörer. Auf Henrys »Hi« reagiert er nicht, sondern starrt auf sein Handy.

Also nutzt Henry die Fahrt, um die Umgebung zu betrachten. Aber dann erinnert er sich an die Worte von Mr VanCleef. Vorsichtig stupst er Luke an.

Wenig begeistert zieht der seine riesigen Kopfhörer vom Kopf. »What?«

Henry fragt Luke, auf welcher Position er spielt. »What are you playing?«

Luke nimmt seine Sonnenbrille ab und guckt Henry aus verquollenen Augen an. »Ava Max«, sagt er stirnrunzelnd.

Henry muss lachen und erklärt, dass er nicht die Musik

meint, sondern wissen will, ob Luke Stürmer oder Verteidiger oder Torwart ist.

Luke fragt mit grimmigem Gesicht, ob sein Vater mit Henry geredet hat.

Henry fühlt sich ertappt, nickt aber.

Luke setzt seine Kopfhörer wieder auf. Im Rückspiegel sieht Henry, wie Sam ihm einen kurzen Blick zuwirft.

Henry guckt nach draußen und atmet tief durch. Sein Vater würde sagen: »Dit kann ja heiter werden, wa?«

MARIE

Wo steckt sie denn nur, fragt sich Marie, als sie hinter dem Fahrradständer an der Schule vergeblich nach Laura Ausschau hält. Sie hatten extra verabredet, sich zehn Minuten früher als sonst zu treffen, damit sie gut gewappnet in den ersten Schultag starten können.

Seit der Tagung in Berlin war Marie nicht mehr so nervös. Sie weiß weder, welche Lehrer sie in der Elften haben wird, noch, wer außer ihr im Französisch-Zug bleibt. Der Super-GAU wäre natürlich, wenn Xenia zu ihnen wechseln würde. Doch das ist zum Glück total unwahrscheinlich, weil sie Latein hat. Und wer weiß, ob sie überhaupt schon wieder zum Unterricht kann, nachdem sie sich in den Ferien das Schlüsselbein gebrochen hat, weil sie beim Training unbedingt ihre Spagat-Nummer mit verbundenen Augen in vier Metern Höhe bringen wollte. Deswegen darf Marie auch endlich die Cheerleading-Gruppe leiten, wenn auch erst mal nur probeweise. Marie ist ganz schön aufgeregt bei dem Gedanken an das bald startende Training.

Aber ich werde mich nicht gleich am ersten Schultag verrückt machen, beschließt Marie und hält weiter Ausschau nach Laura. Ob ihre Freundin verschlafen hat? Zu dumm, dass seit Neuestem auch an der Oberstufe Handyverbot herrscht! Letztes Jahr wurde in einer Schulversammlung sehr knapp dafürgestimmt. Nun gehören sie und Laura also zur Oberstufe und dürfen ihr Handy trotzdem nicht mitbringen. Wenigstens haben sie ganz gute Aussichten bei den Lehrern, da kann es eigentlich nur Verbesserungen geben. Zum Glück hat Marie vor den Ferien nicht an die große Glocke gehängt, dass sie mit einem Stipendium nach Amerika geht. Lediglich das Sekretariat, Laura und die Mädels aus der Tanztruppe wussten davon.

Unruhig sieht Marie, dass die Uhr über dem Eingang des alten Schulgebäudes bereits Viertel vor acht anzeigt. In fünf Minuten müssen sie in der Pausenhalle sein, wo die vier Klassen ihres Jahrgangs aufgerufen und eingeteilt werden. Notgedrungen geht Marie allein über den vertrauten Schulhof, was sie verunsichert und ihr gleichzeitig ein wohliges Gefühl bereitet. Denn das hier ist immer noch unendlich viel besser, als mutterseelenallein in einem fernen, fremden Land auf eine Schule zu gehen, auf der sie absolut niemanden kennt!

Darum kann sie gut verstehen, dass Henry so wenig euphorisch klingt in seinen Mails und kurzen Grüßen per WhatsApp.

Und darum freut Marie sich fast auf ihren neuen Alltag zu Hause, der so neu ja gar nicht ist. Sobald die Versammlung vorbei ist, wird sie, wie die letzten sechs Jahre auch, wieder mit Laura an einem Tisch sitzen, dem Unterricht lauschen und Zettelchen austauschen.

Plötzlich tippt jemand Marie an die Schulter. Sie dreht sich um und sieht Konrad aus ihrer alten Klasse.

»Ich dachte, du machst ein Austauschjahr?!«, sagt er überrascht.

Na bravo, denkt Marie genervt, bleibt aber betont entspannt. »Ich habs mir anders überlegt. Aber woher weißt du das überhaupt?«

»Stand doch im letzten ›Käseblättchen‹«, behauptet Konrad und meint damit sie Schülerzeitung, die Marie noch nie besonders interessiert hat.

»Echt jetzt?« Marie klingt entsetzt, was ihr sofort unangenehm ist.

»Vier aus unserem Jahrgang wollten weg«, erklärt er und mustert Marie interessiert, »aber jetzt sind es nur noch drei. Cool!«

Marie weiß nicht, was sie sagen soll. Sie trottet stumm neben Konrad her, der ihr im nächsten Moment die Tür zur dicht gefüllten Pausenhalle aufhält. Marie spürt, wie sie rot wird. Bestimmt starren sie gleich alle abschätzig an, weil sie wissen, dass sie eine Oberloserin ist, die es nicht von Mamis Rockzipfel weggeschafft hat.

Doch in der Halle ist es zum Glück so voll, dass kaum einer bemerkt, wie sie reinkommt. Und dann wird auch schon der offizielle Ablauf von der Rektorin durchgegeben: kurze Vorstellung der Lehrinnen und Lehrer; klassenweises Aufrufen der Namen; Raumvergabe; Einträge in die Listen für Wunschkurse zusätzlich zu den Pflichtkursen.

Marie entspannt sich etwas, weil die ersten beiden Klassen immer zum Latein-Zug gehören. Und als sich die Reihen langsam lichten, entdeckt sie zum Glück auch endlich Laura, die wild in ihre Richtung gestikuliert. Marie winkt ihr zu und ist schon gespannt auf Lauras Ausrede dafür, warum sie sie versetzt hat. Aber dann fällt ihr auf, dass ihre beste Freundin ziemlich ernst guckt, als ob etwas passiert ist. Und so hört Marie gar nicht richtig hin, als eine der neuen Lehrerinnen sich vorstellt und im Anschluss die Namen ihrer Klasse aufruft.

Erst als sie »Laura Wellenstein« sagt, schaut Marie alarmiert auf. Das muss ein Fehler sein, denn Laura hat Spanisch gewählt und gehört damit wie Marie in den Französisch-Zug. Da aber auch Annabell und Liane aufgerufen werden, die ebenfalls in Maries Klasse sein müssten, wartet sie darauf, gleich auch ihren eigenen Namen zu hören. Aber das passiert nicht, und dann ist die Klasse voll und Laura wird vor Maries Augen mit den anderen aus dem Raum geführt. Sie hebt bedauernd die Hände.

Marie sieht ihr schockiert hinterher. Einen Moment später liest Frau Rottenmüller, eine der schlimmsten Lehrerinnen der ganzen Schule, die Namen ihrer Klassenliste vor. Marie empfindet ein bisschen Schadenfreude, als Xenias Name fällt. Aber dieses Gefühl verschwindet, als Marie direkt danach ihren eigenen Namen hört!

HENRY
MARIE

Liebe Marie ...

Genervt bricht Henry ab. *Liebe Marie* kommt ihm steif vor. Dabei hat er bisher alle seine Mails an sie so begonnen.

Verdammt, was ist nur los mit ihm? Vielleicht liegt es daran, dass er Marie auch heute wieder nur erzählen kann, wie fürchterlich alles ist. Henry nervt es ja selbst, dass er nur noch jault und jammert. Kein Wunder, dass Marie kaum antwortet und nach wie vor wenig über ihren Alltag und die Schule schreibt. Fast gar nichts, nur banale Dinge. Wahrscheinlich will sie ihn nicht neidisch machen mit ihrem perfekten amerikanischen Leben.

Hi Marie,
heute war das Soccer-Training richtig geil. Gleich gehe ich mit der Truppe was trinken, sogenannte »Pitcher«. Bier aus dem Krug. Wow. Willkommen in den USA! Ich beginne es zu lieben. Kiss

Nachdem die Nachricht weg ist, fühlt Henry sich noch mieser. Jetzt kann er sich noch nicht mal mehr ordentlich auskotzen. Er sitzt am Rande des Fußballplatzes, der eingezwängt inmitten von Hochhäusern liegt, in der Sonne. An den Kunststoffrasen musste Henry sich erst gewöhnen, in den ersten

Trainings ist ihm so mancher Schuss total versprungen. Aber gemerkt hat das niemand, denn Henry ist mit Abstand der beste Spieler.

Luke hingegen ist eine Katastrophe. Nicht nur als Gastbruder, sondern auch als Fußballer. In Henrys Berliner Verein würde er nur auf der Ersatzbank sitzen. Er spielt Stürmer, was wohl daran liegt, dass er nicht laufen will. Er steht meist vorne rum und meckert, wenn der Ball ihm nicht genau auf dem Kopf oder Fuß landet. Dribbeln kann Luke auch nicht. Immerhin hat er einen gewissen Instinkt und arbeitet viel mit den Ellenbogen.

Der Sport ist hier überhaupt viel härter als in Deutschland. Und gepfiffen wird das auch nicht. Sein Trainer Stefan hatte Henry davor gewarnt. Aber es ist noch viel schlimmer als erwartet.

Dafür ist das Training intensiver. Pete, ihr Trainer hier, ist zwar eine coole Socke, aber Disziplin wird bei ihm großgeschrieben. Wer nicht pünktlich um zehn auf dem Platz steht, darf nicht mittrainieren. Es gibt für jeden Spieler einen speziellen Fitnessplan, und Henry muss erstmals in seinem Leben Gewichte stemmen.

Auch Pete hat gebeten, *ihn* gebeten, Luke unter seine Fittiche zu nehmen. Henry vermutet, dass Mr VanCleef dahintersteckt. Als Henry gefragt hat, wie er Luke denn motivieren soll, hat Pete ihm auf den Rücken geklopft und gemeint, dass er schon einen Weg finden würde.

Rückenklopfen ist überhaupt eine große Sache in den Staaten. Nach dem ersten Training hat Henry alles wehgetan, weil jedes Teammitglied ihn auf den Rücken gehauen hat. Man ist hier gerne grob und hölzern.

Die Jungs sind aber eigentlich ziemlich okay. Sie heißen Jim, Joe, Carl, Francis und Jeff oder so ähnlich und sehen alle wie die typischen Amis aus, mit strahlend weißen Zähnen und breitem Lächeln. Und alle stammen aus ähnlich reichen Familien wie die VanCleefs. Vor dem Sportzentrum warten immer Limousinen mit Chauffeuren.

Der Einzige, der keinen Chauffeur hat, ist ein Junge namens Miguel. Er ist ein ziemlich guter Spieler und Henry hat sich schon gefragt, ob Miguel auch einen der reichen Jungs »unter seine Fittiche« nehmen soll.

»Henry. Are you coming?«

Henry steckt sein Handy weg und läuft zu Jeff oder Jim oder John. Einer aus der Mannschaft eben.

Mit drei Limousinen fahren sie zu einer Bar, in der die Jungs mit großem Hallo von einer Gruppe Mädchen begrüßt werden. Auch die Mädchen sind total clean, mit langem Haar und strahlendem Lächeln. Sie tragen Kleider, die wahnsinnig teuer aussehen.

Die Bar wirkt wie aus einem amerikanischen Kinofilm, es ist, als wäre Henry in eine Parallelwelt geraten. Alle bis auf Luke bemühen sich um ihn, stellen ihm die Mädchen vor, die er kaum voneinander unterscheiden kann. Aber der Lärmpegel ist so hoch, dass Henry sowieso nur die Hälfte versteht. Luke sitzt am Ende des Tisches mit seiner Freundin Martha, die Henry erst ein Mal kurz nach dem Training gesehen hat.

Dann kommt ein Kellner mit drei Pitchern voller Bier. Es scheint niemanden zu stören, dass alle unter einundzwanzig sind und eigentlich keinen Alkohol trinken dürfen. Das Bier wird unter lautem Gejohle verteilt, sie stoßen an. Das Bier ist verdammt lecker und Henry hat Durst, darum trinkt er mehr, als er wollte. Fast das halbe Glas ist leer, als er es wieder auf den Tisch stellt. Die anderen haben alle ausgetrunken.

Irgendeiner zeigt auf Henry und grölt etwas, woraufhin ihn alle erwartungsvoll anstarren. Henry zögert eine Sekunde, dann greift er zum Bierglas und trinkt es auf einen Zug leer. Er weiß, danach wird er leicht angeschossen sein. Aber ein kleiner Schwips macht ihn vielleicht lockerer. Es gibt Applaus für den »German« und die nächste Runde wird eingegossen. Henry rülpst versehentlich, was ein lautes Quietschen von einigen Mädchen und Gelächter der Jungs zur Folge hat. Zwei der Joes rülpsen auch. Henry ist das peinlich, aber dann hat er andere Sorgen, denn plötzlich landet die Hand des Mädchens neben ihm auf seinem Oberschenkel.

Sie sagt etwas, das wie »bad little boy« klingt, und als sie ihn anlächelt, kann er sehen, dass sie betrunken ist. Ihre Augen sind glasig und ihre Hand bleibt einfach auf seinem Bein liegen, während schon die nächste Runde Bier auf dem Tisch landet.

Es geht erneut so schnell, dass Henry nicht anders kann, als noch mal mitzutrinken. Aber danach gibt es auf jeden Fall nur noch Wasser!

Henry hat keine Ahnung, wie er nach Hause gekommen ist. Aber in irgendeinem Teil seines Gehirns sieht er sich selbst und Luke, wie sie sich lachend aneinanderklammern, während sein Gastbruder den Schlüssel sucht. Kann das sein? Sie beide zusammen lachend?

Er schaut zum Wecker, es ist erst halb sechs.

In seinem Kopf dreht sich alles und weitere Bruchstücke des Abends ziehen an ihm vorbei. Wie er auf dem Weg zur Toilette ins Schwanken geriet und an einen Tisch stieß, dann das Geräusch von zerbrechenden Gläsern, hysterische Schreie und lautes Gelächter. Die Mischung aus Peinlichkeit und Zugehörigkeitsgefühl. Das faszinierende Licht auf der Tanzfläche, wo Henry den Spaß seines Lebens hatte und laut mitsang. Später in einer Ecke der Bar ein blondes Mädchen an seiner Seite, ihre Zunge in seinem Mund. Dann noch die Erinnerung, wie er vor einem Klo hockt und sich erbricht.

Henry stöhnt laut. Er kann nicht fassen, dass er es nicht geschafft hat, rechtzeitig die Reißleine zu ziehen. Es ist ein erbärmliches Gefühl, nicht zu wissen, was genau passiert ist. Und wer war das Mädchen, das ihn geküsst hat? Oder hat er sie geküsst?

Als er sich im Bett umdreht, merkt er, dass er noch in den Klamotten vom Abend steckt. Sein Kopf dröhnt. Er muss dringend unter die Dusche. Aber jede Bewegung schmerzt und so bleibt er einfach liegen. Er wünschte, er wäre in Berlin, wo er wenigstens wüsste, wo die Kopfschmerztabletten versteckt sind.

Immer wieder schläft er kurz ein. Der Kopf dröhnt weiter und der Mund bleibt trocken. Als der Wecker um sieben Uhr klingelt, fühlt er sich, als hätte ihm jemand mit einem großen Hammer eins übergezogen. Er meint sich zu erinnern, dass ihn heute etwas Besonderes erwartet, aber er weiß nicht mehr, was. Es ist ihm auch egal.

Irgendwann klopft es an der Tür, und nachdem er mit rauer Stimme »Herein« gerufen und sich dann mit »Yeah« verbessert hat, kommt Hilda ins Zimmer.

Sie tritt an sein Bett und sieht ihn besorgt an.

»You're not feeling good?«, fragt sie.

»No«, sagt Henry.

Sie blinzelt kurz, dann will sie wissen, ob er denn trotzdem bereit ist für seinen ersten Tag an der Schule.

Und da weiß Henry wieder, was heute los ist.

MARIE

»Wir haben nur ein Mal in der Woche zur selben Stunde Schluss!«, fasst Laura die ganze Misere zusammen.

»Wenigstens sehen wir uns jetzt«, flüstert Marie und bekommt direkt einen strafenden Blick – nicht von Herrn Lüdemann, dem Lehrer, sondern von Xenia, der Schlange.

Es ist das erste Mal, dass sie im Kunstkurs der 11 sitzen, und es ist leider der einzige Unterricht, den Laura und sie gemeinsam haben. Alle anderen Fächer muss Marie allein durchstehen, oder besser gesagt, in allen anderen Stunden ist sie allein dieser Schlange ausgeliefert.

»Wie die schon glotzt«, flüstert Laura augenrollend in Xenias Richtung. »Und dieser Style!«

Marie muss grinsen. Denn tatsächlich hat Xenia sich heute mal wieder selbst übertroffen. Sie trägt nicht nur ihren Arm in einer Schlinge, sondern auch ein bauchfreies, neonfarbenes Shirt und Sneaker zu knallengen Leggings, die wohl zeigen sollen, wie sportlich sie ist. Es stimmt ja auch – Xenia Claasen ist diejenige in ihrer Cheerleading-Gruppe, die am höchsten springt, konditionell am längsten durchhält und am mutigsten nach oben auf die Pyramiden steigt. Trotzdem ist sie wenig beliebt bei den *New Wulmstorf Girls*, was Marie den Start als Trainerin etwas einfacher macht.

»Wie läuft es denn mit Mr H.?«, fragt Laura, während Herr

Lüdemann irgendetwas Langweiliges über die Epoche der Expressionisten erzählt, die sie als Erstes durchnehmen.

»Er hat mir von seiner Privatschule erzählt, total krass, und ich habe ihm dann einfach die Fotos von der Highschool geschickt, die ich von meinen Gasteltern hatte«, antwortet Marie leise und hebt unsicher die Schultern, weil Xenia schon wieder genervt in ihre Richtung guckt.

»Ist doch eine coole Idee! Aber umhauen wird ihn das natürlich nicht«, entgegnet Laura und schenkt Xenia ein selbstsicheres Grinsen, die sich daraufhin tatsächlich abwendet.

»Schreib ihm, dass du ausgehst und Spaß hast«, rät Laura Marie und schafft es, trotzdem so auszusehen, als würde sie genau zuhören, was vorne über Kandinsky erzählt wird.

»Aber das wäre gelogen!«

»Du lügst doch die ganze Zeit!«

»Nein, ich versuche Geheimnisse zu bewahren und die Wahrheit zu umschiffen. Das ist ein Unterschied!«

Marie seufzt. Sie hat ein megaschlechtes Gewissen. Je länger sie mit ihrer Beichte wartet, desto schlimmer wird es. Schon zigmal hat sie angefangen, Henry einen Brief zu schreiben, in dem sie alles erklärt, und es dann doch wieder gelassen. Denn noch schlimmer als das Gewissen ist die Angst, dass Henry ihr entgleiten könnte, wenn er die Wahrheit erfährt.

»Egal, wie du es nennst, auf jeden Fall musst du ihn weiter bei der Stange halten«, erklärt Laura. »Und ich hab auch schon einen großen Plan.«

Den werden sie allerdings in der Pause besprechen, weil auch Herr Lüdemann mittlerweile irritiert zu ihnen schaut.

Maries Gedanken wandern den Rest der Stunde immer wieder zu Henry. Sie stellt sich vor, dass er ständig von irgendwelchen superhübschen, superreichen Amerikanerinnen umringt ist, und irgendwann, *BAM!*, wird es passieren. Dann verliebt er sich in eine von ihnen, hört auf, Marie zu schreiben, und dann werden sie sich niemals wiedersehen.

Oder noch schlimmer: Henry kommt dahinter, dass Marie eine Langweilerin ist, die sich nicht aus ihrem Heimatkaff raustraut, und er wird sie fallen lassen, weil er sich in dem USA-Jahr logischerweise total verändert hat und viel selbstsicherer geworden ist.

Laura hat recht, denkt Marie. Es muss ein Plan her!

HENRY

MARIE

»Wo kommst du her?«

»Berlin.«

»Cool!«

»Du?«

»Münster.«

»Münster? Wo liegt das? Ich kenne nur Preußen Münster, den Fußballverein.«

Nach fast vier Wochen Highschool führt Henry zum ersten Mal ein längeres Gespräch, ohne dass er über jedes zweite Wort nachdenken muss. Der Junge aus Münster macht ebenfalls ein Austauschjahr an der Privatschule. Es tut gut, sich normal zu unterhalten.

»Wie war dein Name noch mal?«

»Marian.«

Es ist Freitagvormittag. Sie sitzen nebeneinander im Pausenhof, der natürlich von Hochhäusern umgeben ist. Henry hat sich an die Skyscraper schon fast gewöhnt. Er hat sich sogar an New York und irgendwie auch an die Familie Van-Cleef gewöhnt. Er macht einfach sein Ding und beim Fußball hat er schon ein paar oberflächliche Freundschaften geschlossen. Das Problem ist nur, dass keiner von den Jungs Freizeit außerhalb der Schule zu haben scheint.

»Die Schule ist der Wahnsinn, oder?«, fragt ihn Marian.

»Allerdings!«, sagt Henry.

Eine Schule mit eigenem Swimmingpool, riesiger Turnhalle und einer Cafeteria, die mehr wie ein Restaurant ist. Und auch sonst hat die private Highschool den besten Ruf, sonst hätten die VanCleefs sie bestimmt nicht ausgewählt. Lukes Noten sind trotzdem nicht gut. Entweder ist er nicht die hellste Kerze auf der Torte oder er hat einfach keinen Bock. Henry kann sich noch nicht entscheiden. Beim Fußball jedenfalls hat sein Gastbruder eindeutig keinen Bock, und auch Henry konnte bisher nichts daran ändern.

Er wendet sich wieder an Marian. »Darf ich dich mal was fragen?«

Der nickt.

»Ich hab mal im Internet geguckt. Die Schule kostet ein Vermögen. Zahlt das die Gastfamilie für uns?«

»Sicher!«

»Warum?«, fragt Henry.

Marian zögert, sieht sich um und sagt dann leise: »Meine Gastfamilie möchte, dass ich meinem Gastbruder Deutsch beibringe und ein bisschen Mathe und so. Die haben mich extra ausgewählt, weil wir angeblich so gut zusammenpassen. Unter uns: John ist in der Schule richtig mies.«

Henry dämmert es langsam. »Ich soll meinem Gastbruder Fußball beibringen!«

Marian sieht ihn neugierig an. »Klappts?«

Ich komme mit dem Arsch gar nicht klar, will Henry gerade antworten, da ist die Pause vorbei.

Der Unterricht an der Privatschule ist okay. Dort weiß Henry wenigstens, was von ihm verlangt wird. Mit den Leuten in seinen Kursen kommt er ganz gut zurecht, aber auch hier hat sich noch kein engerer Kontakt ergeben.

Bei den VanCleefs zu Hause ist es wie im Hotel. Henrys

Gasteltern ermutigen ihn zwar regelmäßig, etwas mit Luke zu unternehmen, aber das war es auch schon an persönlichem Austausch. Ein Familienleben gibt es eigentlich nicht oder Henry bekommt es nicht mit. Vielleicht findet das ja in ihrem Strandhaus statt, wo die VanCleefs manchmal hinfahren. Bisher waren sie aber erst einmal dort und Henry haben sie nicht mitgenommen, angeblich weil er sich in der Stadt einleben soll. Erst war er darüber enttäuscht, aber dann hat er das Wochenende genutzt, um New York kennenzulernen. Er ist nach Coney Island gefahren, wo er sich den Strand und den Rummel angeguckt hat. Aber nur angeguckt. Auch in das Aquarium ist er nicht gegangen, weil es schlichtweg zu teuer war. Alles kostet wahnsinnig viel hier.

Anschließend hat er eine lange Mail an Marie geschrieben. Leider folgte darauf keine lange Antwort. Inzwischen schreibt Marie fast nur noch kurze Nachrichten, erzählt, dass sie unterwegs oder im Stress ist und keine Zeit hat. Ein Telefonat lehnt sie rundweg ab, sodass Henry sich langsam komisch vorkommt.

Er gibt sich jedoch selbst die Schuld, denn er hat aufgehört, ihr die Wahrheit zu schreiben: wie einsam er ist und wie sehr er seine Familie vermisst.

Mittags auf der Heimfahrt nach der Schule startet Henry einen neuen Versuch, an seinen Gastbruder ranzukommen, der wie immer mit Kopfhörern und Sonnenbrille in der Limousine sitzt. Irgendetwas muss sich ändern. Er und Luke reden kaum miteinander, selbst über den Abend in der Bar wurde kein Wort verloren. Und beim Fußball läuft es genauso.

Henry zupft Luke am Arm. »Hey!«

Als Luke nicht reagiert, zieht Henry ihm den Kopfhörer vom Ohr.

»What's your problem, man?!«, faucht sein Gastbruder wütend. Henry kann das Blitzen seiner Augen sogar durch die Sonnenbrille sehen.

Aber auch Henry ist sauer. Einsam und sauer, also sagt er Luke kurz entschlossen die Wahrheit. Dass sein Vater will, dass Henry sich um ihn kümmert, fußballmäßig, und dass Luke ihm gefälligst ein bisschen helfen soll.

Luke lacht nur abfällig. »Piss off!«

Dann setzt er sich die Kopfhörer auf und starrt nach draußen.

Henry ballt die Fäuste. Er hat zwar manchmal eine lange Leitung, aber wenn ihm etwas nicht passt, kann er richtig stur werden. Mögen die VanCleefs auch zehntausendmal reicher sein als Henrys Familie, er hat keine Lust, sich blöd anmachen zu lassen.

Als die Limousine vor dem Haus der VanCleefs anhält, steigt Luke blitzschnell aus und verschwindet im Eingang. Henry läuft ihm mit schnellen Schritten hinterher.

Er muss mit Luke reden, so geht es nicht weiter.

Erst an Lukes Zimmer holt er ihn ein. Als Luke versucht, Henry die Tür vor der Nase zuzuschlagen, stößt der seinen Fuß dagegen. Die Tür springt ungewollt stark auf und trifft Luke in der Seite. Ehe Henry sich entschuldigen kann, holt sein Gastbruder aus und schlägt ihm hart ins Gesicht. Henry spürt etwas Warmes aus der Nase auf sein Hemd laufen. Blut. Ohne nachzudenken, wirft er sich auf seinen Gastbruder und sie taumeln durch das Zimmer. Wieder trifft Lukes Faust Henry, dann holt er selbst aus. Er hat noch nie jemandem ins Gesicht geschlagen, aber in diesem Augenblick ist ihm alles egal. Er ist unglaublich zornig auf die ganze Situation.

Kaum hat Henry zugeschlagen, stolpert Luke nach hinten

und fällt dann auf einen Glastisch, der laut krachend unter seinem Gewicht zerbricht.

Eine halbe Stunde später sitzen Henry und Luke Mr VanCleef gegenüber. Was die zwei sich dabei gedacht haben, will er wissen, wobei er eigentlich nur Henry ansieht. Als ob er allein Schuld an der Schlägerei hat. Mrs VanCleef steht wortlos im Hintergrund.

Plötzlich springt Luke mit hochrotem Gesicht auf, zeigt auf Henry und behauptet, der hätte was mit Lukes Freundin Martha.

Henry schüttelt verblüfft den Kopf. Er hat keine Ahnung, wovon sein Gastbruder redet. Hat es was mit dem Mädchen zu tun, das ihn in der Bar geküsst hat? War sie etwa Lukes Freundin? Ist noch mehr passiert? Henry wird bei dem Gedanken rot. Von den Fußball-Jungs hat keiner je über den Abend gesprochen.

Da ihn die VanCleefs fragend ansehen, erklärt er, dass Lukes Behauptung nicht stimmt und dass er Martha eh nicht leiden kann. Was die Sache nicht besser macht.

Das Gespräch endet damit, dass Henry auf sein Zimmer geschickt wird. Wenig später erscheint Mr VanCleef und macht deutlich, dass er langsam glaube, Henry sei kein guter Einfluss für Luke. Und wenn es so weitergehe, müsste man das Ganze beenden. Die Familie würde das Wochenende im Strandhaus verbringen. Henry hätte so ein wenig Zeit, sich Gedanken zu machen.

Henry versucht gar nicht erst, sich zu verteidigen. Dass er Scheiß gebaut hat, ist ihm klar. Und wenn man Scheiß baut, dann muss man dazu stehen. So hat er das von seinem Vater gelernt. Außerdem verpetzt man seine Kumpels nicht, auch wenn es nicht wirklich Kumpels sind. Also schweigt Henry und sagt nicht, was er eigentlich gerne sagen würde: nämlich, dass Luke keinen Bock auf nichts hat; und schon gar nicht auf Fußball.

Als er wieder allein ist, tigert er wütend und traurig durchs Zimmer. Er würde am liebsten abhauen. Aber wohin? Nach Deutschland zurück kann er ja nicht. Außerdem, was soll er da, wenn Marie in Indiana ist?

Er setzt sich aufs Bett und kramt sein Handy heraus, um wenigstens Marie zu schreiben. Und dann hat er einen Geistesblitz.

MARIE

Marie starrt mit klopfendem Herzen auf ihr Handy. Sie traut sich noch nicht, ihren gefakten Insta-Account freizuschalten.

Stundenlang haben Laura und sie am Nachmittag Fotos gemacht und Marie in verschiedenen Outfits und Looks aufgenommen. Mithilfe einer App haben sie Porträts von Marie mit welchen von ihrer Gastfamilie kombiniert, sodass es richtig echt aussieht. Außerdem ist der Account mit ein paar Schnappschüssen von Indianapolis gespickt, die sie im Netz gefunden haben. Und es gibt auch ein paar Pics von den *New Wulmstorf Girls* aus dem letzten Schuljahr, die ebenso gut in den USA hätten aufgenommen sein können.

Marie ist durchaus zufrieden mit diesem Gesamtkunstwerk und Henry freut sich bestimmt, dass sie einen Account eingerichtet hat, um ihm und ihren Freundinnen einen besseren Eindruck von ihrem Austauschjahr zu geben. Und doch sperrt sich noch immer alles in ihr.

»Du musst jetzt richtig in die Offensive!«, hat Laura gesagt und keinen Zweifel daran aufkommen lassen, dass die Idee auch einen Haken haben könnte.

Marie seufzt tief und legt ihr Handy zur Seite. Es ist schon spät und sie hat immer noch ihre Cheerleading-Sachen an. Sie liebt das Outfit der *New Wulmstorf Girls* einfach, das royalblaue Shirt mit dem weißen Faltenröckchen.

Sie dreht den Kopf zur Seite und starrt auf den Mond, der fast vollkommen rund in ihrem Fenster hängt. Genau derselbe, den auch Henry sehen kann, wenn er in den New Yorker Septemberhimmel blickt und dann vielleicht an sie denkt. Aber natürlich erst in ein paar Stunden, denn drüben ist es jetzt noch Nachmittag.

Eigentlich wäre es die perfekte Zeit, um allen Mut zusammenzunehmen und einfach bei ihm anzurufen. Vielleicht wäre es ganz leicht, ihm zu erklären, warum sie zu Hause geblieben ist …

Marie sieht sich in ihrem Zimmer um. Überall liegen ihre Klamotten verteilt. Sie steht auf und beginnt langsam, Stück für Stück zusammenzufalten oder auf einen Bügel zu hängen.

Plötzlich hält sie ihr weißes Lieblingsshirt in der Hand, das sie am letzten Tag in Berlin getragen hat. Sie fühlt über den weichen Stoff und muss mit einem glücklichen Lächeln daran denken, wie Henry ihr ins Ohr gemurmelt hat, dass sie verdammt gut rieche. Marie wird ganz warm ums Herz. Und dann hat sie eine Idee. Wie wäre es, wenn sie das Shirt in dieser Nacht tragen würde und es dann mit einem Brief versehen auf Reisen schickt? Mit einem Brief, in dem endlich die ganze Wahrheit geschrieben steht: dass sie in Deutschland geblieben ist und warum sie geblieben ist, obwohl sie sich so sehr nach Amerika sehnt, nein, nach Henry sehnt, ganz egal wo er auch ist.

Plötzlich fühlt sie sich so energiegeladen wie seit Wochen nicht mehr. Nein, wie seit dem magischen Tag in Hamburg nicht mehr. Sie schnappt sich ihr Handy, löscht den ganzen Insta-Scheiß, wählt zum gefühlt tausendsten Mal den Song, nein, *ihren* Song, »Liebe ist«, aus und setzt sich an den Schreibtisch, um mit ihrem Füller auf schönstem Papier einen echten, langen, ehrlichen Liebesbrief zu schreiben!

HENRY

MARIE

Henry guckt auf seine Uhr und überlegt. Es ist Freitag, 14 Uhr. Er weiß, dass in weniger als zwei Stunden ein Greyhound-Bus vom Port Authority Bus Terminal nach Anderson, Indiana fährt, wo Maries Gastfamilie lebt. Die Fahrt dauert fast genau einen Tag. Er wäre also Samstagmittag bei Marie. Er müsste zwar abends schon wieder zurück, um vor der Rückkehr der VanCleefs in New York zu sein. Aber das wäre die Sache wert. Einmal kurz Marie sehen, ihr einen Kuss geben, Mut tanken und wieder zurück. Seine Gastfamilie würde gar nicht merken, dass er weg gewesen war.

Henry steht auf und guckt sich im Spiegel an. Sein Gesicht ist rot und seine Nase sieht geschwollen aus. Er wird ein Veilchen bekommen!

»Leckt mich!«, sagt Henry entschlossen, schnappt sich seine Sporttasche und schmeißt ein paar Sachen rein. Dann verlässt er sein Zimmer.

Auf dem Flur begegnet er Luke, der auch ziemlich zerschlagen aussieht.

»Going back to Germany?«, fragt sein Gastbruder hämisch.

»I am going to see my girlfriend«, gibt Henry großspurig zur Antwort und lässt ihn einfach stehen.

Auf der Straße fährt genau in dem Moment eine der gelben Taxen vorbei, die in New York überall unterwegs sind. Henry reckt seine Hand nach oben, wie er es aus Filmen kennt. Das Taxi hält an und er steigt ein.

Zum ersten Mal kommt er sich lebendig vor in dieser riesigen Stadt. Er ist auf dem Weg zu seiner Freundin! Er hofft nur, dass die Taxifahrt nicht zu teuer wird.

Die Fahrt kostet nur 7 Dollar, dafür muss er für das Busticket 132 Dollar hinblättern. Mit klopfendem Herzen und schlechtem Gewissen holt er die Kreditkarte seines Vaters heraus. Aber dies ist definitiv ein Notfall!

Die Dame hinter dem Glasschalter reicht ihm ein Ticket und schickt ihn zum Bus. Dieser ist klimatisiert, hat Toilette, Internet und Stromanschluss. Die Fahrt von New York nach Anderson wird 22 Stunden dauern. Mit mehreren Unterbrechungen und Buswechseln.

In Philadelphia, wo sie zwei Stunden später den ersten Stopp haben, kauft sich Henry eine Flasche Wasser, ein Sandwich und einen Becher mit geschnittenem Obst. Er hat Hunger, will aber mit seinem Geld haushalten. Das erste Mal in seinem Leben kommt er sich richtig erwachsen vor. Er ist in einem fremden Land unterwegs und kriegt es geregelt. Kein Gedanke mehr an die VanCleefs oder an Luke.

Von Sideling nach Pittsburgh unterhält er sich fast die gesamten zwei Stunden mit einem Soldaten, der ebenfalls auf dem Weg zu seiner Freundin ist. Er heißt Jacob und bietet Luke etwas von seiner Schokolade an.

Nachdem Jacob weg ist, schläft Henry ein. Er wacht erst kurz vor Indianapolis wieder auf. Automatisch tastet er nach seiner Tasche. Alles noch da. Draußen ist es hell. In sieben Stunden wird er Marie sehen. Plötzlich ist er aufgeregt.

In Indianapolis hat er fast sechs Stunden Aufenthalt. Nachdem die Zeit bis dahin wie im Flug vergangen ist, zieht sie sich plötzlich wie ein sehr zäher Kaugummi. Und plötzlich bekommt Henry Zweifel. Er hat Marie nicht über sein Kommen informiert, er wollte sie überraschen. Aber was, wenn sie gar nicht da ist? Wenn sie übers Wochenende einen Ausflug macht? Auf einmal kommt ihm die ganze Aktion dämlich vor. Aber für solche Gedanken ist es jetzt zu spät.

Henry stromert ziellos durch die Stadt und setzt sich schließlich in ein Café mit bunten Stühlen und Tischen und bestellt ein typisch amerikanisches Frühstück. Mit Kaffee, der immer nachgeschenkt wird, ohne dass man dafür noch mal zahlt.

Während er Eier mit Bacon isst, stellt er sich vor, wie Maries Gasteltern ihm anbieten, den Rest seines USA-Aufenthalts bei ihnen zu verbringen. Von so etwas hat er zwar noch nie gehört, aber wer weiß? Bisher kam es für Henry nicht infrage, sich an die Austauschorganisation zu wenden, obwohl das bei Problemen möglich ist, aber in diesem Fall würde er es wagen. Denn dann würde er mit Marie zusammen sein.

Als Henry endlich im Bus nach Anderson sitzt, klopft sein Herz aufgeregt. Jetzt kommt er sich auf einmal gar nicht mehr erwachsen vor, sondern verloren und ängstlich. Was, wenn Marie einen amerikanischen Freund hat? Wenn sie sich nicht freut, ihn wiederzusehen?

Als er Anderson schließlich erreicht, ist er verunsichert und verkrampft. Trotzdem geht er schnurstracks zum Taxistand. Er weiß: Wenn er zögert, wird alles nur noch schlimmer. Da muss er jetzt durch!

Der Fahrer beäugt misstrauisch Henrys blaues Auge. Damit sieht er aus wie ein Gangster.

»I had a fight with a friend«, sagt Henry fast automatisch. Im Verlauf seiner Reise hat er den Satz schon öfter gesagt, wenn er einen Blick spürte.

Als das Taxi beim Haus der Familie Parsons ankommt,

steigt Henry beklommen aus. Es ist ein typisches amerikanisches Haus mit Garage, Basketballkorb und einer kleinen Veranda. Davor steht eine rundliche Frau und schaut ihm überrascht entgegen. Sie hat ein sympathisches Gesicht und Henry schöpft Hoffnung.

»Mrs Parsons?«, fragt er zögerlich.

Sie lächelt. »Yes!«

Henry stellt sich als Freund von Marie vor und fragt, ob sie zu Hause ist. Und erntet als Antwort einen völlig leeren Blick.

Dann fragt Mrs Parsons: »Marie? Welche Marie?«

Jetzt guckt Henry sparsam.

Aber schließlich kann sich Mrs Parsons doch noch an Marie erinnern. »Das Mädchen aus Hamburg«, sagt sie und erklärt dem erstaunten Henry, dass Marie den Austausch abgesagt hat.

Es braucht eine Weile, bis er versteht, was sie meint. Und dann noch eine Weile, bis er der Frau glaubt. Schließlich hat Marie ihm doch geschrieben, dass sie bei den Parsons wohnt.

Dann taucht Mr Parsons auf. Er steckt in einem Overall in der Größe eines Zeltes und wischt sich die ölverschmierten Hände an einem Lappen ab. Er erzählt, dass statt Marie ein anderes deutsches Mädchen da ist. »Claudia from Munic!«

Diese Claudia erscheint ein paar Minuten später und schüttelt über die Situation nur den Kopf. Jedenfalls steht Henry da wie ein Idiot und kommt sich gleichzeitig wie ein Gauner vor. Als würde er die Parsons betrügen, ihr Mitleid erschleichen wollen. Sein zerschlagenes Gesicht ist nicht hilfreich.

Dennoch sind die Parsons total nett und laden Henry sogar zum Essen ein. Es gibt Steak mit Kartoffeln und selbst gemachte Limonade. Alle sind freundlich und offen und es wird viel gelacht. Henry lacht mit, obwohl ihm gar nicht danach ist.

Mr Parsons besteht darauf, bei den VanCleefs anzurufen, und Henry kann hören, dass er ein gutes Wort für ihn einlegt. Man kommt überein, dass Henry am besten gleich mit dem nächsten Bus zurückfährt, sodass er am Sonntag gegen 13 Uhr wieder in New York ist.

Und kurz darauf sitzt Henry tatsächlich im Truck von Mr Parsons, der ihn direkt nach Indianapolis bringt, damit Henry dort nicht wieder so lange warten muss. Henry würde gerne etwas Schlaues sagen, aber ihm fällt nichts ein.

Sein Leben kommt ihm wie ein einziges Desaster vor. Das Mädchen, das er zu lieben glaubte, hat ihn komplett verarscht.

Zum Abschied klopft Mr Parsons Henry auf den Rücken und zwinkert ihm zu, dann fährt er davon. Henry sieht ihm nach. Ein tolles Abenteuer, das er da erlebt hat. Sein Körper möchte einfach aufgeben, aber sein Verstand beordert ihn zum Ticket-Schalter, wo die nächsten 132 Dollar Notfall-Geld draufgehen. Für nichts und wieder nichts. Zurück zu den VanCleefs, wo er auch nur als Loser gehandelt wird.

Im Bus weiß er nicht, was er machen soll. Zum Schlafen ist er zu aufgedreht. Er kann nicht fassen, was Marie da abgezogen hat. Er kann es sich auch nicht erklären. Was sollte das? Wo ist sie denn? Ist sie wirklich in Deutschland geblieben? Wer ist dieses Mädchen überhaupt?

Henry zögert einen Moment, dann ist ihm klar, was er tun muss. Er zückt sein Handy und wählt ihre Nummer, obwohl es in Hamburg schon nach Mitternacht ist.

MARIE

HENRY

Marie läuft lachend über die große, grüne Wiese, wo viele junge Leute in kleinen Gruppen chillen und das Leben feiern. Ein paar Jungs spielen Fußball. Marie trägt ein schönes, für sie total untypisches blaues Sommerkleid und beobachtet Henry neben sich mit einem seligen Lächeln, als plötzlich ein Glöckchen zu hören ist ...

Als Marie wach wird, hat sie noch immer ein ganz warmes Gefühl. Wie gerne hätte sie diesen schönen Traum zu Ende geträumt. Sie möchte die Augen gar nicht öffnen, sondern sich das zauberhafte Kribbeln noch einen Moment lang bewahren. Doch leider kann sie sich schon gar nicht mehr an Details erinnern. Sie versucht es, aber es bleibt nur dieser Glücksfunken, mit dem sie zu Bett gegangen ist, nachdem sie ihren Brief fertig geschrieben hat.

Gleich heute nach der Schule wird sie Henry das Päckchen mit dem Shirt und dem Brief schicken, und dann, endlich, darf sie wieder sie selbst sein. Und wer weiß, vielleicht erlauben ihre Eltern ihr sogar, zwischen den Jahren nach New York zu fliegen. Das wäre das Allerschönste überhaupt!

Schlaftrunken greift Marie nach ihrem Handy und ist sofort blitzwach, als sie sieht, dass Henry sich gemeldet hat! Er hat angerufen, während sie schlief. Und er hat eine Nachricht geschickt. Wenn das kein Zeichen ist!

Mit gigantisch pochendem Herzen und zittrigen Händen geht sie in den Chat und liest:

Liebe Marie (falls das dein richtiger Name ist), ich sitze gerade im Greyhound-Bus Richtung New York, denn ich war heute in Anderson. Dort hab ich mit den Parsons gesprochen. Ich habe mich komplett zum Idioten gemacht.

Sie liest die Worte noch einmal, kann sie nicht begreifen. Und doch spürt sie, wie sich eine Eisenstange durch ihren Magen bohrt.

OMG! Es tut mir so leid!!!!!!!!!

Weil die Häkchen nicht blau werden, schickt Marie schnell noch eine Nachricht hinterher:

Ich kann es erklären, Henry!

Maries Herz bleibt stehen, als sie sieht, dass er zurückschreibt.

Warum lügst du mich an? Ich wollte dich sehen, wollte dich überraschen und dann ...

Marie bekommt keine Luft mehr und dicke Tränen schießen ihr in die Augen. Mit einem Schluchzen schreibt sie:

Ich bin ganz durcheinander, hab bis eben geschlafen. Ich wollte dich nicht anlügen. Sorry!

Sorry? Das ist alles, was du dazu zu sagen hast? Ich fühle mich megaverarscht.

Nein, ich hab ganz viel zu sagen … und ich wollte es dir persönlich sagen, aber das ging ja nicht … und dann hab ich dir einen Brief geschrieben.

Tut mir leid, aber ich verstehe das alles nicht. Du bist also in Deutschland geblieben und sagst mir nichts davon!!?? Stattdessen lügst du mich wochenlang an und dann schreibst du mir einfach einen Brief und alles ist gut? Und das macht Sinn für dich? Für mich nicht. Und das mit dem Brief ist vermutlich auch gelogen.

Marie hat keinen Halt mehr. Eigentlich müsste sie Henry anrufen, per Video, ihm in die Augen sehen und um Verzeihung bitten. Aber sie ist starr wie Eis.

Es tut mir leid, wirklich!

Mir tut es auch leid. Ich hab gedacht, wir gehören zusammen, und jetzt habe ich das Gefühl … ich bin komplett alleine.

Ich möchte dir alles erklären, aber ich weiß nicht, was ich sagen soll.

Vielleicht ist es besser, wir brechen jetzt ab.

Marie verkrampft und sieht nur noch mit tränenverhangenem Blick, wie Henry sich für immer von ihr verabschiedet:

Wünsche dir ein schönes Leben. See you. NOT!

HENRY

Die Rückfahrt verläuft unspektakulär und wie im Nebel. Henry kann sich kaum an die einzelnen Stationen erinnern, oder wie er umgestiegen ist. Diesmal schläft er kaum, und als New York angesagt wird, ist er überrascht, schon wieder da zu sein. Kurioserweise hat er erstmals den Eindruck, nach Hause zu kommen. Nach Hause nach New York!

Henry steigt aus dem klimatisierten Bus und fühlt sich ausgelaugt und erschlagen. Wie in einem schlechten Film läuft irgendwo im Busbahnhof der Sinatra-Song über New York. *If I can make it there, I'm gonna make it anywhere.*

Und wenn man es nicht schafft?

Es ist früher Nachmittag und noch immer schwül und warm. Ein sehr milder Herbsttag. Die Anzugträger, die an Henry vorbeihetzen, tragen kurzärmelige Hemden und die Luft flirrt. Im Hintergrund hört er die typischen Sirenen der New Yorker Polizei. Auf diese Art von Stimmung hatte Henry sich eigentlich gefreut. Und jetzt?

Er steht mit seiner Sporttasche verloren am Busbahnhof und weiß nicht, was er machen soll. Maries erste Reaktionen waren schlichtweg enttäuschend. Und ihre kümmerlichen Entschuldigungen ärgern ihn. Aber noch mehr ärgert es ihn, dass ihre Entschuldigungen ihm gleichzeitig Hoffnung machen. Sie wollte ihm alles persönlich sagen oder in einem

Brief erzählen, das bedeutet, ihr liegt etwas an ihm. Oder nicht?

Gedanken schwirren durch seinen Kopf und verlieren sich immer wieder im Nichts. Was bleibt, ist die Gewissheit, dass Marie ihn angelogen hat, dass Marie Theater gespielt hat. Marie ist eine Lügnerin. Punkt. Und wer lügt, hat etwas zu verbergen!

Dann fasst er noch einen klaren Gedanken, nämlich dass er zurück zu den VanCleefs muss. Vielleicht haben sie inzwischen ja beschlossen, ihn rauszuwerfen. Weil er einen schlechten Einfluss auf ihren Sohn hat, weil er ein Schläger ist und weil er einfach ohne Erlaubnis abgehauen ist.

Soll er sich bei der Austauschorganisation melden und um eine andere Gastfamilie bitten? Aber mit welcher Begründung? Die VanCleefs sind zu reich? Zu wenig warmherzig? Der Sohn der Familie ist ein Arsch? Und was wird Henrys Vater zu den fast 300 Dollar sagen, die am Ende des Monats von seinem schmalen Gehaltskonto abgebucht werden? *Für den Notfall!* Er hat die Worte seines Vaters noch ganz genau im Ohr.

Henry geht zu Fuß zur East 72nd Street, läuft die 7th Avenue hoch, wandert ein Stück durch den Central Park und steht um kurz vor sieben vor dem Haus der VanCleefs. Seufzend betritt er die Wohnung.

Als Erstes begegnet er Hilda, die ihn lächelnd begrüßt und fragt, ob er hungrig ist.

Henry nickt, denn seit dem Essen bei den Parsons hat er nichts mehr in den Magen bekommen.

Hilda gibt in der Küche Bescheid, dann wirft sie Henry einen aufmunternden Blick zu und geht in den wunderschönen Abend hinaus. Wunderschön für alle, außer für Henry.

Mit seiner Sporttasche in der Hand betritt er das Speisezimmer. Dort trifft er zu seiner Überraschung auf Luke, der offensichtlich ebenfalls aufs Essen wartet.

»You look like shit!«, sagt sein Gastbruder schlecht gelaunt. Seine Lippe ist stark geschwollen, außerdem hat er ein übles Veilchen. Genau wie Henry!

»You look like more shit!«, antwortet Henry.

Nach kurzem Zögern setzt er sich zu Luke an den Tisch.

Nach ein paar Minuten kommt Fred mit zwei Pizzen herein.

»Hi, Henry!«, ruft der Koch gut gelaunt. »How was your weekend?«

»Okay«, lügt Henry und wirft Luke einen Seitenblick zu. Hat sein Vater ihm von Mr Parsons' Anruf und von der Sache mit Marie erzählt?

Als Fred hinausgegangen ist, beäugen sich Luke und Henry über die Pizza hinweg.

Dann grinst Luke fies. »So did you have a nice date with your girlfriend?!«

Henry seufzt innerlich. Luke weiß also Bescheid. Vielleicht sollte er aufstehen und seinem Gastbruder eine reinhauen. Aber Henry ist gar nicht wütend auf Luke. Er ist wütend auf Marie und auf sich selbst.

»She lied to me«, hört Henry sich sagen und sieht Luke fest in die Augen. *Niemals einem Blick ausweichen,* sagt sein Vater immer. *Das ist ein Zeichen von Schwäche.*

»I heard«, antwortet Luke nur.

Henry greift sich ein Stück Pizza, aber es ist so heiß, dass er es gleich wieder loslässt. Schließlich fasst er einen Entschluss. Er will endlich die Sache mit Lukes Freundin und dem Abend in der Bar klären.

»About Martha ...«, fängt Henry zögernd an und am anderen Ende des Tisches zuckt Luke zusammen.

Und dann erklärt Henry seinem Gastbruder, dass er sich nicht erinnern kann, was in der Nacht in der Bar passiert ist. Er weiß zwar, dass er ein Mädchen geküsst hat, aber nicht, welches.

Luke sieht ihn eine Weile nur still an.

»You didn't kiss Martha«, sagt er knapp. Dann fügt er hinzu, dass Martha ihn dieses Wochenende verlassen hat. Per WhatsApp. Wegen eines Jungen namens Joshua. Er klingt leer und wütend und traurig.

Henry hat den Namen Joshua schon einmal gehört, weiß aber nicht, wo. Plötzlich hat er Mitleid mit Luke, vielleicht weil er sich gerade genauso fühlt.

»Sorry!«, murmelt er, und es ist – zu seiner eigenen Überraschung – ehrlich gemeint.

Luke zuckt mit den Schultern und fügt hinzu, dass er Martha hasst.

»Ich hasse Marie auch«, sagt Henry und wiederholt es dann noch mal auf Englisch.

Eine Weile sitzen sie sich stumm gegenüber, dann greift Luke nach seiner Pizza und beißt hinein. Henry tut es ihm gleich. Als sie fertig sind, räumt Fred die Teller ab.

»Everything okay?«, fragt er.

»Yeah«, antwortet Luke und schickt den Koch dann nach Hause. Einmal mehr ist Henry erstaunt, wie selbstsicher sein Gastbruder die Angestellten seiner Eltern behandelt. Und noch überraschter ist er, als Luke ihn fragt, ob er Lust hat, ein bisschen Fußball zu spielen.

Nachdenklich sieht Henry seinen Gastbruder an. Dann nickt er.

An diesem späten Nachmittag kicken sie im Central Park mit anderen Jungs aus der Gegend. Auch ein paar Mädchen sind dabei. Henry erinnert die Stimmung an den Wedding in Berlin. Auch hier ist der Ton hart, aber wenn man erst mal spielt, läuft alles glatt. Henry gefällt es, dass er mit Schwarzen, Latinos, Asiaten und Iren spielt. So hat er sich den *Melting Pot* vorgestellt.

Es ist der bisher schönste Tag seines Aufenthalts. Erst auf dem Heimweg verfallen die Jungs wieder in Schweigen. Plötzlich – aus dem Nichts heraus – erklärt Luke, dass er seine Familie verabscheut. Es kommt so unvermittelt und voller Wut, dass Henry es gar nicht glauben kann. Er fragt nicht nach, Luke würde das bestimmt nicht wollen. Aber in diesem Moment wird Henry klar, dass Luke eigentlich niemanden in seiner Umgebung besonders mag. Und dass Luke selbst auch nicht besonders gemocht wird.

Eine Stunde später liegt Henry im Bett und kann nicht schlafen, obwohl er todmüde ist. Dabei fällt ihm ein, dass er seinen Vater wegen der Kreditkarte warnen muss. Besser, Klaus weiß Bescheid, bevor er eine Rechnung von der Bank bekommt.

Aber in Deutschland ist es erst sechs Uhr früh und Henry verschiebt den Anruf. Stattdessen hört er Musik und schwört hoch und heilig, sich nie wieder zu verlieben. Es tut einfach zu sehr weh.

MARIE

»Go!«, ruft Marie und *zack!*, hüpfen ihre zwölf *New Wulmstorf Girls* in Reih und Glied und dann wieder scheinbar wild wie Flummis durcheinander. Nicht ohne Stolz beäugt sie jeden Move, den die Mädels zu Nenas Song »Liebe ist« ausführen. Diese Choreografie hat Marie sich bis ins letzte Detail selbst ausgedacht – trotz ihres Liebeskummers.

Noch immer trifft jeder Gedanke an Henry sie wie ein Pfeil mitten ins Herz. Aber das Tanzen und ihre Aufgabe als Trainerin haben ihr geholfen, den Schmerz auszuhalten. Zum Glück finden die Mädels es großartig, wie Marie die Gruppe leitet. Es sind sogar schon neue dazugekommen, weil es sich wohl herumgesprochen hat, dass unter ihr viel mehr Tanzelemente eingebaut werden.

Das wäre mir bei einem Austauschjahr entgangen, denkt Marie, während sie mit konzentriertem Blick und Kopfnicken im Takt wippt und ganz genau hinsieht, ob auch alles richtig klappt dieses Mal.

Nach 4 Minuten und 17 Sekunden ist es geschafft – die erste fehlerfreie Probe für ihre Aufführung am »Tag der offenen Schultür«, der gleich nach den Herbstferien stattfinden wird.

Als die Musik verstummt, klatschen alle glücklich in die Hände. Nur Marie wendet sich ab, damit niemand sieht, wie ihr die Tränen kommen.

Nach dem Training später sitzt Marie allein in der Umkleide. Wie nach jeder Handypause wandert ihr Blick sofort aufs Display, in der Hoffnung, dass doch ein Wunder geschehen ist und Henry sich gemeldet hat … jeder Tag ohne ein Lebenszeichen von ihm ist ein verlorener Tag. Aber auch heute gibt es keine Nachricht.

Doch stattdessen bittet ihre Oma per SMS dringend um Rückruf. Mit rasendem Herzen wählt Marie die Nummer und stellt sich dabei vor, wie Irmi beim Sport in der Reha-Klinik hingefallen ist und sich die Hüfte gebrochen hat oder dass sich ihre Werte verschlechtert haben und sie wieder ins Krankenhaus muss!

Aber zum Glück wird Marie mit »Ich hab gute Nachrichten für dich, Kindchen!« von ihrer Omi begrüßt.

»Oma, da bin ich froh! Aber bitte schreib beim nächsten Mal nicht ›dringend‹. Da denkt man ja gleich sonst was!« Marie muss erst mal tief durchatmen.

»Aber es *ist* dringend und wichtig!«, protestiert Irmi und erklärt dann, dass ihr Aufenthalt in der Reha nicht verlängert werden muss. »Pünktlich zu deinen Herbstferien werde ich wieder zu Hause sein.«

»Das ist ja schön«, sagt Marie und will das Gespräch schnell beenden. Es fällt ihr schwer, so zu tun, als sei alles in Ordnung. »Wollen wir morgen wieder sprechen?«, fragt sie daher betont fröhlich.

»Was ich dir zu sagen habe, hat aber nicht Zeit bis morgen. Ich sag doch, es ist dringend!«

»Und wichtig«, seufzt Marie, aber so leise, dass ihre Oma es nicht mitkriegt.

Doch dann sagt die einen Satz, bei dem Marie meint, sich verhört zu haben: »Kindchen, wir fliegen nach Amerika!«

HENRY

Eine Woche nach seinem unglücklichen Ausflug zu Marie, die nicht da war, wird Henry um sieben Uhr morgens von einem Anruf geweckt. Es ist sein Vater.

Mist!, denkt Henry und drückt den Anruf weg. Er atmet tief durch und bereut es in diesem Moment sehr, dass er Klaus bisher nicht Bescheid gegeben hat wegen der Sache mit der Kreditkarte. Aber die Woche ist irgendwie an ihm vorbeigeflogen und Henry fühlte sich wie im Delirium. Schule, Homework, viermal Training, zweimal Fußball im Park mit Luke und jeden Tag todmüde einschlafen.

Kurz flackern Bilder von seiner Fahrt nach Anderson auf. Mr Parsons im Overall. Der Soldat auf der Hinfahrt. Der Moment, als Mrs Parsons sagt, dass sie keine Marie kennt. Die VanCleefs haben Henry bisher nicht auf sein Wochenende in Indiana angesprochen. Rausgeschmissen haben sie ihn allerdings auch nicht.

Henry fasst sich ein Herz und rennt hinunter zum Telefon in der Küche. Hilda hat ihm gesagt, er könne von dort aus ruhig nach Deutschland telefonieren. Die VanCleefs haben eine Flatrate, die auch fürs Ausland gilt.

»Hi, Dad«, sagt er möglichst locker.

»Wie jeht es dir?«, fragt sein Vater. »Allet klar?«

»Ja«, lügt Henry. Es klingt, als würde sein Vater nebenan

wohnen. Keinerlei Rauschen in der Leitung, es ist fast unheimlich.

»Auf meinem Kontoauszug steht, dass ick mehr als 200 Euro gezahlt habe. Für Greyhound-Tickets! Ist das korrekt?«, fragt Klaus. Henry kann die Anspannung in seiner Stimme hören.

»Ja, tut mir leid«, sagt Henry knapp.

»Die Kreditkarte sollte nur für Notfälle sein, Großer!«

»Es *war* ein Notfall!«

»Einer jestorben, oder wat?«

Im Hintergrund hört Henry die Geräusche aus Berlin. Jemand saugt. Wahrscheinlich Frau Heine einen Stock über ihnen. Frau Heine saugt immer um die Mittagszeit am Wochenende. Plötzlich schwappt eine Welle Heimweh über Henry hinweg.

»Nein! Es ist nur ...« Er stockt und weiß nicht, wie er weitermachen soll.

»Allet klar mit dir, Junge?« Sein Vater klingt jetzt echt besorgt.

Henry will etwas sagen, aber es kommt nichts raus.

Er hört, wie Klaus nach Kalea ruft, gleich darauf tönt die Stimme seiner Schwester aus dem Hörer: »Was ist los, du A?«

Und da beginnt Henry ohne Vorwarnung zu weinen. Die Tränen laufen ihm die Wangen herunter und sein ganzer Körper vibriert. Er sagt kein Wort, schluchzt nur.

»Ist schon gut, Henry«, tröstet Kalea ihn mit ungewöhnlich sanfter Stimme. Als wäre sie die Erwachsene und er das Kind.

Es dauert eine Weile, bis Henry sich gefangen hat.

»Tut mir leid!«, entschuldigt er sich, nachdem er sich mit einem Küchentuch die Nase geschnäuzt hat. »Es ist ... wegen dieses Mädchens aus Hamburg!«

»Marie.«

Es versetzt Henry einen Stich, dass Kalea den Namen noch weiß. »Ja.«

»Was ist mit ihr? Habt ihr euch getroffen?«, will Kalea wissen.

»Nein. Oder ... sozusagen. Sie ...« Henry hat keine Ahnung, wie er das Ganze erklären soll. Dass Marie ihm was vorgemacht hat, dass sie gar nicht in Amerika ist.

»Sie hat mich angelogen«, sagt er schließlich, was irgendwie banal klingt.

»Kommst du klar? Oder soll ich rüberkommen und die blöde Kuh verprügeln?«

Jetzt muss Henry grinsen. Typisch Kalea.

»Verrat es Papa nicht, aber ich habe mich tatsächlich geprügelt!«

»Ups! Ich habe laut gestellt«, sagt Kalea kichernd und dann hört Henry die Stimme seines Vaters: »Ich hoffe, du hast kein Mädchen geschlagen?!«

»Nein, es war Luke, mein Gastbruder.« Henry ist froh, dass er endlich die Wahrheit sagen kann. Dann erzählt er von seinem Ärger mit Luke und wie unwohl er sich anfangs bei den VanCleefs gefühlt hat. Aber dass es die letzten Tage besser geht. Am Ende verspricht er seinem Vater noch, das Ticket-Geld zurückzuzahlen, und dann legt er auf.

Nach dem Telefonat fühlt er sich besser. Er beschließt, endlich das zu tun, wovor er sich die ganze Zeit gedrückt hat, nämlich den Traum seiner Mutter wahr zu machen.

Er packt sich ein Sandwich ein, dann fährt er mit der Subway zur Brooklyn Bridge und läuft los. Mitten auf der Brücke setzt er sich auf eine der Bänke und isst sein Brot. Er blickt auf Manhattan, so wie seine Mutter es sich erträumt hatte.

»Ich vermisse dich, Mama«, sagt er leise und eine Träne kullert ihm übers Gesicht.

Nachdem er einer Weile die Menschen beobachtet hat, die an ihm vorbeiziehen, geht er weiter, rüber nach Brooklyn. Es ist ein ziemlich langer Weg, aber Henry ist froh darüber.

Auf der anderen Seite setzt er sich in einen Diner, bestellt Kaffee und einen Donut, und als der Kellner ihn fragt, woher er kommt, erzählt Henry ihm von seiner Mutter und dass er ihretwegen den Spaziergang gemacht hat.

»Cool«, findet der Kellner das und schenkt Henry zum Andenken einen Anstecker des Diners.

Henry verbringt den ganzen Sonntag in Brooklyn. Als er die Brücke wieder überquert, ist es dunkel. In Manhattan sind die Lichter angegangen und im Dunkeln wirkt die Silhouette der Insel magisch. Plötzlich ahnt Henry, warum seine Mutter den Spaziergang machen wollte, und in diesem Moment fühlt er sich ihr so nahe wie seit ihrem Tod nicht mehr. Ein Lächeln umspielt seine Lippen und er hat irgendwie das gute Gefühl, seine Mutter wäre stolz auf ihn.

MARIE

Es ist wahr! Es ist wirklich wahr, denkt Marie und quietscht beinahe vor Vergnügen. Der Flieger wird gleich abheben, und dann sind sie auf dem Weg nach New York!

Eben noch hat sie mit Irmi gestritten, wer von ihnen den Fensterplatz bekommt. Jede wollte der anderen den Vortritt lassen. Am Ende hatte ihre Omi nachgegeben – mit ihrem typischen Humor:

»Na gut, Kindchen. Dann sitze ich da auf dem Hinflug, falls ich den Rückflug nicht mehr erlebe!«

Marie muss lachen, aber ein bisschen Sorgen macht sie sich trotzdem, dass die Reise zu anstrengend wird für Irmi.

Aber ihre Omi hat es ja schon tausendmal erklärt. Lieber lebt sie nur noch kurz und dafür richtig als lang und dafür eh schon nicht mehr ganz lebendig! Und nach New York wollte sie schon immer. Einmal auf dem Empire State Building stehen und auf den Central Park sehen.

Und weil Maries Mutter zwar gerne mal ein Musical am Broadway besucht hätte, aber nichts in der Welt mehr hasst als fliegen, sitzen Oma und Enkelin allein im Flieger nach New York.

Als endlich alles Gepäck verstaut ist, die freundlichen Flugbegleiterinnen die Sicherheitsvorkehrungen erklärt haben und die Maschine zur Startbahn rollt, fassen sich Oma und

Enkelin an der Hand. Während sie tief in ihre Sitze gepresst werden bei der enormen Beschleunigung, drücken sie einander, so fest sie können, und lächeln sich mit glühenden Wangen an.

Die Vorstellung, Henry womöglich morgen schon zu sehen, bringt Maries Herz zum Schlagen. Es geht los!

HENRY

Henry sitzt zwei Wochen nach seinem Ausflug zur Brooklyn Bridge mit Luke in der Schul-Cafeteria und versucht ihm klarzumachen, dass er an diesem Freitag nicht mit den Jungs feiern darf. Am Wochenende steht ein wichtiges Soccer-Turnier an. Es ist der Beginn der Highschool-Fußball-Saison.

In den letzten Wochen haben Henry und Luke viel trainiert, und sein Gastbruder war immer dabei, ohne zu protestieren. Inzwischen ist Luke auf einem guten Weg. Das hat auch der Trainer gesagt.

Aber jetzt starrt Luke nur mit leerem Blick ins Nichts.

Drei Wochen sind vergangen, seit Henry weiß, dass Marie gar nicht in Amerika ist. In dieser Zeit hat Henry sich voll und ganz auf die Schule und den Fußball und auf Luke konzentriert.

»Leave me fucking alone, Henry!«, sagt sein Gastbruder jetzt mit so viel Nachdruck, dass Henry ihn besorgt anguckt.

Luke weicht seinem Blick aus und Henry gibt auf. Vorerst. Er wird es später noch mal versuchen. Nach dem Training.

Aber zum letzten Training vor dem Turnier kommt es gar nicht. Auf dem Weg zum Sportplatz läuft das Fußball-Team den Jungs vom Basketball über den Weg. Einer der groß gewachsenen Spieler flüstert Luke im Vorbeigehen etwas zu. Daraufhin stürzt sich der wie ein Stier auf ihn.

Innerhalb von Sekunden sind die beiden in einen Kampf verwickelt. Als Henry sieht, wie Luke zusammensackt und der riesige Basketballer nach ihm treten will, stürzt er sich auf ihn und stößt den Riesen von Luke weg. Und dann stecken beide Teams in einem riesigen Kuddelmuddel fest. Fäuste fliegen und Körper fallen zu Boden. Plötzlich ertönt ein Pfiff und Trainer, Lehrer und Sicherheitspersonal drängen die Jungs auseinander.

Luke und der Basketballer werden zum Rektor zitiert. Henry landet in der Krankenstation, wo die Hälfte der anderen Jungs auch sitzt. Hier erfährt er, dass der Basketballer, mit dem sich Luke geschlagen hat, Joshua heißt und der neue Freund von Martha ist. Lukes Ex!

Auf dem Nachhauseweg ist Luke voller Zorn. Er schimpft über den Rektor, aber etwas in seiner Stimme verrät Henry, dass er nervös ist. Und Henry kann sich denken, woran das liegt: Luke hat Angst vor der Reaktion seines Vaters.

Aber im Haus der VanCleefs erwartet sie erst mal eine ganz andere Überraschung.

»You have a visitor, Henry!«, sagt Hilda, kaum dass er und Luke durch die Tür getreten sind.

Henry schaut sie erstaunt an. Ein Besucher? Wer könnte das sein? Einer der Jungs aus dem Park?

Aber als er in die riesige Eingangshalle kommt, steht dort: Marie!

»Hi«, sagt sie und lächelt ihn unsicher an.

Henry ist völlig baff. So einen Moment hat er sich immer wieder vorgestellt, aber jetzt kommt es ihm komplett unwirklich vor.

»What …«, sagt er nur und verstummt, und dann schiebt Hilda ihn in Richtung Marie.

Henry riecht ihr Parfum. Sofort ist alles wieder da: der Moment in der Truhe im Freibad, der Kuss vor dem Hotel, die Zeit an der Elbe, ihr Lachen. Aber irgendwas sperrt sich in ihm. Was macht sie hier? Was geht hier ab?

Mit einem »Sorry!« dreht er sich um und läuft nach draußen auf die Straße. Er läuft in den Central Park, läuft am Water Reservoir vorbei und läuft und läuft und läuft. Bis es dunkel wird und er atemlos und keuchend anhält.

MARIE

Maries Füße brennen. Zwar hat sie Irmi versprochen, mit dem Taxi zu fahren, statt allein durch New Yorks Straßen zu gehen oder die U-Bahn zu nutzen. Doch Marie wollte unbedingt laufen. Nein, sie musste, um zu begreifen, was passiert ist. Und wie es für sie weitergeht.

Inzwischen weiß sie es. Noch nie ist sie sich so erwachsen vorgekommen wie jetzt und hier. Und noch nie so stark! Ja, es war schlimm, dass Henry einfach abgehauen ist. Aber Marie ist trotzdem stolz auf sich. Sie hat getan, was sie sich vorgenommen hat, sie hat Henry in die Augen gesehen und versucht, ihn zurückzugewinnen. Nun muss sie sich nicht ihr ganzes Leben lang fragen, was wäre gewesen, wenn ...

Und nun ist sie auch bereit, Irmi wie versprochen in den New Yorker Himmel zu entführen.

Schon wenige Stunden später haben sie es geschafft. Marie und ihre Oma stehen tatsächlich auf der Aussichtsplattform des Empire State Building, das schon in so vielen Filmen als Symbol für ein Happy End herhalten musste.

»Du wirst immer an diesen Moment denken, Kindchen, und ich bin glücklich und stolz, dass ich dabei sein darf!«, sagt Irmi ergriffen und drückt Marie kurz und fest.

Marie versucht diesen Zauber mit ein paar Selfies festzuhalten und ist gleichzeitig glücklich und traurig. Ja, sie wird sich erinnern, wie es sich angefühlt hat, mit ihrer geliebten Omi aus 320 Metern Höhe auf die kleine Welt da unten zu blicken. All die Häuser, Autos, Schiffe, das Wasser, die Menschen ... Das Grundrauschen der Stadt, in das sich das Pfeifen des Windes mischt, bildet ein Gesamtkunstwerk, das kein Mensch allein, sondern nur alle zusammen erschaffen können. Es umrahmt das grüne Herzstück dieser riesigen Metropole. Der Central Park erscheint von so hoch oben wie eine unwirkliche Oase.

Irgendwo dort unten ist Henry. Die Versuchung, ihm jetzt einen letzten WhatsApp-Gruß zu schicken, ist beängstigend groß. Und doch schafft es Marie, ihr zu widerstehen, einmal tief durchzuatmen und den wertvollen Augenblick zu genießen.

HENRY

Als Henry zurückkommt, hockt zu seiner Überraschung Luke im Schneidersitz vor der Tür.

»Idiot! This girl comes all the way from Germany and you just run away!«, sagt er vorwurfsvoll.

»Is she still here?«

Luke schüttelt den Kopf. »You're lucky«, sagt er dann. »She is pretty. And pretty nice.«

Das findet Henry auch, aber das sagt er nicht, sondern fragt seinen Gastbruder, was Marie wollte.

»To talk to you!«, sagt Luke.

Er steht auf und nimmt Henry mit ins Haus. Drinnen schickt er ihn zuerst unter die Dusche. Dann hält er ihm einen Zettel mit einer Hotel-Adresse samt Zimmernummer hin. Denn Luke findet, Henry muss mit Marie reden.

»She came all the way from Germany!«, wiederholt er.

Henry will nicht, gleichzeitig will er unbedingt. Dann sieht er Marie vor sich, wie sie ihm in der Eingangshalle unsicher entgegenlächelt, und nickt.

Luke ruft ein Taxi, gibt dem Fahrer die Adresse und steckt ihm Geld zu.

Henry sieht seinen Gastbruder verwundert an. »I thought you didn't like me?!«

Luke winkt ab und murmelt, dass Henry ganz okay sei.

Und obwohl Henry nicht versteht, was da gerade läuft, fühlt es sich gut an.

Die Fahrt dauert höchstens drei Minuten, sie sind immer noch in der Nähe des Central Park. Henry bleibt nichts anderes übrig, als auszusteigen. In der Lobby steht er ratlos herum. Er weiß nicht, was er machen soll.

Er ärgert sich, dass Luke nicht mitgekommen ist, dann ärgert er sich, dass er nicht alleine klarkommt. Er ist doch kein Baby mehr. Marie ist in New York. Marie ist seinetwegen nach New York gekommen. Marie hat ihn angelogen.

Er hat keine Lust, einen Fahrstuhl nach oben zu nehmen, er hat keine Lust, unverrichteter Dinge wieder rauszugehen.

»Henry?«

Als er sich umdreht, steht sie vor ihm. Mit ihrem leicht schrägen Mund und den dichten Brauen und den Augen, denen er mal vor Urzeiten vertraut hat. Sie trägt ein hellblaues Sommerkleid.

»Central Park?«, fragt Henry und deutet auf die Tür.

Zu seiner Überraschung nickt Marie und sie gehen zusammen hinaus.

MARIE

HENRY

»Warum hast du nicht gleich etwas gesagt?!«, beschwert Henry sich zum gefühlt zehnten Mal.

»Weil du dich so auf Amerika gefreut hast«, erklärt Marie und lächelt verlegen.

»Und weil du zu feige warst!«

Marie nickt und spricht dann endlich aus, was ihr schon so lange auf der Seele liegt: »Ich hatte halt Schiss, dass du mich nicht mehr so spannend findest, wenn ich einen Rückzieher mache.«

»Stimmt ja auch, ich finde dich nicht spannend!«

Durch Maries Herz fährt ein Stich. Sie hat es gewusst! Nach außen hin wirken sie bestimmt wie ein entspanntes Touri-Pärchen, wie sie so durch den Park spazieren. Aber in Wahrheit ist es deutlich anders!

Doch dann sieht sie zum Glück, dass Henry grinst. Er bleibt stehen und wendet sich ihr zu.

»Ich finde dich eigentlich eher … toll!«

Marie wird ganz warm ums Herz. »Eigentlich?«, fragt sie.

»Uneigentlich bist du aber eine harte Nuss!«

Marie weiß nicht, was sie sagen soll.

Doch Henry stupst sie sanft mit der Schulter an. »Sorry, war nicht so gemeint!«, sagt er lächelnd.

Marie atmet erleichtert auf und schubst zurück.

Dann gehen sie ganz normal weiter und Henry nimmt endlich ihre Hand.

Seine fühlt sich so stark und gleichzeitig so sanft an, dass Maries Knie ganz weich werden. Sie kommt sich plötzlich vor wie die Heldin in einem Hollywood-Film und kapiert das erste Mal in ihrem Leben, was es bedeutet, die ganze Welt umarmen zu können.

Im selben Moment stoppt Henry wieder, sieht sie mit ernstem Blick an und breitet seine Arme aus. Marie bemerkt, wie ihre Wangen glühen. Sie lächelt ihn an, sieht ihm in seine so klugen und hübschen Augen. Und auch er lächelt. Dann schmiegt sich Marie ganz in seine Arme.

Das sieht vielleicht nicht ganz nach einem perfekten Abspann aus, denkt sie noch und genießt den männlichen Duft an Henrys Hals. Aber für sie ist es eindeutig der perfekte Moment!

Vor allem, als Henry ihr etwas ins Ohr flüstert, an das sie sich auch noch erinnern wird, wenn sie so alt ist wie ihre Oma: »Liebe ist so, wie du bist!«

Und dann spürt Marie Henrys Lippen auf ihren und alles ist wie noch nie und wie immer.

HENRY

Obwohl Henry immer noch nicht ganz versteht, was Marie ihm erzählt hat, glaubt er ihr. Natürlich ergibt es aus seiner Sicht null Sinn, dass sie ihn angelogen hat. Es war viel zu kompliziert und irgendwann wäre er ja sowieso dahintergekommen. Außerdem ist eine Lüge eine Lüge. Punkt!

Aber andererseits ist das Ganze so ein Mädchen-Ding, und wenn man sich darauf einlässt, hat es eine gewisse Logik.

Doch was soll er dazu sagen? Wie soll er sich verhalten?

Sie kommen an der Wiese vorbei, wo seine New Yorker Park-Kumpels kicken. Sie winken zu Henry und Marie herüber.

»Gehen die auf deine Schule?«, fragt Marie.

Henry lacht. »Das sind Leute, mit denen ich mich ab und zu hier zum Fußball treffe.«

Eine Weile sehen sie der Meute zu, wie sie sich den Ball zuspielen und Sprüche zurufen. Lachen und johlen.

»Du hast Fußball-Kumpels im Central-Park. Das ist ziemlich cool«, sagt Marie.

Er sieht sie von der Seite an. »Hast du Hunger?«, fragt er dann.

»Mega!«

»Hier in der Nähe ist eine Pizzeria. Sie gehört dem Vater von einem der Jungs«, erklärt Henry. »Ist eher so ein Imbiss!«

Dann fällt ihm ein, dass sie schon mal Pizza essen waren. In Berlin.

»Besser als die Pizza in Berlin?«, fragt Marie prompt.

»Sagen wir mal: Sie ist auch sehr ordentlich!« Er macht eine Pause. »Aber in Berlin war auf jeden Fall die Gesellschaft besser.«

Als Henry zu Marie sieht, lächelt sie ihn an. Es ist das schönste Lächeln, das Henry jemals gesehen hat. Er kann es nicht beschreiben, aber in diesem Moment ist er glücklich. Instinktiv greift er nach Maries Hand, und Marie wird rot und ihr Lächeln wird breiter.

Sie halten sich und Henry wünscht sich, dass dieser Moment niemals aufhört. Und er weiß in diesem Augenblick, dass er sich sein Leben lang daran erinnern wird.

Mein liebster Henry,

dies ist der letzte von unglaublichen 30 Briefen, die ich dir in all den einsamen Wochen geschrieben habe! Und noch unglaublicher ist, dass wir uns in nur einer Woche endlich, endlich wiedersehen. Allerdings musst du mich nicht ständig darum bitten, dich zusammen mit deiner Familie am Flughafen abzuholen, du ungeduldiger Trottel. Das war schon lange so geplant und ja auch der Grund, warum ich dich um die Nummer von deinem Papa bitten musste!! Nun ist es keine Überraschung mehr ...

Dafür habe ich aber eine andere für dich! Meine Eltern sind tatsächlich einverstanden, dass du die Ferien bei uns verbringst, so wie du es dir gewünscht hast. Und was ich daran besonders schön finde, ist die Vorstellung, dass du so beim Sommerfest unserer Schule dabei sein kannst. Auch wenn das doof klingt, ich bin schon ein bisschen stolz, dass meine Mädels den 2. Platz auf dem Contest in Bayern geholt haben. Das ist ungefähr so, als würdest du mit deiner Fußballmannschaft gleich zwei Ligen aufsteigen, schätze ich. Sogar Xenia hat mir gratuliert und sie findet, ich soll das Training auch im nächsten Schuljahr übernehmen.

Aber noch ein bisschen stolzer bin ich auf uns. Weil wir es tatsächlich geschafft haben, diese verdammte Entfernung zu überstehen mit unseren Videocalls und den vielen Sprachnachrichten und natürlich deinen wunderschönen Liebesbriefen, die ich für immer aufbewahren werde. Ich kann gar nicht in Worte fassen, wie RIESIG ich mich auf dich freue ...

Inniger Kuss,
deine Marie

PS: Liebe ist so, wie du bist